轉生就是劍 6

"I became the sword by transmigrating" Story by Yuu Tanaka, Illustration by Llo

棚架ユウ
插畫／るろお

Kadokawa Fantastic Novels

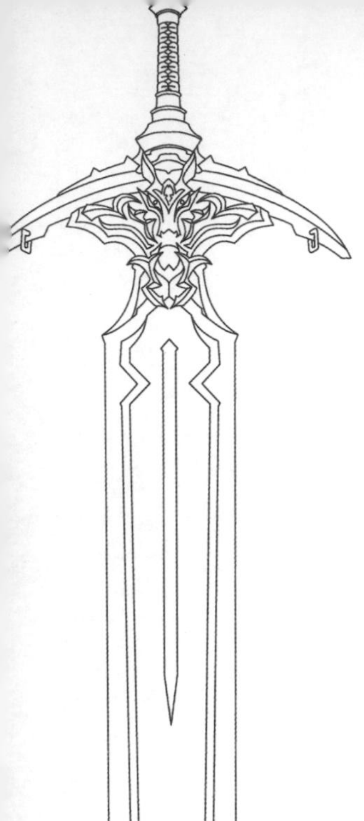

CONTENTS

"I became the sword by transmigrating"
Volume 6
Story by Yuu Tanaka, Illustration by Llo

第一章　悲喜交集的預賽

『那麼，我們走吧。』

「嗯。」

「噉！」

吃過豐盛的早餐，檢查過裝備之後，芙蘭走出了旅店。

準備齊全的可不只有防具喔。我的保養也做得萬無一失。

芙蘭已經把我擦得亮晶晶的了。而且還不只是拿布擦一擦。

而是用上升過等級的鍛造技能，做出了最完美的成果。芙蘭特地幫我買了一塊擦劍用的布而不是隨便拿塊破布來擦，一片孝心真是令我動容啊。據說是使用魔獸素材做成的最高級布料。哇——一大早的就讓我舒服到渾身顫抖。

我還是覺得每次芙蘭幫我擦過之後，身體狀況就特別好。大概是鍛造技能確實生效了吧。

「哼哼——」

『瞧妳開心的。』

「嗯！好期待！」

芙蘭笑著這麼說。一點也不像是要去打鬥。

『嗯——越來越像個標準的戰鬥狂了……』

是很可靠沒錯，但也讓我開始擔心一個女孩子這樣對不對。畢竟講到芙蘭的女子力，可是連艾爾莎都完勝她。雖然說那傢伙除了性別之外，女子力或許算得上相當高啦。

『不過，現在還不知道會碰上哪種對手耶。』

「所以很期待。」

『這樣啊，妳很期待啊。』

「嗯！」

不知道比賽對手是誰非但不緊張反而還很期待，完全就是個戰鬥狂。

『……為時已晚了嗎……』

「嗯？」

『不，沒什麼。別管這些了，不知道會跟什麼樣的人對戰？』

芙蘭正在前往比賽會場。

今天等一下會在那裡，舉辦武鬥大賽的第一輪預賽。

武鬥大賽已經於昨天開打，芙蘭要在今天參加第一輪預賽。

我想起迪亞斯送來的大賽規程。

武鬥大賽為期十四天，頭兩天似乎是第一輪預賽，第三、四天是第二輪預賽。聽說總共有上千人參賽，預賽用一對一的方式太花時間。因此，預賽採用的是五人一組的大亂鬥形式。大概就是用這種方式快速淘汰參賽者吧。

烏魯木特有著為數不少的訓練場與比賽場地等等。想必是因為這裡每年都會舉辦武鬥大賽，冒險者人數眾多的關係。總共得打上兩百多場的第一輪預賽，聽說只要使用這些賽場就能順利消化完畢。

附帶一提，第一輪預賽不開放觀眾入場。

不過這也是無可奈何。第一輪預賽龍蛇雜處，不是每一場比賽都好看。其中也會發生新人冒險者們醜態畢露的扭打，或是強者瞬間解決其他人的場面。

好像從第二輪預賽開始就會使用比較大的賽場，也會開放觀眾入場。

經過第一與第二輪這兩回預賽，參賽者會被淘汰到五十人以下。

再加上免除預賽的種子選手，一共有六十四人參加複賽。

這種武鬥大賽的比賽過程激烈到在地球無法想像，最驚人的是就算在比賽中殺死對手也不會被問罪。選手出場前必須簽下同意這項規定的契約書。這世界的作風還是一樣凶狠。

只是不像地球，這個世界有回復魔術，聽說也會為選手準備相當高階的藥水，只要不是當場死亡就沒那麼容易送命。

不過第一輪預賽不會為選手安排回復魔術師或贈送藥水。聽說這麼做是為了排除蓄意鬧場、實力明顯過低或是決心不足只想試試身手的半吊子。再說如果要分送藥水給第一輪預賽的所有參加者，就算有公會或領主贊助舉辦也穩賠不賺吧。

『芙蘭，妳會不會緊張？』

「嗯，沒事。」

芙蘭一副「什麼叫緊張？」的表情點了個頭。精神力果然夠強悍。

好吧，反正這幾天能做的事都做了，萬事俱備。我就直說了，現在的我們可是厲害到不行。芙蘭有自信也是當然的。

『一開始我先旁觀，如果對手很強再幫妳。這樣可以吧？』

「我想知道我跟師父一起有多強。」

但也想試試自己個人的身手，大概是這個意思吧。

在比賽開始之前還有時間，我們慢慢走向會場。

芙蘭參加第一輪預賽的會場是冒險者公會旁邊的訓練場，不用擔心會迷路。我在路上跟芙蘭說明了規定。

不過大賽作風其實滿暴力的，沒有太複雜的規定。

必須留意的地方，頂多就是比賽中禁止使用藥水吧。也沒有禁用任何魔術，硬要說的話只有禁止使用邪術。不，與其說是禁止，不如說一使用的瞬間就會被現場所有冒險者圍毆。因為使用邪術＝人類公敵，也就是邪人。

還有一點對我們來說很重要，就是召喚相關規定。

比賽規定召喚等招數只要對象不是人類都准許使用，但不可以從一開始就帶進場。也就是說想讓小漆上場的話，只要先讓牠待在影子裡再叫出來就會被視為召喚。似乎是只要有經過從隱形場所叫出對象的過程就行了。

『小漆就當情況緊急時的祕密武器吧。』

（噭！）

小漆已經躲進影子，只等上場了。隨時都可以突襲對手。

除此之外比賽不限制攜帶魔法武器，也可以使用任何魔道具。可能是認為裝備、道具或從魔的力量也算在實力之內吧。

再來講到輸贏判決，比較需要注意的是跌落擂台之外就算輸，還有蓄意攻擊已經宣布認輸的選手屬於違規行為。

『懂了嗎？』

「嗯，懂了。」

『真的嗎？』

「嗯……」

啊——看她這樣一定是沒聽懂。因為芙蘭的眼睛根本只盯著攤販瞧。

那種心不在焉的程度，就跟國中生向喜歡的女生告白後等待回覆的坐立難安一個樣。

不過，看來她沒離譜到都快要比賽了還吃東西。她淌著滿口口水，硬是不准自己靠近攤販。

『芙蘭，等結束之後要吃多少都行，先忍忍吧。』

「嗯。」

嘴上這樣說，視線還是頻頻往攤販那邊飄去。武鬥大賽開鑼使得擺攤數量增加，而且每個攤子看起來都好好吃。我能體會芙蘭想嘗嘗的心情。

再看下去只會更難過。我叫芙蘭趕快前往公會，但她卻在快到公會的時候停下腳步。

『怎麼了，芙蘭？』

是看到什麼讓人垂涎三尺的攤販了嗎？

「那個。」

不過，我這麼猜想其實也沒錯。

往芙蘭手指的方向一看，那邊有個眼熟的攤販。

『那個──不是龍膳屋嗎？』

在巴博拉料理比賽競爭過的對手──龍膳屋在公會前面的廣場擺攤做生意。

「過去看看。」

『好。』

我們到那攤販瞧瞧，看到一位眼熟的男性在賣湯。想不到竟然是人高馬大的中年金髮型男、前A級冒險者費爾姆斯在擺攤。哇──還是一樣成熟又帥氣。

「嗯？那邊那位不是黑尾巴亭的芙蘭小姐嗎？」

看來對方也還記得我們，熱絡地向我們打招呼。

拉近彼此距離的方式自然合宜，真是老成穩重，太崇拜了。

「好久不見。」

「是，好久不見了。您莫非是有意參加武鬥大賽？」

「嗯。」

「這樣啊，祝您順利。不過憑您的實力，通過預賽一定不成問題。」

正在猜想費爾姆斯是不是不打算參賽，沒想到他說他年輕時得過冠軍，這次將作為種子選手從複賽開始出場。不愧是前A級。

『應該說，這下出現一個強到不行的勁敵啦。』

綽號都叫做屠龍者了。事實上，聽說以前他們店裡使用的龍族素材都是他親自去獵得的。看樣子沒辦法輕鬆獲勝了。可怕的是，我看不出來費爾姆斯有強悍到哪去。但是前A級冒險者想也知道絕不可能沒實力。

也就是說費爾姆斯深藏不露的功力，高深到連我們的感覺都能騙過。這同時也證明了他某方面的實力在我們之上。

「其實我年紀大打不動了，但今年情況特殊。有個老朋友請我上場，我欠了他很多人情，實在推辭不了。」

於是就決定在複賽開打之前，像這樣盡量替龍膳屋做些宣傳。真是不失商人本色。

跟他閒聊讓我們得知了巴博拉的復興狀況。他說曾為領主的克萊斯頓前侯爵傾盡家產全力重建城市，進度比當初的預定計畫更為順利。又說冒險者公會等組織也提供了支援，形成了另一份助力。

除此之外，聽說阿曼達出錢出力幫助全巴博拉的孤兒院進行修建，讓伊俄女士現在得以一展廚藝。

畢竟伊俄女士只用果皮菜根與少許鹽巴就能煮出那麼好喝的湯了，要是有正常的食材與用不完的調味料，真不知道能煮出多棒的美食。搞不好比一般家庭吃得還要精緻。

最後他還告訴我們，巴博拉正掀起了一股咖哩熱。

說是現在大家爭相模仿黑尾巴亭這個開山始祖，滿城都是黑〇〇亭或是〇〇尾巴亭等名稱的攤販。而且每家店都打著咖哩師父直傳配方的招牌。不過大家似乎都是買下我們賣給露西爾商會的食譜再自己做改良，所以也不算騙人吧？

芙蘭聽他聊這件事聽得很開心，但時間就快到了。

趕在最後一刻才抵達有點太驚險，還是早點出發吧。

『芙蘭。』

「嗯。比賽時間快到了。」

「哎呀，真是抱歉，占用了您的時間。」

「不會，很高興能聽到這些。」

「就讓我們在複賽相見吧，一言為定。」

「嗯，好。」

「呵呵，看您一副衝勁十足的表情。」

芙蘭用笑容回答費爾姆斯，完全是一副戰鬥狂的神情。標準的剽悍微笑底下，有著藏不住的勇猛性情。

「我會拿冠軍。」

「哦？口氣真不小。青春的光輝看起來竟如此刺眼，看樣子我也老了。」

費爾姆斯聽到芙蘭這麼說，用關愛孫女般的眼神露出微笑。看來並沒有輕視她的意思，只是單純地欣賞芙蘭的志氣。

「費爾姆斯沒有打算拿冠軍嗎？」

「哈哈哈，對我這老骨頭寄予過度期待，會讓我很為難的。哎，我應該會以準決賽為目標吧。請芙蘭小姐以奪冠為目標，多多加油。」

「嗯！奪冠！」

費爾姆斯這番話，似乎點燃了芙蘭的鬥志。但願她別在預賽打得太過火就好。

『芙蘭，就是那棟建築物。』

「這裡？真的？」

我們與費爾姆斯道別後走進公會隔壁的預賽會場，發現會場意外地冷清。第一輪預賽不會開放一般觀眾入場，所以或許是無可奈何。不過可以看到一些一看就像是冒險者的男子進進出出，至少能讓人感受到一股熱情。

『好像要在入口辦登記。』

「嗯。」

芙蘭並不怎麼顯得好強，神態如常地走向櫃檯。

「啊，小妹妹，今天沒有開放觀戰喔。明天第二輪預賽再來吧。」

負責接待選手的青年這樣對芙蘭說。

看來他沒把芙蘭當成參賽者。可是芙蘭背上好歹揹著我，也許是把她當成新手冒險者了。

可是話說回來，公會應該有公布升級消息才對啊。不過這個接待人員似乎不是冒險者公會的相關人士，而是替領主做事的下級文官，所以對冒險者的相關消息不夠靈通或許也是無可奈何？

芙蘭告訴青年文官自己是參賽者後，對方顯得很驚訝。

但大概是看出芙蘭沒在開玩笑吧，他急忙翻閱名冊。

「咦？請、請問大名？」

「芙蘭。」

「我找找……啊！有這個名字！什麼？妳真的是參賽者？」

「嗯。」

看到芙蘭點頭，文官關心地說了：

「我這樣說是為妳好，勸妳還是立刻棄權吧。第一輪預賽不會有回復術師待命，很危險的喔。」

這人應該是個好人，但對芙蘭來說只是雞婆。不過芙蘭也知道對方純粹只是替她擔心，所以沒有不高興。

「不要緊。」

她搖搖頭，就往會場走去。

「真的很危險喔！」

「謝謝，下次見。」

「只要覺得害怕就立刻投降沒關係！知道了嗎！等到受傷就太遲了喔！」

男子不能丟下櫃檯業務，只能在芙蘭的背後大聲關心。

除了在櫃檯被拖延了一下下，後來一切都很順利。年老的負責人員以前是個頗有本事的冒險者，所以沒有發生有眼不識泰山的狀況。

反而還用哀憐的眼光，看著從競技場舞台賊笑著蔑視芙蘭的其他參賽者。

「嘿嘿嘿，最後一個參賽者竟然是個小鬼！」

「這樣實際上等於四人戰了。」

「這可不是在玩遊戲好嗎？我必須在這場大賽中好好表現，謀個公職才行！卻沒想到第一場比賽竟然得應付小孩！」

兩個是傭兵打扮的男子，另外兩個男的看起來像是冒險者。他們已經站在擂台上了。

除了其中一人之外，其他人完全不把芙蘭放在眼裡。

唯一眼神嚴肅地望著芙蘭的男子，經過鑑定是個有兩下子的冒險者，階級很可能在D以上。看樣子他當然也聽說過芙蘭這號人物，用相當嚴峻的表情瞪著她。

「那麼，比賽開始。」

年老的負責人員似乎要直接充當裁判。

老人走上擂台，二話不說就想讓大家開戰，一點也不鄭重其事。不過畢竟只是第一輪預賽，大概也就這樣了吧。

參賽者也各自舉起自己的武器，隨意與其他人拉開距離。

然而，其中只有一人對老人粗聲粗氣地抱怨，是個冒險者打扮的青年。順便一提，是沒多大本事的那個。

沒本事的冒險者咄咄逼人地靠近老人，要他逼芙蘭棄權。

「就算符合參賽資格好了，我怎麼可能去打倒那麼一個小孩啊！我要趁著這場大賽揚名立萬！照這樣下去就算贏了比賽，要是我打傷了小女孩的事情傳出去，會有損我的名聲！」

「跟我說這些也沒用，我沒那個權限啊。」

「喂，小丫頭！這裡不是讓妳來玩的地方！」

沒本事的冒險者正在叫囂時，另外那個有本事的冒險者對他說了：

「喂，你是不是才剛來到烏魯木特不久？」

「我昨天才到的，怎樣？」

「這樣啊……」

有本事的冒險者這下知道小角色的問題出在哪裡，輕嘆了口氣。他如果來到鎮上的時間再早一點，就不至於連芙蘭也不認識了。大概是明白到不管對這男的說什麼都沒用吧，有本事的那個催促老人宣布比賽開始。

「時間寶貴，快點開始吧。」

「喂，少開玩笑了……！」

「老兄啊，你這麼不想跟小鬼打的話不會棄權嗎？」

「就是啊，叫叫叫的吵死了！」

「你們說什麼！」

結果兩個傭兵也加入戰局，雙方鬧僵了。嗯——拜託快點開打好嗎？

（師父，我能不能現在就把他們打飛？）

『不行，那樣出局的是妳。』

芙蘭也開始有點火大了。這時，老人似乎是沒耐性再看大家吵下去，準備宣布比賽開始。

「那麼，預備。五，四，三——」

「喂，你怎麼擅自——」

「二，一，開始！」

無視於還在鬼叫的小角色，比賽開始了。霎時間，兩個傭兵有了動作。

「嘿嘿嘿，碰到這種情況時的標準做法就是——」

「先請厲害的那一個退場對吧！」

雖說是小角色，但怎麼說也是上過戰場的，看來最起碼還懂得見機行事。兩個傭兵默契十足地聯合起來，向前奔跑準備聯手出擊。

以往傭兵給我的印象就是擁有多種武器技能，但個人戰鬥力較低。然而，現在看他們不認識對方卻能流暢地聯手出擊，也許他們比冒險者更慣於打團體戰。聽到兩個傭兵這麼說，小角色舉起正適合他使用的爛劍。

「唔，太卑鄙了！想先集中打我一個是吧！」

不不，不是在說你啦！這個小角色分明就這麼點實力，哪來這麼大的自信？說什麼要揚名立萬謀個公職，我看憑他那本事能突破第一輪預賽就不錯了。

「先從你下手！」

「喝呀！去死吧！」

兩個傭兵左右夾擊揮劍砍殺的，當然是芙蘭——才怪，是那個高手冒險者。也是啦，他人高馬大又威風凜凜，看起來是滿強的。在混戰當中先針對強悍對手下手算是不錯的判斷。無奈雙方實力相差太大。

「哼！」

高手刀劍一揮，兩個傭兵就被打飛到場外去了。

「怎麼可能～！」

「太強了吧！」

至於說到我們，則是跟小角色面對面。都到這節骨眼上了，小角色還在叫我們棄權。真是個不識相的東西。

「聽好了，我可是在庫朗特村最快成為E級冒險者的天才劍士！妳以為妳一個小ㄚ頭能跟我比？勸妳還是在受傷之前自己下台吧，我這是最後一次警告妳。」

所以是在小村子裡被人吹捧為天才或神童，就自大起來了的那種類型？

但話又說回來，我是覺得憑他這點實力只要碰上幾隻哥布林就會陷入苦戰了……大概是之前運氣都很好，沒遇過厲害的對手吧。

面對這傢伙狗眼看人低的態度，芙蘭的火氣已經達到臨界點。

「所以——」

「吵死了。」

砰磅！

芙蘭打斷小角色的話，對準他的肚子就是一記前踢。小角色維持原樣被水平踢飛了數公尺的距離，摔在擂台的邊緣。

皮甲的腹部位置凹出了一個窟窿，清晰呈現出芙蘭的腳形。

「嗚噁！嘎哈……！」

小角色把各種東西吐得滿地，抱住肚子發出哀嚎。嘔吐物裡沒帶血絲，看來沒有傷到內臟。

『芙蘭，妳越來越會控制力道了！』

（嗯！我進步了！）

之前在烏魯木特的城門口對付那些流氓時下手還不知輕重，但後來歷經在地下城的修行，似乎讓她使用技能的技巧大有長進。

「嗚咕……」

小角色像是不可置信般睜大雙眼，盯著芙蘭不放。畢竟被踢飛了將近十公尺嘛，他應該沒挨過這種攻擊，也沒受過這麼劇烈的疼痛吧。

他弄不懂狀況，臉上滿是混亂與恐懼。

「還想打的話，下次我不會客氣。」

「咿咿咿……」

但最起碼芙蘭散發出的威嚇感，似乎讓他明白自己感受到的劇痛是芙蘭造成的。

男子閉上剛才還喋喋不休的嘴，不顧羞恥地自己滾落到場外去了。

『為什麼要手下留情？不是一招就能解決他了？』

（他雖然蠢到讓人生氣，但不是壞人。）

所以才沒有二話不說直接擊倒，而是讓他自己選啊。

可是，剛才那種落敗的方式不能找藉口說是被偷襲打倒的，從另一方面來說好像更殘忍耶。

那人的心靈完全被擊垮了。

「結果還是只能這樣啊……」

「嗯。」

最後由芙蘭與高手在擂台中央面對面。

「我自知打不贏妳，但至少讓我予以反擊吧！」

高手喊著這句話犀利地拔刀就砍，無奈……

「吁！」

下一刻就被芙蘭揮拳反擊，不支倒地。

其實他本領還不賴，要怪就怪對手不好吧。這個高手砍過來的一擊被芙蘭轉身一躲，就在姿勢不穩的時候挨了芙蘭的左拳。

「真不甘心……」

就這樣，芙蘭安安穩穩地突破了第一輪預賽。

＊

「這是為什麼！」

「還問我為什麼……你們自己不明白嗎？」

「我們不是已經發誓效忠，為你們盡心盡力了嗎！」

「這我明白。你們可是從我們還沒出生的時候，就在默默付出了。」

「沒、沒錯！」

「有時作為戰士殺敵，有時甘願做骯髒事。」

「對！」

「甚至不惜把同胞給賣了。」

「是不是！」

「是啊，是啊。你們至今的忠誠是千真萬確的。」

「既然你們都清楚，為什麼還……！」

「但是，你們的忠誠……如今已經變成什麼樣子了？」

「唔！你、你什麼意思！」

「你以為我們都被瞞在鼓裡嗎？」

「……」

「不肯回答是吧。好吧，沒關係。我就再給你們一次表明忠誠的機會。」

「……你要我們怎麼做？」

「交出長老們的首級。」

「豈、豈有此理！你怎麼敢說這種話！」

「我才想問你呢。你們的所作所為擺明了是叛變，我們本來是可以將你們全部處死的。」

「……你這混帳……」

「現在包括你在內，只要交出主謀的腦袋我們就不計較。反而稱得上是寬宏大量才對。」

「少開玩笑了！」

「這就是你的答案嗎？所以你們是有意與那位大人為敵了？」

「這、這個……」

「你還是仔細考慮考慮吧。噢，你們想出逃也行喔，只要有辦法逃得掉的話。」

「唔唔唔……臭兔崽子……」

「不過就是個斷尾，態度還真狂妄啊。」

「你、你這混帳！」

＊

第一輪預賽結束後過了兩天，今天是舉辦第二輪預賽的日子。

聽說比賽會場不是第一輪預賽那種小型訓練場，而是在滿大的一座競技場舉行。

第一輪預賽多達千人以上的參賽者，到了第二輪已經減少到大約兩百四十人。這次還要淘汰到剩下四十八人。

第二輪預賽會將參賽者分成兩組，在兩個會場中對戰。而且據說第二輪預賽會開放觀眾入場。

不同於總決賽的一對一淘汰賽，五人大亂鬥似乎另有一種驚心動魄的魅力，頗有人氣。而且第一輪預賽已經把小角色刷掉，每場比賽都還算精彩激烈也是博得人氣的原因之一。

除此之外，從第二輪預賽開始可以下注賭博。只是據說為了預防打假比賽，禁止參賽者下注。真是遺憾。而且聽說打假比賽被抓到會被處以極刑。

在地球的話賭局背後常常有犯罪集團在操弄，不過烏魯木特的武鬥大賽應該是不用太擔心這個問題。因為迪亞斯似乎有在嚴格取締。

再說，做莊的冒險者公會自己就坐擁最強武力、大權在握，又擁有斥候或盜賊等擅長背後出力的人才。

那種只湊到幾個能手的組織眨眼間就會被撲滅。人數如果較少的話或許有利於隱藏蹤跡，但不會有那本事玩操作賭局的大型陰謀。

『那麼，我們走吧。』

「嗯。」

芙蘭的比賽還要再等一下才會開始，但聽說選手必須提早入場。預定將會在休息室等個大約半小時。

「……好像很好吃。」

『比賽前吃帶骨肉不會太撐嗎？』

「不會。」

芙蘭今天還是一樣維持平常心，顯得不怎麼緊張。

今天跟第一輪預賽那天不同，在比賽之前還有點時間。芙蘭在前往競技場的路上，逛攤販買點東西吃。

『今天的會場好大啊。』

一路往前走，漸漸可以看到一棟外型跟義大利羅馬競技場一模一樣的圓筒形建築物。不過從大小而論是這棟比較小。好吧，其實我也沒親眼看過羅馬競技場就是了。

光是遠遠眺望，都看得出來會場籠罩在一股熱血澎湃的氛圍中。不時可以聽見「哇──！」的歡呼聲，證明比賽一定相當精彩刺激。

芙蘭通過競技場後面的選手入口，前往休息室。今天接待人員也比較專業，我們完全沒被攔下。

一走進休息室，室內參賽者的視線立刻一齊往芙蘭身上扎來。驚訝、輕侮、困惑。儘管幾乎沒有一道視線帶著善意，芙蘭毫不介意地找了旁邊一把椅子就想坐下。芙蘭對這種視線早就習以為常了。

休息室有五間，讓同一場比賽的出場選手不會碰頭，因此這個房間裡的選手目前都不會與我們為敵。況且休息室是禁止私鬥的，然而……

「喂，這裡不是小鬼該來的地方！」

好吧，總是有這種人。其實只要用用腦子，應該會知道芙蘭是突破了第一輪預賽才會來到這裡，不能用外貌判斷她只是個小孩。

芙蘭才剛拉出椅子，一個一臉賤樣的男子站了起來，還特地來到我們面前。

「妳是用了什麼卑鄙手段突破預賽的啊？」

「……」

「不說話是吧？啞巴啊？」

大概是想講話逗弄芙蘭，開她的玩笑吧。也或者是想排解內心的緊張情緒，才會故意做出這種無聊的舉動。反正不管是哪一個，對芙蘭來說都只是無故騷擾。

問題是這裡禁止私鬥，怎麼辦呢？平常的話揍個一拳讓對方閉嘴就行了。

「閉嘴。」

我還在猶豫時，芙蘭低喃了這麼一句，發動了威懾技能。

霎時間，駭人的壓迫感覆蓋整個房間。對，是擴及到整個房間。

「！」

「咿咿！」

「唔！」

有人臉色鐵青滑落座位，有人發出小聲慘叫，有人拔出武器準備迎戰。

儘管眾人各有不同反應，總之房間陷入了輕微的恐慌狀態。

『芙蘭，太過火了。』

「嗯？」

他們盯著芙蘭的那張抽搐臉孔，說明了他們受到的衝擊。

光是被餘波掃到都能嚇成這樣了，靠近芙蘭的男子更是腰腿無力，一屁股跌坐在地。他驚恐到全身發抖，隨時可能嚇昏。

「嗯。」

「咿……！」

芙蘭光是看那男的一眼，就把他嚇到拖著屁股想往後退。可是他背後就是牆壁，沒辦法繼續後退，只能當場抱著頭縮成一團。

我還是覺得做得太過火了，不過誰教他要先來騷擾芙蘭，算他活該吧。

總而言之，這下清靜多了。

其他的參賽者就——說聲抱歉了。

芙蘭解除威懾向其他人點頭賠不是，似乎才終於化解了緊張氣氛。

然而，參賽者們的神情依然嚴峻。似乎是親眼目睹了芙蘭帶來的威脅，才知道自己的實力不夠。房間裡所有人都陷入沉默，外頭傳來的歡呼聲聽起來格外遙遠。

芙蘭，真佩服妳能在這種氣氛的房間裡若無其事地坐在椅子上！而且還從次元收納空間拿果汁出來喝！

幸好新來了一位女性走進休息室，打破了這種尷尬萬分的氣氛。

「哦？在那裡的不是魔劍少女嗎？」

那個女生毫無隔閡地來跟芙蘭攀談。

「嗯？莉狄亞？」

「好久不見了呢。沒想到妳也來參加大賽了。」

原來是我們在巴博拉結識的少女冒險者莉狄亞。還是一樣是個面癱角色。

我們在料理比賽期間請她當過攤販人員，受過她很多照顧。

前幾天才剛道別，想不到這麼快又見面了。

她應該跟夥伴組成了叫做緋紅少女的三人隊伍才對，不知道是不是都來參賽了？

「茱蒂絲跟美雅呢？」

「她們倆都有參賽。美雅在另一個會場，茱蒂絲應該在其他休息室。不過話說回來，我真走運。」

「嗯？」

「因為這下就不用跟妳打了。」

畢竟莉狄亞在巴博拉見識過芙蘭的實力嘛。她說著安心地呼了一口氣。

「我的目標是打進複賽。」

「不是奪冠？」

「不不，我很清楚自己有多少斤兩。科爾伯特先生與弗倫德大人都會參加淘汰賽，我就算是撕裂了嘴也不敢說要奪冠。哎，其實只是想提高自己的身價啦，免得別人因為我是女的就看扁我。」

原來也有人是為了這種目的參賽。的確，如果能在這麼大規模的大賽突破預賽，或許是可以提高身價。但是比起這件事，她提到了兩個不容忽視的名字。

「科爾伯特與弗倫德也來了？」

又有超強勁敵登場了。

「是呀——哇，請妳不要笑得這麼可怕好嗎！」

啊——看來芙蘭的戰鬥狂熱魂被點燃了。

她面露好戰的表情，笑得非常開心。

「噢，還有，恭喜妳升級了。已經是C級了啊，好厲害喔。」

「謝謝。」

「如果我們在複賽碰到，下手請輕一點喔。不要把我打到受傷喔。」

「嗯。」

「一定喔，妳如果欺負我我會生氣喔。」

真搞不懂這算懦弱還是強悍。跟莉狄亞聊了一會兒，很快就輪到芙蘭上場了。

「那，我走了。」

芙蘭被負責人員叫到，站起來走向門口。

「說這話可能是多餘了，不過要加油喔。」

「謝謝。」

在莉狄亞的目送下，我們沿著負責人員指示的狹窄通道前進。走了差不多十幾公尺，就看到一道強光從前方照進來。那道強光的另一頭必定就是賽場了。

『芙蘭，做好心理準備了嗎？』

「嗯。」

被我這樣問，芙蘭看著前方點點頭。

『在比賽中故意輸掉，讓獸王失去興趣也是個辦法。』

聽說獸王會從複賽開始觀戰。

我們懷疑那人利用藍貓族將黑貓族賣作奴隸，而且對方武藝高強，我們現在就算是長出三頭六臂也贏不了他。假如在武鬥大賽中鋒芒畢露，有可能會被這個男人盯上。

『讓我說句更難聽的話，妳就現在棄權也行。』

「我不棄權。」

那天芙蘭只不過是親眼見到獸王，內心就屈服了。之後還恐懼顫抖了很長一段時間。

自從與我相遇以來，芙蘭可能是第一次感覺到那麼強烈的恐懼——不，恐怕是有生以來第一次。那種恐懼不可能說忘就忘。

『這樣獸王可能會注意到妳，妳不在意吧？』

「嗯！」

即使如此，芙蘭似乎仍然不打算棄權。

如果她還沒聽過迪亞斯提起琪亞拉的事，或許會考慮這個選擇。然而要現在的芙蘭不展現黑貓族的志氣就夾著尾巴逃跑，恐怕是不可能的事。

『好吧，萬一情況糟到必須跟獸王對決，就放膽打一場吧。假如因為這樣被他盯上，我們就用次元魔術逃到天涯海角。要不然就搭船或是用任何方式逃往其他大陸也行。到時候就交給我來想辦法吧。』

「謝謝。」

話雖如此，目前得先突破第二輪預賽才行。要是在這一輪落敗就變成白擔心了。

『我不會再說什麼了！盡妳所能吧！』

「嗯！我會贏。」

我們鼓足幹勁走出通道，一座又大又漂亮，跟第一輪預賽完全不能比的賽場迎接芙蘭的到來。

這是一座圓形的巨大競技場，中央穩穩設置著用石材打造成的大擂台。擂台四周有高牆圍繞，上面設置了少說能容納一千人以上的觀眾席。

豈止座無虛席，甚至還有觀眾站著看，他們發出的巨大歡呼震耳欲聾，把我的刀身震得微微抖動。

不過芙蘭還是老樣子，顯得毫不在意就是了。

擂台上已經有三個人摩拳擦掌。其中有個熟悉的面孔。

「咦咦！是芙蘭小姐！」

「茱蒂絲？」

竟然是在休息室互相勉勵過的莉狄亞的夥伴，緋紅少女的隊長茱蒂絲。

「嗚哇——糟透了！這還比什麼啊～！」

茱蒂絲一看到芙蘭的臉，當場雙膝一軟跪地哀號。好吧，我也不是不能體會她的心情啦。憑茱蒂絲的本事實在很難贏過芙蘭。

其他參賽者也露出有些不安的表情。看來他們也都知道芙蘭是誰，大概都是冒險者吧。

「那就是魔劍少女……還真的只是個孩子耶。」

「別被外表蒙騙了，人家可是C級啊。比我們幾個厲害多了。」

名叫尤安與約什的兩個人，用品頭論足的目光看著芙蘭。看來那兩人互相認識。畢竟這鎮上有很多冒險者參賽，有這種情況也不奇怪。

「我今年年底就要結婚了。」

「什麼？終於要結了？恭喜啊，那你可得好好表現給女朋友看了。」

「是啊！」

尤安小老弟，你知不知道這叫做烏鴉嘴啊？不過就算不烏鴉嘴，我也不覺得他們能打贏芙蘭就是了。

話又說回來，這次沒有一個對手看輕芙蘭。不愧是在第一輪預賽勝出的參賽者。才剛這樣想，最後現身的參賽者又看著芙蘭開始大聲嘲笑了。

「哈哈哈哈！怎麼會有個小孩混進武鬥大賽啊？」

芙蘭看到那傢伙，不高興地皺起眉頭。不單是因為笑聲難聽，那傢伙竟然是黑貓族不共戴天的敵人——藍貓族。

「太扯了吧，妳是怎麼通過第一輪預賽的啊？花錢擺平？還是說他們全都是蘿莉控？」

「憑實力。」

「笑死，黑貓族最好是會打鬥！搞清楚自己的斤兩吧，廢貓族！我知道了，妳是讓那個白犬族的老頭幫妳想辦法了吧？」

仔細一看我才認出來，這傢伙是藍色驕傲的成員。記得他當時在奧勒爾的宅邸門前，跟那個少女一起衝著門衛爭辯了半天。原來如此，難怪會對芙蘭與奧勒爾懷恨在心。

「妳好大的膽子，敢在老頭子的家門口跟我們撒野？也不過就是威懾技能等級高了點，別以為這次能用嚇唬人的花招瞞混過關！」

他是想說認真打起來的話還是他厲害嗎？不對，我看他只是無法容忍自己當時被芙蘭的威懾嚇到，必須這樣說服自己才能維持住僅有的自尊吧。

他們藍貓族的人，大概是真的很難接受自己不如黑貓族的事實。

「那時有那個噁心的妖孽來礙事，但這次妳可逃不掉了。廢貓族，我要慢慢把妳玩死，給我等著瞧吧。首先我要打碎妳的下巴讓妳不能投降，然後扒掉妳的裝備當著眾人的面羞辱妳一頓好了。」

藍貓族露出下流的嘴臉，口吐沒品到極點的言詞。光是成員裡有這種貨色，那個傭兵團就活該被殲滅了吧？

不過話說回來，芙蘭好安靜啊。怎麼不回他個兩句？

我正覺得奇怪時，芙蘭不慌不忙地開口了：

「……藍色驕傲（笑）踐什麼踐。」

「啊啊？妳說什麼？」

「我說不過就是個騙人說你們在其他大陸很有名跑去見奧勒爾結果謊言被戳破吃了閉門羹，空有傭兵團之名的一群雜碎還敢囂張。還有你這個藍貓族臭死了不准再靠近我。跟廚餘一樣臭快把我的鼻子薰爛了。」

哦？原來芙蘭小姐早就氣炸了？好久沒聽到芙蘭講這麼長一串了。

「這個臭丫頭……！」

藍貓族正想回罵的瞬間，觀眾發出的熱烈歡呼打斷了他。

賽場一隅設置了大型螢幕。這是一種魔道具，似乎具有跟大螢幕相同的功能。看來是剛才的對話在大螢幕上播出來了。

藍貓族男子的下三濫發言好像也被聽得一清二楚，少數男性觀眾發出歡呼，多數女性觀眾則是噓聲連連。然後芙蘭狠狠把對方嗆回去，似乎大大炒熱了觀眾的氣氛。

藍貓族男子完全被當成了壞蛋，露出青筋暴突的憤怒表情。

「這下妳死定了！我要讓妳吃不完兜著走！」

「哼。」

芙蘭理都不理，直接把頭扭開。

這種態度更是對男子的憤怒火上加油。觀眾似乎也很享受這種比賽前的小吵小鬧，起鬨著要他們繼續鬥下去。

就在這種一觸即發的氣氛中，比賽開始了。

「開始！」

裁判話都還沒喊完，藍貓族已經搶快行動。

眼睛布滿血絲，頭也不回地一直線往芙蘭撲來。

「喔喔啊啊啊！去死吧！」

男子完全沒有控制力道，高舉大劍過頭劈砍過來。劍法是還不賴，只是殺氣太重，而且還管不住自己的嘴叫人去死。不過就是被取笑了一下嘛，真幼稚。

只是令我驚訝的是，另外三人也配合著藍貓族男子的動作往芙蘭殺來。看來他們是想先通力合作，除掉芙蘭這個最強的對手。茱蒂絲也不簡單，走位的方式像是拿其他參賽者當肉盾。

即使知道對手是強者，既然要打就不放棄取勝的希望。我由衷讚賞這種精神，芙蘭似乎也與我有同感。

也不覺得對手卑鄙，只是面露一絲微笑，把我舉好。

藍貓族的男子當先衝了過來。

「喔唔啊啊啊啊！」

「呼！」

「嗚嗄啊！」

芙蘭沒把我拔出劍鞘，直接往上一撈。這一擊命中藍貓族的下巴，我能透過刀身感覺到下顎骨粉碎的鈍重觸感。

藍貓族比芙蘭最少高大一倍以上的身體，轉著圈圈飛上了半空。

眼見芙蘭展現出嬌小體格不該有的臂力，其他參賽者與觀眾們為之譁然。

但是，芙蘭的攻擊還沒結束。

她運用將我撈起的力道，順勢轉動身體拿我來水平橫掃對手。其他對戰者被空中的藍貓族引開了注意，無暇躲掉這記攻擊。

「沉重劈斬。」

「什麼！」

「唔啊啊！」

「呀啊！」

藍貓族背後的劍士尤安與槍手約什被一劍吹飛。然後，就連更後方的茱蒂絲也受到他們的波及，一起吹飛開去。

茱蒂絲等人各自發出不同慘叫，三個都掉到了場外。雖然是下級劍技，但是讓如今能力值隨著等級提升的芙蘭來用，威力相當可觀。

才開始幾秒鐘就有三人退場。

然而，芙蘭並未就此罷手。不如說好戲現在才開始。

「咿咿咿咿！右、右命……！」

接著芙蘭抓準了時機，用我擊中墜落下來的藍貓族。藍貓族下巴再次遭到痛擊，伴隨著低沉的擠壓聲被狠狠砸到了地上。衝擊力道強到石造擂台都迸出了細小裂紋。

「咯唏……呼嗚啊……！」

藍貓族抖動著明顯變形扭曲的下巴，邊吐血邊呻吟。之所以沒昏死過去不是因為藍貓族特別強壯，不過是芙蘭把力道控制得剛剛好罷了。

「咿嘰……樓羊！偶樓羊……！」

「我聽不懂你在說什麼。」

藍貓族不但講話變得大舌頭，又從牙縫漏氣，沒辦法聽懂他的意思。

「樓羊……」

「我說了，聽不懂你在說什麼。」

沒辦法，誰教他下巴都碎了。

「偶要樓羊～……」

即使如此藍貓族還是抓著芙蘭求饒，一再地喊著「樓羊」，但芙蘭給男子的只有絕對零度的眼神。

「藍貓族笨到連投降都不會說？好吧沒辦法，誰教你是藍貓族。」

芙蘭小姐，我看您是故意的吧。

「先打碎我的下巴讓我不能投降——」

況且對方還侮辱了黑貓族，說穿了就是拿這傢伙說過的話以牙還牙吧。

「再扒掉我的衣服羞辱我？」

芙蘭一邊低聲說著，一邊對藍貓族發出毫無保留的殺氣。

「咿咿咿，偶作了！偶錯了！求求里住吼啊～！」

大概是恐懼達到了極限吧，藍貓族往自己的頭上亂抓一通，有點精神錯亂地開始嚷嚷。

我看了一下男性裁判，對方似乎判斷比賽無法繼續進行，急著想上台中止對打。

芙蘭見狀，準備給藍貓族最後一擊，雙手握住我高舉過頭。

「就照你的要求做個了結。」

芙蘭低聲給了這句，就像高爾夫揮桿那樣把我一甩到底。

「咕噁叭！」

藍貓族下巴被重擊三次，畫出拋物線飛到場外去了。喔喔——飛了至少有十公尺以上呢——看看以奇怪姿勢墜落地面的藍貓族，只見手腳都彎向了不該彎的方向。

芙蘭見狀可能是稍微出了口惡氣，用鼻子輕哼一聲把我裝回背上。

很高興芙蘭消氣了。

可是，會不會做得過火了點？

不知道觀眾有沒有被嚇到？

然而對觀眾來說這點程度似乎只算是比較刺激一點的比賽，非但沒嚇到，反而還給予我們掌聲與喝采。

「這招漂亮～！嬌小少女施展的攻擊，才一擊就把成熟的大人打飛到場外去了！長得這麼可愛，沒想到武藝這麼精湛～！」

竟然還有主播講解啊，我都沒發現。

會場各處設置了類似揚聲器的魔道具，坐在主播席的解說員喊出的聲音似乎就是從這些魔道具傳出來的。

「連作為綽號典故的魔劍都沒拔就贏得了壓倒性勝利！贏得預賽西區第十一場比賽，晉級淘汰賽的是C級冒險者，魔劍少女芙蘭～！」

主播一宣布芙蘭獲勝的瞬間，更熱烈的歡呼聲籠罩會場。

我們在眾人的歡呼聲中步下擂台，男性負責人員再次前來為芙蘭帶路。

回到像是休息室的場所後，負責人員立刻向我們解釋今後的日程表。

「恭喜芙蘭大人確定晉級決賽。」

「嗯。」

淘汰賽將從後天開始進行。負責人員說賽程表會在明天早上公布，並且從中午開始有一場開幕典禮。

不過，他說參賽者可以不用參加。

那就好，畢竟芙蘭是不可能長時間乖乖坐著聽貴族或大人物致詞的。要芙蘭忍受無聊的典禮簡直比登天還難。

況且獸王必然也會以貴賓身分到場，能不用參加最好。

應該說，主辦單位似乎是覺得讓性情火爆的淘汰賽參加者聚集在同一個場所後果不堪設想，所以根本就希望大家別來。

而且人員說淘汰賽的賽程表會送到旅店，做得非常徹底。

要是讓參賽者自己來確認，恐怕複賽還沒開鑼就要在對戰表前面開打了。

除此之外，人員還跟我們說決賽晉級者在大賽期間可以優先使用烏魯木特的鍛造鋪。大概是因為受傷可以用魔術或藥水治好，但防具就只能請鍛造師幫忙修理了吧。

聽完負責人員的說明，我們正要離開會場時，正好茱蒂絲來了。

「芙蘭小姐，我甘拜下風。」

「有沒有怎樣？」

「哈哈……謝謝妳手下留情。」

她一招就被芙蘭打到場外，顯得有些沮喪。大概是即使知道會輸，被瞬殺還是會覺得不甘心吧。

芙蘭碰到這種情況似乎也不知道該跟對方說什麼才好，露出為難的表情陷入沉默。

「啊，對不起，我只是想來講句話幫妳打氣啦。請妳連我的份一起加油。」

「嗯。」

如果對話就此打住的話就是一段佳話了。

「還有，我把我的所有零用錢都賭在芙蘭小姐身上了！請妳務必突破第一場比賽！」

「莉狄亞如果突破預賽的話，我可能會跟她對戰。」

「沒問題，我照樣賭芙蘭小姐贏！」

茱蒂絲笑容燦爛地豎起大拇指。

我們接受了茱蒂絲誠意與慾望參半的激勵，離開了會場。

「我要加油。」

『是啊。為了茱蒂絲她們的荷包，得多加把勁才行。』

第二輪預賽的隔天。

我們正在確認中午過後送來的淘汰賽賽程表。

淘汰賽會把六十四名參賽者分成ＡＢＣＤ四組，各十六名選手。

芙蘭的名字也沒少，在Ａ組的十一號。

只是，我們看了其他參賽者的名字，無法判斷都是什麼樣的對手。

『初戰的對手是……傑弗米特？』

「沒聽過。」

『既然不是種子選手，表示是靠自身實力晉級的了。』

等會到冒險者公會打聽一下好了。去請教艾爾莎，說不定可以問到此人的戰鬥方式。其次引起我們注意的，是種子選手的名字。

『竟然還有羅伊斯與古德韃魯法的名字！』

「阿曼達跟弗倫德。」

這幾人的名字，分別寫在賽程表的四個角落。大概表示他們都是頂尖種子吧。由於是六十四人進行淘汰賽所以大家的對戰次數都一樣，這點倒是很公平。

芙蘭所在的Ａ組第一種子，也就是Ａ－１號是獸王的侍衛之一古德韃魯法。第二種子Ａ－16

號有著科爾伯特的名字。

雖說各組都有四位種子選手，不管遇到誰一定都是強敵，但沒想到偏偏是這兩人。

科爾伯特雖是空手鬥士，但攻擊力大到曾經在巴博拉把燐佛德的龐然巨軀打到浮空。我們沒看過古德韃魯法戰鬥的模樣，但是光看那龐然巨軀與技能組合就知道必定是個力拔山河的力量型戰士。

兩者都是不小心中個一招就可能瀕臨死亡的對手。這下得仔細思考對策了。所幸我們知道對手擁有的技能，總有辦法可想。

我們會先碰上科爾伯特，必須想好格鬥技能的對策才行。

「呵呵。」

芙蘭非但一點也不發愁，反而還笑得很開心。看來她已經不會只因為對手是獸王的侍衛就被嚇到了，甚至還讓她這個戰鬥狂熱血沸騰。

只是在對上科爾伯特之前必須先贏兩場……

總之初戰的對手是這個叫傑弗米特的。

之後的第二場比賽會碰上誰？

『贏了第一場比賽後——真假？』

「克魯斯．呂澤爾？好像在哪裡聽過？」

『好吧，就知道妳不記得。哎，就是我們跟阿曼達他們去亞壘沙地下城的時候，一起同行的那個C級冒險者啊。』

「嗯？」

我跟芙蘭說了克魯斯是誰，她好像還是想不起來。芙蘭微微偏著頭。

『有啦！就是那個兼任帶路人與考官，隱約散發出一股勞碌命味道，令人遺憾的帥哥！』

「噢，經師父一說，好像有這個人？」

嗯……算了，看到本人的臉就會想起來了。會吧？克魯斯應該不會忘記我們。像芙蘭這種令人印象深刻的人物，誰看到都忘不了。碰面時芙蘭萬一說什麼「很高興認識你」就糗爆了，我一看到克魯斯就要馬上提醒芙蘭才行。

再說，克魯斯也得打下第一場比賽，才有可能碰上我們。畢竟對手可是A-9號的第四種子選手呢。

『克魯斯的對手是拉杜爾老先生啊。』

就是烏魯木特當中最年長的冒險者。

「他說過他是C級。」

『但聽說實力相當於B級，以前還做過宮廷魔術師。』

難怪會被選為種子選手。拉杜爾要比克魯斯厲害多了。雖然對克魯斯不好意思，我怎麼想都覺得是拉杜爾會贏。

「拉杜爾會贏。」

芙蘭也這麼覺得啊？好吧，第二場比賽應該會碰上拉杜爾，得先想好怎麼對抗魔術師才行。

『然後呢，假如順利進入第三場比賽就是A-16號，科爾伯特了。』

「嗯！好期待！」

在巴博拉他幫助我們太多了。論經驗對方比我們豐富得多，又身懷祕密武器。而且他似乎持有鑑定偽裝的道具，不能確定以前鑑定的能力值是否全部屬實。不過，我還記得他擁有名為迪米特里斯流武術的謎樣格鬥技能。

這個對手也得先打聽些情報才行。

『假設打贏了科爾伯特，第四場半準決賽就終於要對付古德韃魯法了。』

「嗯。」

芙蘭神情立時變得不苟言笑，點了點頭。

『他應該也會一路過關斬將吧。』

應該說萬一有人能打贏這傢伙，我們不見得有勝算。

「我要贏！」

『很好！就是這份志氣！』

只要能打贏這傢伙，奪冠就真的有望了。畢竟對手可是A級冒險者，是一個人就能左右國家軍事平衡的英雄。必定是實力不容爭辯的冠軍候補。

『話雖如此，就算贏了古德韃魯法還是大有可能繼續碰上A級就是了。』

只要中間沒爆冷門，準決賽會碰上阿曼達，決賽則是以弗倫德或羅伊斯為對手。雖然芙蘭一臉的興奮雀躍，但阿曼達與弗倫德想必比古德韃魯法更難纏。可能是在巴博拉親眼見識過他們大顯神威的關係，我總覺得我們遠遠不及他們的境界。

「但我還是要贏。」

『妳說得對。』

不過如果芙蘭下定決心奪冠，那我也不能當縮頭烏龜。必須抱持必勝決心站上擂台，才有可能戰勝對手。

『哼！』

「師父？」

『沒有，我只是在提振自己的鬥志。我們可是要拿冠軍哩！』

「嗯！」

只是，這場大賽應該還有其他我們不知道的強敵。不光是阿曼達他們，也得多留意其他強者，否則有可能在意想不到的地方栽跟頭。

總之先來找找認識的名字吧。好吧，首先引起我注意的是費爾姆斯。他在D組，跟羅伊斯同一組。希望費爾姆斯可以好好加油。既然以前是A級，想必可以打一場精采的對戰。

接著吸引我目光的是艾爾莎。登錄名字就是艾爾莎。畢竟有些選手可能有難言之隱，不用本名參賽應該也不違規吧。

艾爾莎跟阿曼達同樣是B組。好像想看這場對決又好像不想？可以說是最恐怖的女人（？）對決。

C區的種子選手當中，有菲利普・克萊斯頓的名字。巴博拉應該還在進行重建，這麼忙亂的時期來參加大賽妥當嗎？好吧，或許有他的原因吧。而且就對抗燐佛德那場戰鬥來看，他的身手相當了得，假如跟弗倫德的對戰成真的話一定很有看頭。

除此之外的熟人，令人意外的是竟然還有夏綠蒂的名字。就是那位在巴博拉幫助過我們的孤兒院少女。記得職業應該是戰舞士，就是運用舞技淨化幻術或邪氣來戰鬥的特殊類型。她是艾爾莎第一場比賽的對手。我看輸定了吧？怪可憐的，就讓我在心中為她加油吧。

我們沒找到其他熟人的名字。對，找不到。

「沒有莉狄亞的名字。」

虧她講了半天在淘汰賽碰頭時要我們怎樣，結果竟然輸了，也太會鋪哏了吧！

我們把賽程表都看完後，就來到了冒險者公會。

目的是打聽其他參賽者的情報。

「艾爾莎不在。」

『好吧，就算在或許也不方便跟艾爾莎問東問西。』

「嗯？」

『因為那傢伙也是參賽者啊。雖說他可能會樂於為妳解答……』

但他也是有可能與我們撞上的勁敵，請這樣的對手幫忙會不會不太好？

『還是跟其他冒險者或迪亞斯打聽吧。』

「好。」

總之先隨便找個冒險者攀談——才剛這樣想，艾爾莎就氣勢驚人地跑了過來。

「芙蘭妹妹好久不見！恭喜妳晉級淘汰賽！」

看他笑容滿面的。我還把他當成競爭對手，真是自尋煩惱。

「我有看妳比賽喲！妳表現得很好～！」

「嗯。」

「話又說回來，那個藍貓族的男人……沒把他大卸八塊真是太便宜他了！」

艾爾莎似乎回想起了當時的狀況，氣得面紅耳赤。看來自從前幾天跟藍色驕傲起了衝突後，艾爾莎也把藍貓族當成了敵人。

「那樣可能會失去比賽資格。」

「對喔，不能蓄意攻擊輸的一方。嗯——那個狀況的確……好吧，沒辦法。別說這個了，芙蘭妹妹，妳整個人的氣質怎麼好像變了？」

「嗯？」

艾爾莎用手輕輕貼著臉頰，注視著芙蘭的臉。

「該怎麼說才好呢……應該說變得更有擔當了？妳整個神態看起來好英勇喔。」

「我有努力修行。」

為了參加武鬥大賽，我們在地下城接受了一場嚴格的修行。

「就這樣？不過，說得也是。像芙蘭妹妹這個年紀的孩子，總是短時間不見就會長大很多。一定是修練與武鬥大賽讓妳進步神速了吧。」

「嗯。」

「那麼，妳今天來公會有什麼事呀？」

「來調查對戰選手的情報。」

「哎喲？好意外喔，我還以為芙蘭妹妹屬於不理會這些的類型呢。」

「情報很重要。」

芙蘭喜歡戰鬥，但把自己定位為冒險者。而在對付魔獸之前，絕不能怠於收集情報。這樣才能尋求活路，也才能達成委託。這就叫做全力以赴。

換言之，她就是如此認真看待這次的大賽。不只是享受戰鬥，也要盡全力以期必勝。

「嗯嗯，說得對。我看看，芙蘭妹妹第一場比賽的對手是……誰呀？」

艾爾莎看著賽程表，顯得滿頭問號。

「妳沒聽過這個名字？」

「是呀，我從沒聽過有個叫傑弗米特的冒險者。」

既然艾爾莎都沒聽過，最起碼不會是烏魯木特的人，而且也不是知名的冒險者。可是突破預賽的人物，不可能會是小角色。

「有沒有其他人可能知道他是誰？」

「那就來問問其他小朋友吧。」

艾爾莎幫我們在酒館裡到處打聽，問問有沒有哪個冒險者聽說過傑弗米特這號人物。

「你們知不知道一個叫傑弗米特的冒險者？」

「傑弗米特？沒聽過耶。」

「我也沒聽過。」

「誰啊？」

在場的十個冒險者都說沒聽過。這下肯定不是烏魯木特的冒險者。

還是說根本就不是冒險者？例如傭兵、騎士或魔術師等等，不是只有冒險者才會是高手。像菲利普．克萊斯頓就是最好的例子。

『看來在公會繼續打聽可能也沒用了，傑弗米特這傢伙的事就算了吧。』

「嗯。那麼，你知道迪米特里斯流武術是什麼嗎？」

不知能不能打聽到科爾伯特那個流派的情報。

「嗯？為什麼這樣問？」

「我有可能會碰上那個流派的人。」

「我怎麼不記得參賽者裡有迪米特里斯流的傳人？」

「不知為何他都不用。」

聽到芙蘭如此回答，艾爾莎像是恍然大悟般點點頭。

「噢，我知道了。是正在接受試煉吧。」

「試煉？」

「哎呀，妳不知道？迪米特里斯流在領取皆傳認證時，要接受一項知名的試煉。聽說必須在使用特殊魔道具封住力量的狀態下，當上A級冒險者才算通過。」

這項試煉似乎是無人不曉，在場的其他冒險者也跟我們補充了一些相關情報。

他們說迪米特里斯的試煉，就是要用一種叫做封印珠的魔道具封印能力值與技能，並維持這種狀態升格成為A級冒險者，簡直是在整人。

難怪科爾伯特在巴博拉時，前後實力相差那麼大。看來他在對抗燐佛德時解除了封印。

艾爾莎似乎跟迪米特里斯流的門徒組過隊，說他就近看過那個流派的招式。

「不過那孩子階級還很低，不會使用太厲害的招式就是了。」

他說迪米特里斯流的奧義在於「氣」。

這世界有著所謂的魔力。讓這種魔力作用於體內、體表或武器發揮強化或防禦效果時，就稱為氣。稱呼為魔力時，大多是用作魔術用途。

魔力與氣本質上出於同源，只是根據運用於體內還是外界而有不同稱呼。此外，視使用者的資質或技能而定，每個人擅不擅長的領域也不盡相同。

「迪米特里斯流則是將氣的運用方法更加發揚光大。細節我不是很清楚，只聽說他們的運用技巧介於氣與魔力之間。」

「是氣又是魔力？」

「是呀，他們會發射氣彈，或是用氣做出護盾。記得還有一招是把氣打入敵人體內，從內部加以破壞。聽說流派高手還會更神乎其技的招式，但細節我就真的不清楚了。」

聽起來不只有隔空攻擊或是龜〇氣功之類的招數。假如真能從內部進行破壞，那恐怕會相當難纏。

「不過，我覺得在武鬥大賽中不用擔心那麼多。」

「為什麼？」

「我記得迪米特里斯流的試煉期間，是不允許為了私欲或私事解除封印的。如果是為了救人或懲罰壞人的話還另當別論。」

武鬥大賽就完全算是私事了。

看來為了解救巴博拉而解除封印說得過去，但為了贏得武鬥大賽而解除封印就不行了。所以我們跟科爾伯特交手時，不用擔心他會解除封印了？那樣的話或許會是我們占上風。

「嗯，原來如此。」

「還有沒有其他想問的？」

關於羅伊斯與古德韃魯法，我們已經做過鑑定了。至於阿曼達與弗倫德，我們了解得應該比艾爾莎更深。再來就剩……拉杜爾吧。

「那拉杜爾呢？」

「拉杜爾老爺爺？他可厲害了～雖然年紀大了沒體力但經驗豐富，而且會用變化多端的魔術打得對手窮於應付。」

「他會用哪些魔術？」

「就我所知，應該有用過大地、大海與暴風。」

那真是太強了，我還沒看過幾個魔術師會用三種屬性的上級魔術。羅伊斯會用大地、月光與時空，所以或許可以說兩人同樣都是上級三種，但也就這樣了。

而且關於拉杜爾使用的大地與大海，我們所知不多。這恐怕得多加提防。

「老爺爺的厲害之處，在於能將這些魔術搭配運用。」

「什麼意思？」

「這樣說吧，就我以前看過的打法，他曾經用大地魔術在敵人站著的地方往下挖個大洞，再用大海魔術往裡面灌水。接著又用暴風魔術由上往下颳風，讓敵人無法逃脫，那時候淹死了好多哥布林呢。」

「原來如此。」

除此之外，聽說他還能用暴風魔術的龍捲風捲入大地魔術變出的大量刀刃增強威力，或是用大海魔術加上暴風魔術變出濃霧。

也就是說他不只是個別使用這些招式，而是能夠藉由組合搭配變化出更多彩的戰術了。對手是經驗豐富的老魔術師，除了現在提到的這些組合之外，一定還能使用更多樣化的連鎖攻擊。

「還有沒有其他想知道的？」

「嗯？目前沒有。」

「這樣啊。以後想知道什麼隨時都可以來問我喲。我什麼都會教妳的！」

「嗯。」

「不過，假如我們在淘汰賽碰上，到時我可是不會客氣的喲。沒有什麼是比在公平競爭的戰場上放水更失禮的事了。」

「我明白。」

「哎喲？很有鬥志嘛！呵呵呵呵。」

看到芙蘭彎起嘴角微笑，艾爾莎似乎有點驚訝，但隨即露出同樣好戰的笑容，顯得非常愉快。原來艾爾莎也是個戰鬥腦啊！

他以前發現芙蘭是個戰鬥狂的時候那麼驚訝，我還以為他比較正常一點……

你們這些上級冒險者，每個都太愛打打殺殺了啦！不，或許就是因為愛打打殺殺才會積極對付魔獸，不斷升等變強。有沒有上級冒險者全是戰鬥狂的八卦？

Side 獸王

「羅伊斯，目標有動靜嗎？」

「利格大人，您問再多遍也沒用，目前沒有任何進展。」

「我在想啊，那個小丫頭有沒有可能正在盤算著對我行刺？」

「絕對不可能。那個少女就算再笨，也應該明白雙方的實力差距。」

「這麼沒毅力！」

「您上次嚇唬她，做得可能有點太過分了。」

「那樣就叫過分？」

「她那時候可是真的嚇壞了。」

「好吧，也沒錯啦。看她嚇得臉色鐵青腰肢發軟，都快要尿褲子了。」

「您好歹也是個王，講話請不要過度欠缺格調。」

「什麼好歹，我本來就是如假包換的王好嗎？」

「既然如此，就請您拿出王者應有的風範。」

「啊——囉哩囉唆的吵死了。所以講了半天，目標現在在幹嘛？」

「根據古德的報告，似乎正在參加武鬥大賽。」

「對喔，預賽這兩天就開始了。她贏了嗎？」

「贏了。毋寧說假如她連預賽都贏不了，也就沒有監視的價值了。」

「如果她的比賽成績不錯，本王收她做家臣也行。」

「行不通的，她必定對大人恨之入骨。」

「行不通嗎？」

「行不通。」

「這樣啊。好吧，既然這樣就多找點樂子吧。」

「這就全聽大人作主了。只是，您可千萬別讓她逃了喔。」

「知道啦。到時候，我一定會給她致命一擊。」

「大人要費心了。」

「行啦！哼哼哼……接下來等著看好戲吧。」

第二章　獸王的本性

突破了第二場預賽後過了幾天。

芙蘭睡得好吃得好，借用公會的訓練場等場地適度運動，沒事摸摸小漆的毛養精蓄銳，現在處於最佳狀態。

『芙蘭，昨晚睡得好嗎？』

「嗯……」

不過，現在倒是一副愛睏的樣子。

她一邊大口大口地吃早餐一邊不停地揉眼睛。只是整個人半睡半醒，手上的湯匙卻沒停過實在教我佩服。

『今天就是淘汰賽的第一輪比賽了。』

「嗯……」

還是老樣子。就跟平常一樣，早上迷迷糊糊的。

狀況不錯。

如果芙蘭今天一起床就兩眼有神，我反而會擔心她昨晚是不是失眠。

我像平常一樣用水幫她洗臉洗頭，像平常一樣用溫風吹乾頭髮，再用梳子把頭髮梳好。她一定能發揮一如平常的實力。

不過，今天就像是讓芙蘭在大家面前亮相，一定要打扮得特別可愛。』

「沒差。」

『哪裡沒差了，大家都會盯著妳看耶。』

我就這樣幫芙蘭弄頭髮，弄著弄著她總算清醒了，漸漸恢復了活力。

她學我幫小漆梳理毛髮。

「把小漆也弄漂亮。」

「嗷！」

小漆瞇著眼睛，好像很舒服的樣子。

到最後甚至露出肚子開始要求梳毛。

「這裡？」

「嗷呼！」

讓我想起鄰居老爺爺養的那隻有點阿呆的黃金獵犬了。至少可以說完全沒有野狼樣。

『離進入會場還有點時間，現在要做什麼？』

「嗯——師父你來這邊。」

『唔？為什麼？』

「嗯。」

然後芙蘭從次元收納空間拿出一塊布，開始擦拭我的刀身。她把我擺在床上，施加體重使勁地把我擦亮。

『好了啦，等一下就要比賽，不要把自己弄得太累了。』

「不要緊。」

『可是啊——』

「不是只有我。」

『什麼？』

「亮相。師父也是，我要讓大家看到帥氣的師父。」

說完，芙蘭繼續把我擦亮。不知道是該道謝，還是應該說我是芙蘭的跟班所以不用在意？但芙蘭擦拭刀身的技術太好，舒服到我很快就懶得思考了。

『啊～……那裡那裡～』

「這裡？」

『對對對……嗯～妳真有一套～』

「嗯！」

結果我讓她幫我擦了將近半小時。多虧於此，我的刀身光亮如新。

芙蘭一邊擦掉額頭上的汗，一邊看著自己的臉映照在我的刀身上，滿意地點頭。

『累不累？』

「不會。」

那就好。要是擦我擦到累，就本末倒置了。

『那就走吧。』

「嗯！」

事前已經通知武鬥大賽的複賽出場選手在冒險者公會集合。特別是A組的比賽時間較早，負責人員指示我們早上就要集合。

「A-11號，芙蘭大人對吧？」

「嗯。」

到了公會，負責人員立刻就叫到我們。

看來參賽選手的長相等等已經向人員公開了。

「這邊請。」

男性負責人員帶我們前往休息室。令我驚訝的是，公會二樓與三樓的單人房似乎會提供給選手當成休息室。

大概是因為待在大房間會讓一些人開始吵架或起小衝突吧。比方說我家的芙蘭。

「芙蘭大人排在第六場比賽，在那之前請您在這個房間稍候。每場比賽限制時間為半小時，因此最久可能會請您等上大約兩個半小時。」

「嗯，知道了。」

「比賽結束後您可以觀賞其他比賽，但在那之前請您不要外出。比賽如果進行得快，也有可能提早請您上場。」

決賽限制時間為半小時。這是為了避免比賽拖拖拉拉沒完沒了，也可以預防大賽的營運日程有所延遲。

如果半小時無法分出勝負，會由各位評審進行判定。

「有任何需要，請儘管吩咐休息室外面的負責人員。」

對方說像是買東西或準備輕食等雜事，都可以請人員代勞。看來只不過是打進淘汰賽就被當成重量級ＶＩＰ了。

不過我們大部分的東西都放在次元收納空間裡，沒什麼特別需要請人幫忙的雜事就是。

芙蘭馬上就把東西拿出來了。

『芙蘭，過來的一路上不是已經買了很多東西吃嗎……還要吃啊？』

「嗯！」

她毫不遲疑地點頭，開始把堆積如山的咖哩往嘴裡塞。

等一下就要比賽了，吃太飽不會讓動作變遲鈍嗎？

不，也許咖哩帶來的提振士氣效果更高。

再說，這麼點東西不會讓芙蘭吃撐的。預賽的時候也完全沒出問題。

『好吧，要適可而止喔。』

「不要緊，只吃五分飽。」

她好得很。

『我先用淨化魔術替房間去味吧。』

下門。

她後來吃了肉排與豬排丼等等，然後吃大蛋糕當點心悠哉地坐了大約一小時，有人來敲了兩下門。

「芙蘭大人，打擾了。」

「嗯。」

嘴巴周圍沾滿鮮奶油的芙蘭應了一聲，負責人員走進房間裡來。照理來說他應該看到芙蘭這張臉了，卻半點反應也沒有。這位負責人員說不定挺厲害的。

「第四場比賽已經開始了。下下場就輪到您了，請您前往賽場的休息室。」

看來比預定時間早了一點。我們邊走邊問人員，他說第一場比賽是秒殺。

贏家是古德韃魯法。人員說他身形龐大卻用肉眼追不上的速度逼近對手，一擊就打得對方站不起來。或許該說不愧是獸王的侍衛吧。

後來的兩場比賽都打了將近半小時，所以才會是這個時間。看來大家都不喜歡被評審員決定勝負，即使是實力相當的比賽似乎也常常趕在最後一刻分出高下。

我們走公會地下的通道抵達了會場。大概是因為如果是人氣選手，在地面移動會引發騷動吧。

這次也一樣，人員把我們帶到單人休息室。這裡的休息室比公會的豪華多了，甚至還配備了奢華的沙發，以及付有羽毛被的床鋪。

畢竟是為了這場武鬥大賽打造的主競技場的休息室，看來花錢沒在手軟。

「第五場比賽已經開始了。視情況而定可能會請您立刻上場，請做好準備。」

「嗯，知道了。」

沒想到第四場比賽就在我們過來的路上結束了。贏家似乎是第三種子選手，據說是實力真材實料的B級冒險者。

「那麼時間到了我再來叫您。」

「嗯！」

芙蘭一面回答背後負責人員的話，一面仰躺著倒到軟綿綿的沙發上。

然後把臉頰貼在沙發上，享受皮革的冰涼觸感。

而且豎起耳朵聽外面的聲音。

我也學芙蘭側耳傾聽，就聽到比賽的歡呼聲。

仔細想想，現在是拉杜爾與克魯斯在交手。時不時聽見的爆炸聲，大概是拉杜爾的魔法吧。

芙蘭聽了半晌歡呼聲，但很快就膩了。這次換成跳到床上，開始跟小漆玩鬧。

小漆的毛要掉在床上了……算了，只要有助於比賽前放鬆心情就無所謂。

過了一會兒，就傳來不用側耳傾聽也聽得見的盛大歡呼聲。

『哦，比賽結果揭曉了嗎？』

大概是分出勝負了吧。

我再次側耳傾聽，主播的喊叫聲微微地飄進耳裡。

「這招漂亮——！推翻比賽前的風評，C級冒險者克魯斯奪得了勝利——！」

真的假的？咦？克魯斯贏了？

「師父，怎麼了？」

芙蘭似乎看出了我的驚訝，一臉不解地問我。

『沒什麼，只是克魯斯好像打贏拉杜爾了。』

「克魯斯？」

『啊，這麼快就忘啦。好吧，算了。接著應該就輪到妳了，準備一下吧。』

「嗯，知道了。」

說是準備，其實就只是讓小漆躲進影子，把我揹起，再把正在吃的零嘴收好而已。

然後果不其然，人員立刻就來叫人了，領著我們離開房間。

「這邊請。」

「嗯。」

複賽會場通道很寬廣，而且一點也不陰暗。

『會不會緊張？』

（為什麼要緊張？）

前往賽場的路上，我關心了一下芙蘭。本來想說她如果會緊張的話要設法讓她放鬆，但芙蘭看起來一點也不怯場。反而還心情大好地踩著小跳步。

看來是迫不及待要大打一場了。

『真不愧是芙蘭。好，要打第一場比賽了。』

「躍躍欲試。」

『小漆要好好躲著等暗號喔。』

（嗷。）

我們就這樣走出通道，看到比第二輪預賽足足大上兩圈的擂台，以及圍繞四周的多出十倍以上的觀眾。現場沸騰的歡呼融為一體，已經不可能聽清每個人在喊什麼。

由於觀眾席的位置比擂台高，觀眾的聲浪就像瀑布一樣沖瀉而來。

讓我想起生前去看職業足球冠軍賽時的場面。

「唔……」

芙蘭按住貓耳讓它平貼在頭頂上，顰額蹙眉。

『妳還好嗎？』

「……嗯，已經適應了。」

那就好，看來她立刻就習慣了。

耳朵太好也不見得是好事。如果是聽力更敏銳的……例如像羅伊斯那樣的兔獸人不知道受不受得了？現場的轟然歡呼讓我忍不住替人家擔心。

芙蘭就這樣困惑地站在擂台前時，一陣不知從何處傳來的奇妙聲音響徹了會場。

「好，現在淘汰賽A區第六場賽事的選手已經入場！選手編號11，在預賽發揮了從可愛外貌難以想像的強大實力，引爆烏魯木特時下話題的最年少C級冒險者！魔劍少女芙蘭！」

彷彿受到主播輕快的報導所牽引，芙蘭慢條斯理地走上擂台。

對戰對手已經在台上等著她了。

「唔。」

一看到對手的模樣，芙蘭的臉孔僵住了。不，更正確來說是憤恨地齜牙咧嘴。

「她的對手是選手編號12，傭兵團『藍色驕傲』團長！據說是藍貓族新生代的頭號人物！蒼藍擊的傑弗米特！」

對，對手是藍貓族。而且一聽主播的解說，竟然還是藍色驕傲的團長。芙蘭眼神狠戾地瞪著傑弗米特，靜靜地把我從背上拔了出來。

然後，毫不隱藏殺氣地慢慢步上擂台。

實在沒想到打完預賽，連複賽都要跟藍貓族對打。

這些傢伙對我來說當然也是敵人。我對這幫人是厭惡至極，假如在城鎮外碰上的話會猶豫著是該二話不說就扒了對方的裝備，或是直接除之而後快。

芙蘭在競技場中央與傑弗米特對峙。

「妳好，我家團員受妳照顧了。」

「……」

傑弗米特好像是哪個王子殿下似的露出爽朗笑容，故作瀟灑地說道。

還受妳照顧了咧，講話帶刺的混帳一個。

但芙蘭一言不發，只是瞪著對方的眼睛。

「別這樣瞪著我好嗎？」

「……哼。」

這次由於即將開打的關係，芙蘭毫不隱藏對傑弗米特的敵意。然而，面對沉默地死瞪著自己的芙蘭，傑弗米特卻帶著苦笑抓了抓頭。

「這、這樣吧，我們握個手怎麼樣？」

傑弗米特帶著看似真心示好的笑臉，伸出手來。

「不要用髒手碰我。」

「啊——……」

面對芙蘭冷漠拒絕的態度，他看起來好像是真的不知所措。

啊，不行，我太不小心了。怎麼這麼容易就被對方騙了？

對方可是藍貓族耶，想也知道只是在作戲。一定是想用友善的態度誘使芙蘭大意。雖然經過鑑定並沒有演技相關的技能……我看藍貓族一定是從基因就具有一身騙人的手段吧。

「……」

看到芙蘭表情嚴峻地由下往上瞪著自己，傑弗米特似乎放棄了握手的念頭。

他把手收回去，然後忽然低頭致歉了。

「我讓西茲閉門思過了。」

「嗯？」

西茲是誰？

「噢，就是第二輪預賽輸給妳的那個男人。」

「因為輸給黑貓族？」

原來如此，是那個恥笑黑貓族的藍貓族啊。那男的丟臉難看地輸給身為黑貓族的芙蘭，這人當然不會饒過他了。搞不好閉門思過根本是黑話，其實是處死的意思？

然而，傑弗米特否定了芙蘭的猜測。

「不是。他謾罵的那些話，就算是激將法也太過分了。我很抱歉。」

「……！」

傑弗米特彬彬有禮地繼續低著頭，開口道歉。芙蘭表情驚愕地看著他。不是，就連我都被嚇到了。問題是這傢伙並沒有說謊。

我以為這傢伙想講一些甜言蜜語誆騙芙蘭，打定了主意要戳破他，於是用了謊言真理……

然而令我震驚的是，他講的話字字發自內心。

「我也打算剝奪西茲的幹部地位。我認為蔑視黑貓族的歪風應該被矯正。」

聽到這種藍貓族絕不可能說出的言論，弄得芙蘭心煩意亂。

「你明明是藍貓族怎麼會說這種話？難道你不是藍貓族？」

「哈哈……我是藍貓族沒錯，也明白妳信不過我。可是，我一向瞧不起那些涉及奴隸買賣的同胞，也無意只因為妳是黑貓族就侮辱妳。」

芙蘭露出懷疑的表情。當然，她一點也不相信對方。反倒還認為對方想騙她，敵意變得更重了。

「想騙我也得用更聰明的謊話來騙。」

她不屑地說。

可是，她誤會了。

『芙蘭，這傢伙完全沒在說謊。』

（咦？師父在跟我開玩笑？）

『我說真的，這傢伙說的是真心話。也就是說，他是真的在向妳道歉。』

聽我這樣說，芙蘭用刺探的眼神瞪著傑弗米特。但是，芙蘭的瞪視並不能讓傑弗米特動搖分毫。因為他句句都是真心話。

然而，芙蘭似乎無法接受這個事實。

「我不相信！」

芙蘭心亂如麻地叫道，整個人方寸大亂。好吧，也怪不得她。

畢竟現實生活中，不可能發生什麼黑道老大其實是個大好人的狀況。戰鬥前來這麼一場會不會有點不妙？以結果來說她就是被擾亂了心智。

『芙蘭，鎮定下來。要做的事並沒有改變。』

目前先不用去想對方說的是真是假，現在重要的是打贏他。

「嗯，先砍再說。」

芙蘭低喃著說，舉起了劍。

「……說得也是，現在沒時間慢慢談。」

傑弗米特似乎也無意放棄對戰。他回應芙蘭的動作，拔出了背上與腰間的劍。二刀流啊。

『芙蘭，這傢伙很有兩下子。』

（明明是藍貓族？）

『對，很厲害。』

（知道了……）

傑弗米特的能力攻守兼備。就像傭兵一樣擁有多種武器技能，尤其是劍術本領非常了得。不愧是突破了預賽的選手。

而且這傢伙已經進化了。藍貓族進化後，似乎會變成稱為藍豹的種族。小看不得。

名稱：傑弗米特　年齡：36歲

種族：藍貓族・藍豹

職業：瞬擊劍士

Lv：53／99

生命：541　魔力：236　臂力：217　敏捷：322

技能：隱密3、閃避5、危機察知6、弓技3、弓術4、警戒4、劍技8、劍術10、劍聖術2、指揮6、士氣昂揚3、踢腿技4、踢腿術5、瞬發10、瞬步3、盤問4、槍技2、槍術3、雙劍術5、屬性劍2、攀登7、毒素抗性3、水魔術3、麻痺抗性2、氣力操作、方向感、夜眼

固有技能：覺醒、瞬擊劍、豹足

稱號：勝利功臣

裝備：藍龍牙單手短劍、亞德曼合金長劍、多頭龍全身鎧、亞飛龍翼膜外套、異常狀態抗性手環、生

「雙方都準備好了嗎？」

「嗯。」

「隨時候教。」

「那麼——比賽，開始！」

主播宣布比賽開始。

緊接著，雙方同時展開行動。

「殺啊！」

「喝啊！」

芙蘭像是想發洩內心打轉的煩躁情緒，憑恃蠻力給予對手一擊。雖然多少有點粗率，但威力大到直接擊中的話甚至可能直接決勝負。

然而，傑弗米特交叉兩手持握的劍，接下芙蘭的第一發攻擊。而且還順勢用劍卡住我試圖將我彈飛。

但是芙蘭論臂力與劍術技能都在對方之上，想從她手中奪走我是不可能的事。

之後就演變成一場激烈交鋒。

雙方瞬息萬變地不斷替換站立位置，穿插高難度的假動作，持續揮劍伺機給予對手必殺一擊。乍看之下可能會覺得雙方勢均力敵。

然而，芙蘭單憑我這一把劍就化解了傑弗米特揮動的雙劍，她的劍法步步將傑弗米特逼進死路。

劍術技能的差距，會在這種攻防過程中表露無遺。

相較於芙蘭游刃有餘地化解攻擊，傑弗米特的閃避漸漸失去從容。傑弗米特眼看再這樣下去會不敵對手，決定孤注一擲。

「瞬擊劍！」

「哼！」

「唔！」

想必是瞬擊劍士這種職業的固有技能了，看起來像是高速的衝刺攻擊。

速度相當快。但是，對芙蘭不管用。

毋寧說這點速度，只能等著遭受反擊。

芙蘭一面躲掉傑弗米特的揮砍一面使出的攻擊被單手短劍彈開，但這場攻防讓她掌握到了時機。下次反擊一定能得手。

可能是明白到這點了，傑弗米特不再使出瞬擊劍。

正好相反，他與芙蘭大幅拉開了距離。幾乎沒有預備動作，就往正後方跳躍了十公尺以上。

芙蘭一時措手不及，當下沒能乘勝追擊。

「！」

芙蘭微微睜大了雙眼，因為她完全沒料到傑弗米特能有這種身手。很可能是這傢伙擁有的另一項固有技能——豹足的效果。

「妳真厲害。」

芙蘭用不同於之前的表情，看著傑弗米特。

原本表情中只有困惑，如今似乎對傑弗米特產生了些許不同的觀感。

「你還算有兩下子。」

「謝謝。」

聽到這種感覺不到負面情緒的真誠道謝，芙蘭揚起一邊眉毛。

「原來也有像妳這麼厲害的黑貓族。我就知道看輕黑貓族是錯的。」

「……」

芙蘭也總算冷靜下來，做好了接受事實的準備。而她應該已經理解到，這個男人是真心誠意在賠罪。

「……我第一次看到不是人渣的藍貓族。」

她不帶憎恨或憤怒，用純粹感興趣的目光看著傑弗米特。

「哈、哈哈……唉，藍貓族是真的該改變了。」

聽到芙蘭坦率的感想，傑弗米特發出乾笑。看來他是真的很沮喪。

不過，他似乎立刻又想起現在正在比武。

他再次把劍舉好，重新提振精神。

「話雖如此，我也不能為了致歉而把勝利拱手讓給妳，那樣會損害團隊的名譽。我必須贏過妳，請包涵。」

「這是我要說的。」

芙蘭把我舉好，不敢大意。

臉上帶著一絲笑意，以及對傑弗米特將如何出招的好奇心。

「呼唔唔……」

感覺得到傑弗米特體內的魔力正在高漲。

「覺醒……！」

幾乎於傑弗米特如此喃喃自語的同一時間，他全身上下在一瞬間內變得更為壯碩。肌肉——特別是大腿與小腿等可能與瞬間爆發力相關的部分，都以驚人的速度膨脹起來。然後，只見他全身長出了藍黑斑紋的毛髮。原來如此，如同種族名稱所示，確實就像一頭藍色的豹。

「藍豹是體能強化特別明顯的物種，妳最好認為我已經脫胎換骨了——瞬擊劍。」

傑弗米特的身影消失了。

鏗————！

緊接著，刀劍敲擊的尖銳金鐵聲響徹四下。

「——唔！」

簡直像是做了瞬間移動似的，攻擊說來就來。

芙蘭無法出手反擊，只能一味防禦。

「第一次看到竟然就能擋下……喝啊啊！」

想必是覺醒帶來的效果，他所有能力上升了30以上，敏捷更是提升了將近200，光論速度的話可與A級冒險者媲美。這就是藍貓族進化後的實力嗎！

神速瞬擊劍與體能相輔相成，實現了迅雷不及掩耳的速度。

這個男人，是我們所遇過的對手當中敏捷性最突出的一位戰士！

他運用能夠瞬即進行高速移動的瞬步與豹足技能，持續移動擾亂我方，又用瞬擊劍使出犀銳的一擊。而對來自全方位的連番高速斬擊，要是換成一個下級冒險者在這裡的話早就被分屍了。

可是沒有一擊打中芙蘭的要害。

經過修行而運用得更加熟練的察知系技能，讓芙蘭無論是何種攻擊都能看穿。而現在的她只要看得見攻擊，就有足夠的巧技可以卸力。

「怎麼可能……！」

傑弗米特慌了。就算沒有看輕黑貓族，應該也料想不到進化過的自己會輸給不能進化的黑貓族。

因為論經驗、能力或技能，自己都不可能輸給像芙蘭這樣的少女。

彷彿顯現了內心的焦慮，他的攻勢變得更為凌厲。

變得更快，連續次數更多。

傑弗米特大概是想加快連番攻擊的速度，以突破芙蘭的防御吧。

但是毫不間斷地出手攻擊，就表示原先穿插的假動作或接續的招式會減少。這同時也等於讓攻擊變得單調。

不過也是因為芙蘭跟得上對手的速度，才能這麼說就是了。

「石牆術。」

「喀哈……！」

傑弗米特從背後殺來，卻狠狠撞上突然出現在前進方向上、高度只到膝蓋的石頭矮牆。這道衝擊將他整個人撞上了半天高。

說成騎單車或機車時撞上比較矮的護欄或什麼，整個人被往前拋出的狀態應該比較好懂。

「完全掌握了我的速度——？」

傑弗米特對於芙蘭不只是捕捉到他的高速移動，甚至還抓住最佳時機用魔術還手感到驚愕萬分。不過，你有那閒工夫驚訝嗎？

「煉獄爆烈。」

「！」

芙蘭對毫無防備的傑弗米特射出火焰魔術。

但我們有點太小看豹足技能了。沒想到他竟能像空中跳躍一樣，踢踹沒有立足處的空間。

就在我以為到手了的瞬間，人在半空中的傑弗米特用不合常理的動作改變移動方向，躲掉了煉獄爆烈。我忍不住咂嘴。

『嘖！』

這人比想像中還不服輸！還真不愧是傭兵團的團長啊！有一套！

好吧，其實是我因為將戰鬥交給芙蘭去打，自己像坐在貴賓席看比賽一樣才能有這種感想。

實際上假如我全力輔助芙蘭並肩作戰的話，並不會因為施放了煉獄爆烈就以為勝券在握，必定會冷靜地多補一刀。

就像現在的芙蘭一樣。

「噴火推進。」

「什麼時候……！」

芙蘭一發射出火焰，隨即採取以火勢藏身的走位開始奔行。然後，傑弗米特才剛用豹足躲掉魔術，芙蘭已經用火焰魔術加速逼近他的背後了。

為的是如果沒能一招收拾掉傑弗米特，可以展開追擊。

「喝啊啊！」

「呃啊啊啊！」

要比快芙蘭也不會輸人，足夠跟覺醒後的傑弗米特打成平手。

在傑弗米特來看，應該會覺得一回神芙蘭竟瞬間移動到正後方了。但是，難道他沒跟速度與自己不相上下的對手交戰過嗎？傑弗米特被芙蘭以牙還牙，無法好好防禦她的攻擊。

他艱難地一面把左手的劍擲來一面刺出右手的劍，但這種逼不得已的攻擊自然不可能打中。投擲過來的劍被次元收納吸收，右手的劍僅只割傷了芙蘭的臉頰些微。

「吁——！」

「嗚呃啊！」

傑弗米特就這麼被她砍斷了腿，整個人彈飛出去。

即使只是彈飛或許也能讓他被判出局。但芙蘭考慮到補救成功的情況，為了確實獲勝而奪去了傑弗米特作為命脈的機動力。

傑弗米特失去了一隻腳而完全喪失平衡，一邊噴灑著鮮紅血液一邊跌落場外。

傑弗米特重重摔落地面，一路彈跳翻滾。相較之下，芙蘭神色自若地降落在擂台中央。完全是一副贏家與輸家的構圖。

「贏了！奪得勝利——！發生什麼事了！沒想到決賽第一輪比賽就能看到這麼精彩的對決！身為主播實在慚愧，雙方有些動作快到我都沒看清楚～！」

可以聽見主播興奮激動地嚷嚷。也是啦，畢竟剛才的一來一往快到都能跟A級匹敵了。

「勝利選手是年僅十二歲的魔劍少女芙蘭！這也是本大賽最年少的勝利紀錄～！」

看來芙蘭破了最年少的勝利紀錄。

不光是主播，觀眾也興奮熱烈地叫好。

芙蘭打贏了傑弗米特後，將來自四面八方的歡呼拋在身後，跟著負責人員回到了休息室來。

「恭喜您突破第一輪比賽。」

「嗯。」

「下一場比賽將在後天舉行。集合時間與今天相同，請務必準時到場。」

「知道了。」

「那麼之後就是自由時間，請隨意。」

只說完這些話，負責人員就離去了。
剩下我們三個，討論之後的計畫。
『現在要做什麼？』
（看比賽。）
『也是，現在過去應該趕得上科爾伯特那一場。』
（嗯。而且，我也想看其他場比賽。）
對耶，到目前為止都沒機會仔細觀賞他人的對戰。
每次修行都只是不停地戰鬥。但是，也有一種說法叫做臨摹學習，觀摩別人的戰鬥對芙蘭而言必然會是很好的經驗。
況且這麼做一定也能提升芙蘭的幹勁。
『那就去看看吧。』
（嗯。）
芙蘭準備離開公會前往賽場，但又被負責人員叫住了。
怎麼了？忘了傳達什麼事嗎？結果我猜錯了。
「您是不是想去看比賽？」
「嗯，有這個打算。」
「那麼建議您最好喬裝一下。現場觀眾都看過剛才的比賽，您的出現可能會引發騷動。」
這倒也是，現場都是剛剛才看過芙蘭比賽的觀眾，很可能認得出她的長相。況且還有人下注賭博，搞不好會有賭輸的人來找碴，或是被哪個專挑少女下手的變態跑來搭訕。

「那我找件衣服披著。」

「麻煩您了。」

也好，然後用個隱密系技能消除存在感應該就沒事了。

芙蘭從次元收納空間拿出連帽外套穿起來，往會場走去。

聽說選手可以從後門入場，於是繞過去看看。結果一出示冒險者證照，對方就行最敬禮放行了。

到了觀眾席一看，簡直人滿為患。

（人好多。）

『連站著看的人都多到不行耶～』

當然，沒有位子可以坐。所以芙蘭也只能站著看了？我們邊想邊東張西望找空位時，看到有個地方空出了幾個位子。不知為何就只有那邊沒人坐，是有一群團體觀眾剛走嗎？

『那裡有空位。』

「嗯。」

芙蘭到那裡坐下。座位也沒壞掉或什麼的，為什麼就只有這裡沒人坐？正覺得奇怪時，很快謎底就揭曉了。

「喂，誰准妳坐在這裡的？」

「嗯？」

「妳這小鬼別賴著不走，滾一邊去。」

「大哥他們馬上就到了！」

原來是幾個滿臉橫肉的男子霸占這個座位的兩旁，用恫嚇手段讓其他觀眾不敢靠近。也就是所謂的占場地嗎？真是些妨害公共秩序的傢伙。

經過鑑定，似乎是鎮上的地痞流氓。周圍的觀眾一定是害怕這些傢伙，才會躲得遠遠的。

然而，對於平時經常被凶神惡煞般的冒險者糾纏的芙蘭來說，實在一點都不嚇人，就只是態度惡劣的一般民眾罷了。

但她知道對方在故意挑釁，下手就不會客氣。

「氣絕電壓。」

「呀啊！」

「咿嘰！」

「喔呼！」

芙蘭用氣絕電壓把三個男人電昏，把他們扛起來丟到通道上。

周圍其他觀眾看到幾個男人癱軟著玩疊羅漢，都驚訝得目瞪口呆。賽場上有兩個無名選手正在對打，但肯定是我們這邊比較引人注目。

糟糕，芙蘭的身分可能會曝光。

『芙蘭，把兜帽再壓低一點。』

「嗯。」

『還有，這幾個傢伙怎麼辦？就丟在這裡嗎？』

「嗯……小漆？」

「嗷。」

小漆回應芙蘭的呼喚從影子裡現身，更是引發周圍觀眾驚呼連連。但芙蘭絲毫不以為意，把兩個流氓疊在小漆的背上。小漆銜起剩下那一個的後頸，把他舉起來。

「拿去丟掉。」

「嗷嗚。」

「這樣就行了。」

『也得怪他們給其他人造成困擾，算活該吧。』

芙蘭目送小漆離開，然後在空出的座位上坐下。

周圍站著觀戰的一些人見狀，也趁機占便宜紛紛坐下。但大家可能都不想惹事，沒有人跟芙蘭攀談，正合我們的意。

後來觀戰過程沒出什麼問題，我們安安靜靜地看了比賽。

對了，疑似讓地痞流氓霸占場地的幾個土霸王後來有出現，但一看到芙蘭立刻轉頭就跑。看來他們知道芙蘭是什麼來頭，一跟芙蘭對上眼，就面色鐵青地一哄而散了。大概也就這點小風波了吧。

對了，還有另一個問題。

由於科爾伯特與阿曼達的比賽都是瞬殺，我們幾乎沒能接收到半點資訊。

科爾伯特的對手是名叫阿卡薩的魔術師，是個身穿漆黑長袍，看起來法力高強的紅髮男性。從鑑定的能力值來猜測，應該是運用與本尊如出一轍的幻影魔術欺瞞對手的眼睛，同時以風魔術伺機一招決勝負的類型。或許跟迪亞斯有點像。

「哎呀哎呀，B級冒險者的科爾伯特先生。我能遇上你真是幸運。」

「什麼？」

「因為我的戰鬥方式正好剋你。沒有比能夠輕鬆打贏的上級人士更好賺的獵物了，你說是吧？」

「哼，你還挺有自信的嘛。但願不是狂妄自大就好。」

「這不是自信也不是自大，是確信。」

就像阿卡薩說的，我本來也以為察知系技能等級不高的科爾伯特，碰上幻影魔術會陷入苦戰……

「喝啦！」

「嘔噗呼！」

結果他根本不給阿卡薩時間詠唱。

比賽開始才五秒，科爾伯特的拳勁就穿透了阿卡薩的側腹部。然後就這樣結束了。開打前的挑釁對話都還比較費時。

阿卡薩的戰鬥方式以保持一定距離為前提。一旦於比賽開始的同時被對手全速衝刺過來，發展成近身戰就沒戲唱了。

不，其實也不只限於阿卡薩，很多魔術師應該都是這樣。由於是在範圍有限的競技場打鬥，因此狀況從一開始就對以近戰為主的選手有利。

以魔術為主的選手比較少，大概也是因為如此吧。

誰也不會想積極參加贏面少的大賽。

好吧，能得知這點或許已經算是有收穫了？

『這下知道對付魔術師時速攻很有效了。』

（嗯！）

誇張的是下一場阿曼達的比賽，真的半點收穫都沒有。

阿曼達的對手，是個名叫洛姆丘的打赤膊肌肉壯漢。一身肌肉恐怕比艾爾莎還要厚重。

「咕呼哈哈哈哈！難得看到這麼漂亮的寶貝！」

「是嗎？謝了。」

「呼喔喔喔喔！渾身滾燙起來啦！」

「……」

剛開始還笑臉回應的阿曼達，看到洛姆丘開始擺姿勢大嗓門之後笑容就沒了。

不知道是不是渾身塗了油，洛姆丘的皮膚油亮發光。那個真的讓人看了很痛苦。阿曼達的眼神更是活像看到了蟲子似的。連我們都能感受到她抑止不住的殺氣。

可是，不知道是不是遲鈍過了頭，洛姆丘兩手手指蠕動抓著空氣，用下流的嘴臉盯著阿曼達瞧。

「咕呶呼呼。本大爺要用我的關節技，把妳弄得滑溜溜溼淋淋！」

「……」

「然後，妳就在本大爺的懷抱裡升天吧！」

「……嗯。」

啊——阿曼達散發的氛圍都變了。完全進入戰鬥模式了。

然後比賽一開始才沒多久……

劈咻！

只聽見一道撕裂空氣般的聲響，洛姆丘的身影霎時從台上消失。觀眾甚至來不及發出歡呼。慢了短短幾秒後，啪嘰！就聽到某種重物被砸在堅硬地板上的聲響。

觀眾往那裡一看，洛姆丘不知何時撞上了圍繞競技場的牆壁，正在往下滑落。瞬殺過程發生得太快，連裁判都沒來得及宣布贏家。

原來是阿曼達在比賽開始的同時揮出鞭子，把洛姆丘打飛了。外行人大概沒看出來發生了什麼事吧。

但我還有芙蘭都看得真切。

『可惜沒能看到她拿出更多真本事。』

「嗯……」

跟這次相比，我們以前與阿曼達進行的模擬戰都還快上一點。

好吧，都怪對手太廢，鞭子要是再揮快一點可能就把他殺了，無可奈何。

看到工作人員費勁地想把被擊倒的洛姆丘搬走，觀眾發出了笑聲，但我與芙蘭只覺得這場比賽很沒看頭。

相比之下，艾爾莎與夏綠蒂的比賽精采多了。

夏綠蒂翩然起舞般的身手讓人目眩神迷。

她用收放自如的舞步在艾爾莎的身邊來回繞行，以手裡的鐵製圓圈使出攻擊。這個鐵環不但可以攻擊，似乎還能彈開或是用圓圈勾住對手的武器。

而當夏綠蒂如此翩翩起舞時，她所施放的水魔術又形成了彩虹，整個場面看起來就像是真正的舞蹈表演。

若不是聽見夏綠蒂裂帛般的吶喊或是金鐵交鳴的聲響，也許還看不出是在戰鬥。

夏綠蒂這種可說令人神魂顛倒的戰法吸引了觀眾的聲援，但是要對付艾爾莎似乎仍略嫌實力不足。

「嘿——！」

「啊哈！」

「咦？為什麼……？」

「打得好～！再多來一點！」

被人用鋼鐵圓圈狠狠打中屁股，艾爾莎不知為何竟發出喜不自勝的嬌喘。夏綠蒂見狀，似乎被無法理解的狀況弄得困惑不已、不寒而慄。

畢竟艾爾莎不但擁有能把疼痛變為快感的痛覺變換技能，本人又是個被虐狂嘛。夏綠蒂恐怕從沒碰過這種珍禽異獸吧。

她想再度展開攻勢，這次卻被艾爾莎一腳踢飛。

「在那裡！」

「唔！這招怎麼會被……！」

「因為妳這個假動作剛才已經看過了呀。」

具有幻惑效果的舞步被看穿到某種程度後，就變成單方面占優勢了。

「喝啊！」

「呀啊！」

夏綠蒂只能忙著躲避艾爾莎揮動的巨大錘矛。

「呵呵♪逮到妳了。」

「嗚！不行，掙不脫……！」

「妳的身手很好，就是缺了點力道。」

「竟然才打到這裡就——呀啊啊啊！」

「再見嘍♪」

最後被艾爾莎抓住後頸用力一扔，摔出場外落敗。

肌肉虯結的艾爾莎空手襲擊夏綠蒂的模樣照理來講應該會讓人想報警，但看起來卻完全不覺得下流。大概還是因為艾爾莎有著一顆少女心吧？

總之，算是兩者盡力對決的一場好比賽。

要說其他還有什麼收穫，大概就是見識到超乎我們想像的技能運用方式吧。

很有意思的是，有個盜賊先對對手施加提升嗅覺的法術，然後拿像是臭魚乾的東西扔過去對付對手。老實講這種招數我可不想學，但是對對手施加能力上升系的法術確實很有創意。

另外，熔鐵魔術師的對戰也讓我們獲益良多。魔術師用這招熔化了對手的武器，又把地面加熱限制行動範圍，招招都是攻敵之弱。嗯——看到那種戰術之後，讓我都想提升熔鐵魔術的等級了。

再說，這下應該也達成了提升芙蘭士氣的目的。

我在芙蘭背上，都能感覺到她技癢難耐了。

我知道，大概就像一個愛打電動的小學生從幾個朋友背後看他們對戰，期待早點輪到自己的那種感覺吧？

『有不少選手都滿強的。』

（嗯！）

看完所有比賽後，太陽也快下山了。

『我們回旅店吧。』

「嗯——……」

聽了我的提議，芙蘭微微歪著腦袋。

『怎麼了？妳還有想去哪個地方嗎？』

芙蘭一聽，從次元收納空間拿出了一把劍來。

這劍看起來怪眼熟的，是在哪裡看到的？

「不小心把傑弗米特的劍帶回來了。」

噢，原來是傑弗米特扔過來的藍龍牙單手短劍。我們一直把它收在空間裡。

經過鑑定發現是一把威力不凡的武器，說不定滿貴的。

『可能還是還給人家比較好喔～』

「嗯。」

我每次碰到藍色驕傲都搞得很不愉快，但對傑弗米特沒有反感，甚至還滿欣賞他的。芙蘭應該也跟我有同感。

『小漆，你能追蹤傑弗米特的氣味嗎？』

「嗷！」

看來是沒問題。

我們就這樣讓小漆帶路走了二十分鐘。

最後來到了城鎮外頭。

『就是這裡嗎？』

「嗷。」

小漆點頭回答我的問題。

這附近住宅很少，有點像是空地。在這開闊的場所，搭起了幾個帳篷。

說是帳篷但也不是樸素的露營帳篷，而是穩穩豎立了支架的蒙古包式帳篷。

看來藍色驕傲並沒有在旅店投宿，而是自己設置了營區。要讓那麼多團員全數在旅店投宿會是一筆鉅額費用，對傭兵團來說搭設帳篷應該只是小事一樁吧。

只是，怎麼樣才能從這麼多帳篷當中，把傑弗米特叫出來呢？要是被其他團員看到可能有得吵。

還是我用分身去把人找來好了？

正在猶豫時，有人從離我們最近的帳篷走了出來。

「啊——妳是！」

是個年過十五歲的少女。這個少女一看到芙蘭的瞬間，立刻怒火中燒地叫道。

這個橫眉豎目地指著芙蘭的少女我有印象。就是在奧勒爾的宅邸門前，率領著藍色驕傲擺臭架子的那個女孩。

當時她被芙蘭的威懾嚇到，後來應該被艾爾莎趕跑了。

「誰啊？」

芙蘭當然早就把她忘了。她是芙蘭最討厭的藍貓族，本身又不是什麼強者，被忘記也是無可奈何。

「哼！我叫塞倫，是藍色驕傲的副團長！」

什麼，這個少女竟然是副團長！

她的能力值相當低，但擁有話術與恫嚇等技能，也許在團裡的地位比較類似參謀。可是以所處地位來說，好像腦袋又沒聰明到哪去……

「我叫芙蘭。」

芙蘭以往看到藍貓族總是毫不掩飾厭惡感，但認識傑弗米特之後似乎在心境上起了點變化。不會一見面就想吵架，最起碼會先看看對方是誰再做打算。

面對塞倫，姑且也先用正常的態度應對。

「我知道！妳已經羞辱我們傭兵團不知道多少次了！妳來幹什麼！」

不過這次是對方一見面就想找芙蘭吵架就是了。

「我來還這個。」

「這……這不是哥哥的劍嗎！妳這小偷！」

這樣講一句頂一句的很難溝通耶。

話又說回來，既然叫傑弗米特為哥哥，所以是他的妹妹了？也許因為是團長的妹妹，所以實力再差都可以當上幹部吧？

「真要說起來，像妳這種黑貓族的小丫頭怎麼會贏過我哥哥啊！」

「嗯？憑實力。」

「妳騙人！黑貓族不是廢到出名嗎！不可能打得贏我哥哥！反正一定是使了什麼卑鄙手段！」

「沒有。」

「想也知道一定有！否則哥哥不可能輸給區區一個黑貓族！」

塞倫氣急敗壞地跺腳，看起來比實際年齡更幼稚。在奧勒爾的宅邸門前我就想過，她還真是討厭黑貓族。以藍貓族來說是不奇怪，但以傑弗米特的妹妹來說似乎不太合理。

「好，我要妳去向主辦單位自首說妳是用卑鄙手段打贏的，把第二輪比賽的晉級資格讓給我哥哥。這樣我就特別放妳一馬！」

聽到這種只差沒叫芙蘭感激她的口氣，芙蘭倏然瞇起了眼睛。

「……我拒絕。」

芙蘭的心情越來越差了。

好不容易因為傑弗米特的關係減緩了她對藍貓族的厭惡，這個白痴妹妹又勾起了她心中的反感。

「什麼？妳在跟我胡鬧嗎？我都說了要對妳這個卑鄙小人特別網開一面了，妳應該要跟我道謝才對！」

她真的是傑弗米特的妹妹嗎？個性差距大到都有點異常了。

芙蘭似乎已經認定這人不值得她繼續講下去了。

她閉口不言，用冰冷徹骨的眼神瞪著塞倫。

「……」

「笨貓族就是這樣才討人厭！我是在叫妳弄清楚自己的分寸，妳懂不懂！」

「……」

「妳這什麼眼神？妳要是不棄權，我可是不會放過妳的。妳知不知道自己會有什麼下場？」

「……不知道。」

芙蘭已經火冒三丈了，但可能看在對方是傑弗米特的妹妹的份上，還在壓抑火氣。真是值得嘉許。只是不知道還能忍多久。

「哼，你們這些廢貓族能繼續活著，是我們藍貓族大發慈悲！」

「……」

「妳再不棄權，就不是只有妳一個人付出代價。我會把其他黑貓族都抓起來，賣去當奴隸！」

啊——說出不該說的話了……這麼輕易就踐踏了芙蘭的耐心。

芙蘭一直很想提升黑貓族的地位，改變族人被奴役的現狀。與芙蘭不共戴天的藍貓族一個女孩對她講這種話，勢必要——

「咿！」

芙蘭的殺氣提升到空前的地步，比聽到迪亞斯談起琪亞拉的時候還要可怕。我不管了。這個小丫頭死定了不用說，嚴重起來可能整個藍色驕傲都會被滅團。

雖然對傑弗米特過意不去，但團員們似乎都是典型的藍貓族，也許趁現在徹底把他們斬草除根比較沒有後顧之憂。要是有誰動報仇的歪念頭也很麻煩。

塞倫全身暴露在芙蘭的殺氣中，臉色鐵青地發出了慘叫。她當場癱軟在地，渾身顫抖。好像連自己胯下流出的液體弄溼了地面都沒發現。

「啊、啊啊……！」

她啞著嗓子，發出不成言語的呻吟聲。看了真替她難過。

但這副模樣似乎並不能打動芙蘭分毫。

芙蘭一言不發，只是沉默地將我拔出，舉起來往少女揮砍過去。

就像是打死一隻礙眼的蟲子，攻擊帶著煩躁與怒氣，而且只是隨手為之。不過，這一劍也夠奪走這個少女的小命了。

只是，這記斬擊並未劈到少女身上。

因為有個人影以驚人速度介入雙方之間，挺身保護了少女。

「呃呼……！」

「哥、哥哥！」

是傑弗米特。刀刃砍斷了他的左鎖骨，直達肺部。看來是決心挺身保護妹妹的性命。

塞倫看到哥哥身受重傷，對芙蘭投以滿懷恨意的視線。

但是，傑弗米特對芙蘭沒有一句責怪。豈止如此，反而還神情嚴峻地瞪著自己的妹妹。

「妳……怎麼能……說出那種話……！」

「哥哥！你要不要緊！妳這可惡的東西！我絕不饒妳，你們黑貓族等著被我們親手——」

「還不住口……！」

「呀啊！」

塞倫正準備對芙蘭發飆，卻被傑弗米特一巴掌阻止。

雖說受了傷使不上力，畢竟是身為戰士的傑弗米特甩的耳光。塞倫被打得彈了出去，滿臉驚愕地摀住紅腫的臉頰。想必是無法理解哥哥為什麼這樣做吧。

傑弗米特也顧不得傷勢，當場雙膝雙手著地，甚至以額頭貼地開口賠罪。汩汩流出的血液，轉眼間就在他的身體下方積成一片血泊。

「家妹愚笨，冒犯到……妳了。請接受，我的道歉……」

「……抱歉。」

但是，芙蘭說出的卻是拒絕。她的殺意與憎惡，已經不是這點道歉就能平息的了。

「我……不會……再讓她……說出這種話！我會再度，肅正團內的綱紀……那些愚頑不靈的，會被逐出本團……不，我會把他們……送去做奴隸！」

可能是覺得放逐都還算太寬容，傑弗米特竟然說要把親妹妹送去做奴隸。一定是知道不這麼說，芙蘭就不會罷手吧。

傑弗米特與芙蘭交手過，知道她的實力遠在自己之上。他知道現在不平息芙蘭的震怒，可能導致傭兵團被趕盡殺絕。

「哥哥？你在說什麼？為什麼要跟那種臭丫頭低頭——啊！」

「住……口。」

傑弗米特揍飛了過來抓住自己的塞倫。下手還滿重的，力道大到塞倫的生命力都減半了。

塞倫昏了過去，癱倒在地上。

「我真的，不知該怎麼賠罪……」

傑弗米特繼續道歉，但再這樣下去他就要沒命了。生命力都快耗光了。

正在僵持不下時，我感覺到營地那邊有幾個人有了動靜。

很可能是一些藍貓族人察覺到外面情況有異了。

『芙蘭，怎麼辦？其他人很快就會過來了。』

「我很……抱歉。」

「…………」

『妳想怎樣都行。要動手的話我也會認真動手。』

「……大恢復術。」

遲疑了半晌後，芙蘭治好了傑弗米特的傷。大概是對藍貓族仍然充滿懷疑與厭惡，但覺得傑弗米特為人善良，不忍心在這時候殺了他吧。

「我今天先回去了。下次過來的時候如果還是一樣，到時就請你做好最壞的打算。」

「感激不盡！」

可能是感覺出芙蘭勉強壓抑住的激動情緒了，傑弗米特再次磕頭道謝。

然而，芙蘭一句話都沒回，轉身就跑。

她的臉上寫滿複雜的感情，眉頭緊皺。

『就這樣放過她，妳不介意？』

「我沒有放過她，只是給他們時間。」

『好吧，芙蘭妳喜歡怎麼做都行。』

芙蘭在鎮上奔跑，沒有特別意義，只是為了發洩整理不了的情緒。

用驚人速度狂奔的芙蘭非常引人注目，但現在無可奈何。應該說如果這麼容易就能稍微舒緩芙蘭的心情，要跑多久都可以。

她就這樣到處亂跑了幾分鐘。

大概是終於冷靜下來了。

芙蘭依然一臉的不痛快，垂頭喪氣地走在後巷裡。

其實有個地痞流氓看到芙蘭這樣想來騷擾她，但被我先用念動力打昏了。因為現在的芙蘭很有可能一不小心要了別人的命。

不過，可能是因為芙蘭散發的氛圍太凶險了，後來沒有一個白痴敢過來搭訕。

「……」

她看起來心情很糟。不過也怪不得她。

傑弗米特雖然是藍貓族，但芙蘭跟他本來是有機會做朋友的。而且，傑弗米特也讓我們知道藍貓族裡其實也有正派人物。誰知道後來卻……

到頭來，藍貓族還是藍貓族。只有他一個人是特例。

我不知道芙蘭跟傑弗米特還能不能和好。芙蘭其實心底也很想跟傑弗米特做朋友，可是視今後的事情發展而定，說不定又得刀劍相向。最糟的情況下，甚至可能對他痛下殺手。

對芙蘭來說，傑弗米特的妹妹說出的話就是如此令她無法容忍。就連我聽了都氣不過。像他們那種把人口販賣當成理所當然的傢伙，要不是傑弗米特出面的話早就被我們就地正法了。

可以想像芙蘭的心中一定百感交集，而且都是負面感情。

就這樣走了大約二十分鐘，芙蘭忽然停下腳步，猛地轉頭望向背後。

『這個氣息是……』

「獸王？」

有種強大到駭人的魔力與鬥氣拔地升空，連我們站在這麼遠的位置都感覺得到。是藍色驕傲營地的方向。

「……！」

芙蘭急忙沿著來時路跑回去。

這股魔力是獸王發出的，事情絕對非同小可。不可能只是普通訓練。

芙蘭恐怕根本沒想過該怎麼辦，但卻頭也不回地全速奔馳。

心中充滿對傑弗米特的友情，以及對獸王的恐懼。還有，這兩人發生了什麼事？

『芙蘭，獸王很可能就在那裡！妳不怕嗎！』

「……嗯！」

我不知道她做好心理準備了沒有。但她大概無論如何都得回去吧。

從這裡跑到營地，芙蘭卯足全力的話不用五分鐘就到了。

「呼……呼……！」

『果然是獸王！』

芙蘭上氣不接下氣地抵達營地，赫然看見一團如太陽般旺盛燃燒的濃金色烈焰。

那是全身纏繞金色烈焰，悠然佇立於營地中央的獸王。那副體現了暴厲之威的身姿，散發出正統霸王獨有的威嚴。

光是站在那裡，就能對周圍施加駭人的壓迫感。

而在他的面前，倒臥著全身焦黑的傑弗米特。鎧甲等裝備像是燒熱的糖人般融化變形，皮膚大面積燒傷碳化。

一眼就能看出已經奄奄一息。

但是，獸王的能力值比起以前看到時大幅上升到了異常的地步。不只如此，外貌也產生了些許變化。頭髮倒豎朝天，恰如獅子的鬃毛。眼睛周圍出現黑邊，尖牙伸長到從嘴角露出，簡直是一頭活生生的雄獅。

『變成進化狀態了嗎……』

就像傑弗米特和芙蘭交手時展現過的那樣，想必是以覺醒技能進行的進化。

「愚蠢的東西……只能怪你膽敢反抗我。」

「……唔……」

「夠了，死吧。」

獸王高高舉起包覆著火焰的右手。

芙蘭一眼看見這個狀況，毫不遲疑地採取了行動。

「師父，我要過去！」

芙蘭不等我回答就衝上前去。

右手握著我，左手拿出具有即死效果的死亡凝視者裝備起來，眼神不帶迷惘地緊盯獸王。

她用魔術與技能來了個超加速，宛如子彈般向前飛馳。

但是同時別說聲音，連殺氣與氣息都極力壓抑了下來。不是因為怒不可抑導致行為失控，而是帶著火熱的心與冷靜的頭腦要取獸王性命。

繼而，她從獸王背後毫不留情地一劍砍去。

獸王利格迪斯的察知系技能等級不算太高。不，其實已經很高了，但是要說有沒有達到S級的水準，只能說還稱不上。

獸王恐怕很難覺察到芙蘭的這一招突襲。

如果只是想拯救傑弗米特，讓獸王停止攻擊就行了。但是出聲制止獸王會是一步壞棋。因為如果這樣沒能阻止他，傑弗米特注定沒命。

而且，獸王的破綻也會消失。

想給予獸王傷害，藉由物理性手段讓他罷手的話只有這個機會。既然如此，就該善用機會先發制人。

前提是不考慮與獸王完全為敵的風險。

不過，芙蘭早已下定決心與獸王一戰了。出手毫無半點遲疑。

目標是一擊必殺，換言之就是要取獸王的首級。現在的芙蘭，完全沒考慮到也許會與獸人國為敵，或是國際問題之類的事情。她唯一的念頭，就是如何才能從獸王的魔手中救出傑弗米特。

況且獸王裝備著替身手環，不可能一不小心殺了他。殺害獸王日後會帶來的各種問題太嚴重了，像是國際問題等等。好吧，其實光是攻擊獸王就已經大有問題了，但比起殺人好上幾百倍。就某種意味來說，也算是因為有替身手環才敢拿出全力攻擊他。

然後一旦發生替身手環生效的狀況，獸王再怎麼厲害也應該會停止動作。我們再趁這個空檔救走傑弗米特就好。

如果只考慮到芙蘭的人身安全，現在應該用傳送等方式直接對傑弗米特見死不救，能逃離獸王的身邊越遠越好。這我很清楚。

只是，那樣芙蘭想必不會同意。

真要說起來，假如我除了芙蘭的安全以外什麼都不想，老早就勸她放棄冒險者這條路了。之所以沒那麼做除了因為我想跟芙蘭一起冒險，更重要的是芙蘭想繼續走冒險者這條路。

我是芙蘭的監護人，也是芙蘭的劍。我的職責就是保護她的安全，並且實現她的心願。就算前方是懸崖峭壁，只要芙蘭說想跳我就跟她一起跳。然後，保障她平安無事。

說到底我想表達的是，芙蘭想做什麼都可以放手去做。

我只會在一旁盡力幫助她。

芙蘭在瞬息之間逼近獸王的背後，手持雙劍在身體前方交叉，接著把雙劍同時往左右兩邊猛力揮去。

她一定是認為哪怕對手防禦力再高，只要用纏繞魔力的雙刀集中攻擊一處就能突破防護吧。

雙劍宛若一把巨剪——但並未夾斷獸王的脖子。

「！」

芙蘭發現雙劍居然不受任何阻礙地砍到了底，臉上浮現驚訝的表情。接著，她面帶困惑地盯著分明已經全力砍殺卻毫髮無傷的獸王。

繼而，她視線轉向我，表情變得驚愕萬分。

「！」

「啊啊？妳幹什麼？」

芙蘭成功阻止了獸王對傑弗米特的攻擊，但也被獸王發現了她的存在。

可是，芙蘭沒有多餘心情回答獸王的問題。

她只是鐵青著臉，注視著我。這沒辦法，因為我與死亡凝視者的刀身完全消失了。只剩芙蘭現在握在手裡的劍柄，以及劍格。

芙蘭恐怕並不明白發生了什麼事。

但我這個當事人卻是一清二楚。

是獸王纏繞全身的金色烈焰。我與死亡凝視者，都在接觸到那團烈焰的瞬間被駭人高溫燒熔，導致刀身蒸發。可見火焰的溫度實在驚人。

分明具有能讓劍刃瞬間蒸發的高溫，卻沒對周遭造成顯眼的災害，一定是因為這是技能引燃的火焰。

「師父！」

「嗄？師父？」

看到芙蘭情不自禁地大叫，獸王歪頭不解。

『芙蘭，冷靜下來。我沒事，總之妳先用心靈感應跟我說話。』

「還好……」

所幸只是刀身被毀，這點程度的話還能再生。但可能是因為被含藏魔力的火焰燒燬，連魔力都被耗掉了一大堆。想必是因為我保有大量魔力又具備自我修復功能，才沒有大礙吧。

好比說死亡凝視者，我看是已經修不好了。它已經不剩半點魔力。不只如此，黑貓外套附著的少許焦痕也遲遲不見修復。不，好像有修復一絲絲？只是比起一般狀況，修復得非常慢。

『那火焰太危險了……』

可怕的不只是這般攻擊力。

獸王是遭受到斬擊之後才注意到我們。也就是說那種火焰會自動保護獸王的安全。

自動防禦都有這麼大的破壞力了。假如獸王以自己的意志操縱火焰，攻擊我們的話呢？

我沒有自信能擋下，或是保護好芙蘭。

「喂，妳是這個藍貓族的徒弟嗎？」

「……」

「小丫頭別裝啞巴，回答我。」

「……你對傑弗米特做了什麼？」

芙蘭瞪著獸王，但當事人只是聳聳肩，裝模作樣地用鼻子哼了一聲。

然而，與老大不高興的口氣相反，他的眼神似乎帶有笑意。我知道這種眼神，就跟芙蘭遇見值得一戰的對手時一樣——不，是更好戰的眼神。

「哼，竟然用問題回答問題，不怕別人知道你們黑貓族沒教養嗎？」

聽到這種嘲弄的口吻，芙蘭咬牙切齒。

但她按捺住怒氣，對獸王問道：

「……你為什麼要殺傑弗米特？」

「妳沒長耳朵嗎？好吧也罷，本王這是在處分部下。」

處分部下是吧？也就是說，藍色驕傲是獸王的部下了？然後，傑弗米特違反了某些命令？傑弗米特是標準的親黑貓族，獸王則是反黑貓族。所以這就是原因了？

「總而言之，妳想袒護這傢伙就是了吧？明明是黑貓族？」

「……嗯。」

「哦，竟然能瞬間再生，真是把有趣的劍。」

我用瞬間再生修好了刀身，但坦白講我不覺得用我攻擊獸王能收到多大效果。得以魔術為中心進攻才行。

對手是火系，或許該用水或冰雪去剋。也許不能再想著保留實力，最好提升一下技能的等級。

「……芙蘭……不可以……」

「傑弗米特，我馬上就救你。」

「哈哈哈，黑貓族與藍貓族的友情真是感人啊！滑稽到我都不忍心看了！」

「住……口……」

對於獸王嘲笑戲弄的話語，傑弗米特是真的一邊吐血一邊出言駁斥。聽到他這句話，獸王臉上綻開真心覺得好玩的笑意。

「都被打成這樣了還能開口啊？太遺憾了，本來看你還挺有前途的。小丫頭，本王就讓妳見識一下獸王利格迪斯·那羅希摩的真正恐怖之處。儘管後悔自己不該蠢到反抗本王吧！」

獸王身上的火焰緩緩地搖曳，眼看著火勢越燒越猛。

金色烈焰能燒盡一切。那種金焰萬分危險，連擦都不能擦到一下。

我做好隨時發動傳送的準備。

芙蘭與獸王的鬥氣互相衝撞，兩人的殺氣節節升高。

「……喝啊啊啊啊！」

芙蘭當先採取了行動。意想不到的是她竟不拉開距離，反倒一個箭步踏向獸王。

「呼哈哈哈哈哈！承受我的威懾氣勢還敢上前啊！有意思！」

「啊啊啊！」

芙蘭使出的是附加了屬性劍·水的鬥氣劍。

看來即使怒火中燒，也並未氣急敗壞到拿我對著敵人亂砍。

應該是想試試屬性劍能否生效吧。

但是，果然不可能管用。

芙蘭射出的氣刃，一碰到獸王身上火焰的瞬間就被抵銷。

而且那種火焰還不光是能抵禦攻擊。宛如對芙蘭伸出手臂一般，火舌直撲而來。

「唔！」

「哦，這招都能躲掉啊！」

芙蘭當即彎身躲掉火焰的擁抱，一口氣往後跳開取得距離。

真是驚險。剛才那一擊的速度相當快。

『由獸王自己操縱火焰，危險度果然大幅飆升！』

「嗯！」

「哼哼哼，下一招是什麼？冒險衝過來打我嗎？」

「……氣絕電壓！」

藍白電擊在獸王身旁啪滋一聲爆開。

但也就只是這樣了。獸王猙獰地笑著，觀察芙蘭的一舉一動。

「哦？還會用魔術啊！不過，這點程度的魔術，連牽制效果都達不到喔。」

「！」

不但自己具有魔術抗性技能，融合了高密度魔力的金焰本身恐怕也能抵禦魔術。

「那就換這個！六角龍捲！」

接著芙蘭施放了最高難度的風魔術。

細長的六條龍捲風拔地而起，包圍獸王。

任何人被這種凶惡法術捲入其中都將被風刃砍得體無完膚，慘遭從六個方向來襲、向量各異的流動力量撕裂四肢。區區哥布林的話想必會在眨眼間被五馬分屍。

然而，即使已被困在法術之內，獸王仍笑得天不怕地不怕。

他隨便看一眼迫近自己的六條龍捲風，然後輕輕揚起右手。

砰咻！

「！」

「維持著詠唱狀態延遲發動嗎？還是詠唱捨棄？好吧，還算有意思，但也不過如此。就這點本事，想傷到本王分毫是作夢啦。」

肉搏戰也不行，魔術也不行。那到底要怎麼辦啊！

「再來換本王出招了。」

獸王話一說完揚起右手的瞬間，我往前方射出了精煉已久的念動。這麼做沒什麼明確的用意，只是為了逃離支配我內心的莫名恐懼與危機意識，無法不這麼做。

這就是所謂的喪膽銷魂。

芙蘭似乎也跟我產生了同樣心情，用掉本來準備施展空氣拔刀術的高速移動用魔術，抽身跳離原位。

臉上滲出了大量的冷汗。

但是就結果來說，我們看樣子是做對了。

因為金色烈焰霎時化作火海，淹沒了芙蘭前一刻站立的位置。

要不是我用念動抵禦了片刻，芙蘭又趁那個瞬間跳往後方，我們早已被那火海吞沒了。

「好直覺！那麼這招怎麼樣？喝啦！」

獸王再次把手一揮。只見火焰宛如多頭蛇怪般蠢動，自四面八方來襲。原來不是只能粗略地操縱移動，竟然還能進行精密操作！

「唔嗚！」

不需要擦到皮膚，只不過是火焰飛過身邊，芙蘭的白皙肌膚已經被燙得紅腫起泡。好可怕的高溫。

「哦？還挺會跑的嘛！那就吃這個吧！」

「嗚……」

襲向芙蘭的火焰更加激烈地起伏扭動，速度也變得更快。

即使如此芙蘭還是驚險萬分地左閃右躲，一邊用水魔法迎擊一邊四處逃跑。

「好極了！再多給妳來一個！喝啦啊！」

火蛇對獸王再度咆哮的戰意產生反應，數量變得更多了。現在是還躲得開，但再這樣下去用不了多久我們就會被逼入絕境。

本來最好的做法應該是一面牽制獸王的行動，一面為傑弗米特療傷然後逃走……但我們的攻擊連牽制都算不上。

豈止如此，獸王從頭到尾一步都沒移動，卻能夠把我們逼入絕境，迫使我們親身體會雙方之間壓倒性的實力差距。

是應該逃走，還是使出殺手鐧？狀況逼得我必須做決斷。

『芙蘭！』

（……師父，我要用那個！）

好吧，芙蘭當然不可能丟下傑弗米特逃走。

『……事到如今也沒辦法了！可惜得用掉殺手鐧！』

（那個的話對獸王也一定有效！）

『嗯，妳說得對。』

看見芙蘭擺好架式，獸王加深了臉上浮現的野性笑意。

「哦？看來似乎是做了什麼重大決定啊？」

「哈啊啊啊——」

獸王這時才第一次擺出架式。

想必是感覺出芙蘭的存在感正在急速暴增吧。

雙方四目相交，殺氣不斷提升——

「啊，陛下！您這是做什麼啊！」

然後眨眼之間就煙消雲散了。

現在的芙蘭與獸王一般人看了連近前一步都會有所遲疑，卻有一個人影毫不猶豫地岔入他們之間。儘管多少帶點怒氣，但完全感覺不到戰意或殺氣。

可能是因為這樣吧，芙蘭與獸王都不禁嚇了一跳，各自收手。

「唔，洛希……」

那個似乎名叫洛希的白髮、孤拔高瘦的男子，開口就把獸王訓了一頓。

「真是，一下子沒盯著您就做出這種事來！」

這人我有看過，就是替獸王駕馭馬車的那個男人。

名稱：洛希　年齡：37歲
種族：獸人・白鼬族・白咒鼬
職業：獵魔師
Lv：62／99
生命：556　魔力：758　臂力：251　敏捷：539
技能：腳底感覺4、挖洞6、隱密8、風魔術4、弓技9、弓術10、弓聖術1、車夫7、警戒8、氣息察覺10、氣息遮蔽7、柔軟4、瞬發8、消音行動5、異常狀態抗性4、生活魔術3、精神異常抗性5、短劍技4、短劍術5、調香8、跳躍6、攀登5、毒物知識8、毒魔術5、土魔術7、土中潛行5、火魔術5、魔術抗性3、魔力感知7、趁夜潛行7、陷阱解除6、陷阱感知8、陷阱製作4、氣力操作、嗅覺強化、感覺強化、魔力操作、聽覺強化
固有技能：覺醒、咒擊
稱號：合成獸屠殺者、地下城攻略者
裝備：冥界樹之弓、次元箭筒、黑影獸皮甲、黑影獸隱密鞋、魔影鋼機關護手、隱密黑蜘蛛外套、靈巧指環、收納手環

原來是獵人啊。但也能擔任斥候，屬於戰鬥魔術雙全的萬能型。而且這傢伙實力同樣相當高強，看這能力就算說是A級冒險者也不奇怪。

這樣的一名男子，竟然手扠腰瞪著獸王。雖然以年齡來說這個舉動有點孩子氣，但讓洛希來做卻莫名地適合，真不可思議。

洛希從腰包裡拿出藥水，毫不小氣地往傑弗米特身上潑。那似乎是相當高級的藥水，奄奄一息的傑弗米特傷勢好了大半。大概從奄奄一息恢復到丟了半條命的狀態吧。

「更何況對手還是黑貓族……我看您是把這次的目的完全忘了吧？」

「不是啊，可是這個小丫頭，站在藍色驕傲那一邊……」

「就算是這樣，也不用出手打人吧？把她抓起來不就好了嗎？您剛才的攻擊擺明了帶有殺氣吧？真是受不了您做事從不用大腦！」

「好了好了，洛希，別再講他了。利格大人，藍色驕傲涉嫌奴隸買賣的團員，已經全數逮捕。不肯束手就擒的人也已經當場處決了。」

連羅伊斯都現身了。可是他好像說逮捕了那些涉嫌奴隸買賣的傢伙？咦？獸王他們的目的究竟是什麼？

獸王已經收起了戰意。芙蘭維持架式不敢大意，但也不再散發殺氣，因為羅伊斯已經開始替傑弗米特療傷了。他連續施展了數次回復魔術。

這中間似乎有點誤會。

芙蘭一臉困惑，向獸王他們問道：

「究竟是怎麼回事？」

「陛下，您都沒跟人家解釋嗎？」

「啊——這個嘛——」

獸王被羅伊斯一問，視線有點游移地搔了搔臉頰。

「真是……反正您一定又是不講重點，態度囂張跟人挑釁了吧？」

「唔……」

被洛希這樣逼問，獸王神情尷尬地支吾其詞。怎麼完全是一副小孩挨罵的樣子？

「小妹妹，有沒有受傷？」

「……沒有。」

「那可真厲害。原來如此，看來妳是個高手。請問妳與藍色驕傲是什麼關係？」

被洛希態度彬彬有禮地詢問，芙蘭雖然還在困惑，但仍清楚地回答：

「我跟傑弗米特是……朋友。其他人我都討厭。」

「啊——原來如此。陛下？」

「唔嗯，這可真是……」

被洛希與羅伊斯半睜著眼一瞪，獸王舉起雙手做出投降姿勢。

「知道了啦！是我不好！」

「那為什麼要殺傑弗米特？」

「因為那傢伙袒護其他團員。」

「唉……我來解釋吧。」

洛希向我們詳細解釋了目前的狀況。

「首先我想澄清一點，獸王陛下一直都在取締藍貓族，保護黑貓族。」

「咦？」

「妳果然不知情……」

意想不到的是，當今獸王利格迪斯否定奴隸買賣的正當性，甚至還四處解救黑貓族的奴隸。說是他因為這種理念而與前任獸王不和，險些遭到廢嫡於是反過來發動政變，殺父篡位。

「哼，臭老頭只會耍陰謀詭計，從來不知道要鍛鍊武藝。三兩下就擺平他了。」

「哎，因為先王是文官型的人物嘛。」

羅伊斯他們似乎也對這場篡奪大戲沒有什麼異議，一派自然地點頭同意獸王所言。

說是他們早在多年以前就計劃起事，因此鍛鍊自己身為冒險者的本領，並暗中招兵買馬。還說獸王國A級以上的冒險者全是利格迪斯的部下，可以想像政變過程一定有如探囊取物。

不只如此，他也肅清了被先王縱容的奴隸商人與間諜等等，說是目前正在搜捕那些在國外活動的奴隸商人加以擊潰，同時保護黑貓族的安全。

這些都不是假話。

獸王是真心想保護黑貓族，也想讓藍貓族人停止買賣奴隸。

他們將這些事情告訴芙蘭，但她一時似乎還是無法置信。芙蘭滿臉的狐疑，繼續追問道：

「那你為什麼會跟傑弗米特打起來？」

照獸王這樣的作風，應該會跟傑弗米特很合得來吧？

結果他們說，獸王本來也想留傑弗米特一條命。

獸王告訴傑弗米特只要交出那些無視於王命繼續做奴隸生意的藍貓族人，就放過傑弗米特與其他罪責較輕的團員。

但是傑弗米特將藍色驕傲當成家人，即使是叛徒似乎也無法坐視他們被處死。於是他向獸王求情，說他會讓團員改過自新，在那之前請先不要用刑。

可想而知個性衝動的獸王當然聽不進去，就跟傑弗米特打了起來。

然後，芙蘭就忽然闖入了現場。

整件事情仔細一聽，會發現獸王只是講話粗魯，並沒有瞧不起黑貓族。

回想起來，他說「總而言之，妳想袒護這傢伙就是了吧？明明是黑貓族？」其實就是字面上的意思，說他正在設法讓黑貓族重獲自由，身為黑貓族的芙蘭怎麼會選擇袒護這些奴隸商人。

「哈哈哈，黑貓族與藍貓族的友情真是感人啊！滑稽到我都不忍心看了！」意思也差不多。會讓人誤以為是在挑釁，但獸王好像根本沒那個意思。

而就在我們跟獸王搏鬥的時候，獸王的部下們就去把逃跑的藍色驕傲團員一一逮捕了。

「可惡……」

傑弗米特雙膝跪地，一邊用指甲刨地一邊懊悔地呻吟。

「要恨我就恨吧。但是，我明明已經對所有藍貓族發布停止奴隸生意的命令了。是你妹妹還有你那些部下無視於我的命令，繼續偷偷做奴隸買賣。而你只會講好聽話卻沒察覺到他們的行徑，也得為此負責。」

「……我明白。」

大概就是因為明白才更懊惱吧。要是自己能管好部下並察覺到部下的罪行，事情也就不會演變至此了。

「請問有多少人保住一命……？」

「大約二十來人吧。」

「是嗎……」

傑弗米特像是失去力量般癱坐在地。

藍色驕傲原本是那麼大的組織，現在只有二十人左右活下來？難怪傑弗米特要悲嘆了。

「利格大人，主謀帶到了。」

這時古德韃魯法拖著兩名藍貓族出現了。他把名符其實地被五花大綁的藍貓族拖在地上，強行帶了過來。

「這兩人就是與前任獸王暗中聯合的人口販賣集團分子。」

看到被古德韃魯法摔在地上的兩個老人，傑弗米特神情顯得不敢置信。看來這兩人一直深受他信任。

「塞內克閣下、托多閣下……是你們兩位欺騙了大家？」

傑弗米特一定是希望他們否認吧。然而，可能是事到如今已經沒有多餘心力狡辯了，兩個老人直接說出了違背傑弗米特期望的話來：

「……哼，黑貓族分明就是沒本事進化的廢物。我們不過是把他們賣了，為什麼就得受這種罪……！」

「就是啊！我們不過是讓那些垃圾為我們盡點力罷了！」

藍貓族的兩個老人講得毫不害臊。

「兩位長輩從祖父輩就輔佐我們到今天，為什麼會……」

這兩人似乎是從藍色驕傲還是個小規模傭兵團時就入夥，如今已經是長老級成員。說是當年有幾個以藍貓族為主體的傭兵團合併起來時，他們就得到了類似顧問的地位。

但是照這樣子看來，他們似乎在背地裡濫權，長年以來做盡了骯髒事。

拿歷代團長或團長的心腹做掩蔽，暗地裡主導奴隸買賣恐怕也是其中之一。

就像傑弗米特，更是故意被他們教育成厭惡奴隸買賣的個性。這是因為團長等人如果為人正直廉潔，更有利於欺瞞世人的目光。所以傑弗米特才會培養出不同於其他藍貓族的個性，妹妹則是接受了近乎洗腦的教育而成了個人渣，好讓她有一天能在背地裡管事。

自己的傭兵團做這些非法行為照理來講應該會察覺，只能說這些長老可能比傑弗米特技高一籌吧。也有可能是他個性單純，所以從沒想過要懷疑自家人。

「只是，你做得有點太過火了。成天大肆宣揚那些無聊的正義感，真是讓我們受夠了。」

看到塞內克對傑弗米特嗤之以鼻的侮辱態度，利格迪斯用更侮辱人的口氣回嘴：

「你一個斷尾，口氣倒是不小啊。」

「不准提到那件事！」

『斷尾？』

（就是說那些沒尾巴的傢伙。）

她說對於有著長尾巴的獸人種族來說，尾巴是相當重要的部位。而獸人通常都是在背對敵人逃跑的時候才會失去尾巴，因此沒有尾巴的人會被恥笑為斷尾。

如果能立刻用藥水或回復魔術做治療還好，但是傷勢太重的話會從手腳開始復原，因此她說缺乏回復手段的時候尾巴有可能會治不好。

這個叫塞內克的老人，的確是沒有尾巴。本來以為是塞在褲子裡，但芙蘭說有尾巴的獸人絕不可能把尾巴藏起來。看來他們有著我所不了解的堅持。

塞內克被獸王挑起尾巴的事，不知為何眼睛卻瞪著芙蘭。

「要不是你們這些黑貓族……我的尾巴也不會……！」

「嗯？」

「該死！不准妳用跟那個可恨女孩一模一樣的臉看輕我！」

「女孩？」

「沒錯！妳就是長得跟那個砍了我的尾巴，叫什麼琪亞拉的臭小鬼一個樣子！」

「你認識琪亞拉？」

「對啦！那臭丫頭真是可惡透頂！」

意外的是，這兩個傢伙似乎認識琪亞拉。

這個少女是五十三年前在這烏魯木特一舉成名的黑貓族冒險者，我們猜測她可能已經解開了進化之謎。而我們也懷疑是前任獸王命令藍貓族將她擄走。

聽起來他們與這個琪亞拉，應該是起了一些衝突。而他們就因為這段舊恨，對黑貓族厭惡至極。誰被這兩個傢伙養大，當然都會變得看不起黑貓族。

「不過嘛，她已經被獸王陛下的手下帶走啦！反正一定是淪為奴隸，度過了最可悲的人生吧！哇哈哈哈哈！活該！」

聽著塞內克放聲狂笑，芙蘭像幽魂一樣悄悄靠近他。

然後伸手準備握住我。

想必是看到這兩個老人笑著說把同族賣做奴隸，已經忍無可忍了吧。氣憤到連殺氣都壓抑不住。

『芙蘭，先等等！』

這兩人可能握有其他奴隸商人的情報，況且擅自動手可能會觸怒獸王等人。

『現在殺死他們會惹上麻煩！』

「唔……」

『怎樣都好，但是不能殺掉！』

（……知道了。）

芙蘭勉強聽了我的勸，但並不打算放過他們一馬。我也不覺得能攔得住她。

芙蘭先是跨坐到塞內克身上，接著開始毆打他的臉。可能是知道芙蘭有手下留情，獸王等人也沒有上前阻止。

想必是因為芙蘭作為黑貓族，對藍貓族這兩個長老懷恨在心合情合理吧。

「咿嘰！呃啊！嗯嘔！」

「恢復術。」

「咦？呀啊啊！咕嗯！」

「恢復術。」

「咿嘰——！饒、饒了我——呸噁！」

被綁住的塞內克想跑也跑不掉，只能不斷發出慘叫與呻吟。由於每次被打到快要昏死過去就會被治好，想逃往夢中世界都辦不到。大概就這樣打了個三十拳吧？等到塞內克開始放聲大哭才終於讓芙蘭出了點氣，站起來不再打他。

再來換托多了。看到夥伴的臉孔被打到變形毀容又哭喊一堆聽不懂的叫聲，這人從一開始就說盡了他能想到的道歉話。但想也知道芙蘭不會接受。

「哼。」

「啊噗！嗝喔！呃呼！」

「恢復術。」

結果芙蘭把這邊這個也暴打了大約三十下，才終於站了起來。

傑弗米特心痛地看著兩個老人。

他們的所作所為的確不可饒恕，但眼看著他們單方面遭人毆打，可能還是忍不住心生同情吧。看到芙蘭收起拳頭，他這才顯得稍微鬆了口氣。

「……恢復術。」

「咦？」

問題是，芙蘭可沒這麼容易就消氣。

「再來換你。」

沒想到芙蘭竟再次治好塞內克的傷，然後跨坐到他身上。我看還會再重複個幾遍吧。結果傑弗米特好像是急了，出聲叫道：

「等、等等！何必這麼……算了，當我沒說……他們是罪有應得……」

大概是想起自己的部下幹過什麼好事了吧。

如果打的是無辜的藍貓族，傑弗米特應該會出手制止。但兩個老人是當事人，而且是背地裡指使部下的幕後黑手。大概是講到一半就明白芙蘭不可能罷手了吧。

然而，當芙蘭準備再度對塞內克飽以老拳時，一個意想不到的人物阻止了她。

「哎，小丫頭妳先等等。給他們點顏色瞧瞧是無所謂，但要是把人逼瘋我就傷腦筋了。再說，我現在也有點事情想問他們。」

原本靜觀其變的獸王，這時阻止了芙蘭。芙蘭也不能把獸王的話當耳邊風，拳頭姑且是停下來了。只是拳頭仍然舉得高高的，以備隨時繼續開揍。

獸王在塞內克身旁隨意彎腰，對他提出質問：

「喂，老頭，我問你一件事；你說的琪亞拉，就是黑貓族的琪亞拉婆婆嗎？」

聽到獸王的發問，藍貓族的塞內克老人疑惑地反問：

「你說琪亞拉婆婆？」

「對。就是一個武藝高強的劍士，不愛說話不愛理人又驕傲自大的黑貓族老太婆。年齡嘛……羅伊斯，你記得她幾歲嗎？」

「利格大人，問師傅的年齡可是自殺行為啊。」

「古德？」

「幾年前聽說她滿六十了，現在應該六十後半了吧。」

古德韃魯法這樣回答。

「所以？你說的琪亞拉是在什麼時候被我那臭老爸綁走的？」

「五十三年前。」

芙蘭代替塞內克回答。

「妳知道她當時幾歲嗎？」

「記得是十五歲。」

也就是說現在如果還活著，就六十八歲了。

「原來如此……看來你們所說的琪亞拉，就是我們的師傅琪亞拉婆婆了。」

如果我沒聽錯，他剛剛是不是叫她師傅？

芙蘭丟下塞內克，逼近獸王追問：

「什麼意思？告訴我。」

看來她已經把對獸王的恐懼完全忘了。她站在獸王的面前，抬頭看著他大聲問道。

「妳啊～我好歹也是獸王耶？注意一下說話口氣什麼的啦——」

「告訴我。」

「哎喲，好啦！知道了啦！妳先離我遠一點。」

「嗯。」

也許這人耳根子還滿軟的。

獸王抓抓頭皮，開始講起自己師傅的事。

在獸王小時候，有個黑貓族的奴隸在宮廷做處理水肥的工作。當年的利格迪斯雖然頑皮，但跟父親還沒有心結，就跟其他獸人一樣瞧不起黑貓族。

然而在利格迪斯七歲的時候，發生了一場顛覆這種刻板觀念的事件。

當時敵國的召喚士派出了魔獸入侵獸人國王宮，眾多士兵與戰士慘遭殺害。

那時剛當上士兵不久的古德韃魯法也險些遇害，還是下級魔術師的羅伊斯也身受瀕死的重傷。似乎連利格迪斯都只差一點就要遇刺。

當時獸人國與鄰國處於戰爭，武藝高超的人都在前線打仗也成了一大敗因。就在沒人能阻止那頭魔獸——暴君劍齒虎，眾人面臨決定是否該棄城逃走的生死攸關之際時，那個人出現了。

「那時我真的嚇了一大跳，還以為是害怕到看見幻覺了。」

想不到一個黑貓族女奴，居然沒兩下就把那頭魔獸打倒了。

雖說還是幼崽，比起成年魔獸屬於較弱的個體，但怎麼說也是威脅度C的魔獸。而那黑貓族女性居然手拿拖把當成武器應戰，輕輕鬆鬆就宰了牠。

看到這種場面當然會驚訝了。一個向來被自己視為小角色看扁的黑貓族奴隸，竟然比自己強悍這麼多。

利格迪斯就是從那天起，開始對那位女性產生興趣。

不只是對她的高強本領吃驚，當利格迪斯得知那位女性在奴隸當中做的是最卑賤的職務，也就是水肥處理設施的打雜人員時，他說他更是大吃一驚。因為女子實力那樣高強，即使當上將官奴隸也不奇怪。

所謂的將官奴隸，就是實力或見識受到賞識，特別獲得軍隊將校級待遇的奴隸。

然而實際上，女子卻在水肥處理設施幹力氣活。只是這件事，又讓利格迪斯對琪亞拉更有興趣了。她為何能有一身好武藝，而明明武藝高強卻被安排在水肥處理設施這種地方工作？

沒過多久，利格迪斯就去找她說話了。

黑貓族女子自稱琪亞拉，一聊之下發現是個爽快人，利格迪斯變得更欣賞她了。對於因為身分地位而沒有任何朋友的利格迪斯來說，琪亞拉是他有生以來第一個不用顧慮身分的對象。

於是，利格迪斯下定了決心。他一定要拜女子為師，學習戰鬥技巧。

利格迪斯說起初面有難色的琪亞拉，在他三番兩次的懇求下終於以附帶條件為前提答應了。

女子雖然是個魔鬼教師但教法精闢準確，利格迪斯的實力突飛猛進。到了這段時期古德韃魯法以及羅伊斯也都拜琪亞拉為師，偷偷接受她的薰陶。

不是利格迪斯找他們一起來，據說他們也是在那場魔獸騷動中目睹了琪亞拉的實力，才會主動來求教。琪亞拉好像也覺得教一個人或兩個人都沒差，就也答應讓羅伊斯等人成為徒弟。

只是這件事不宜公開，所以都是祕密進行。

其實從一開始，琪亞拉提出的收徒弟條件，就是不能把拜師的事說出去。特別是不能告訴那些貴族。因為萬一被那些人知道琪亞拉一個奴隸竟然傳授利格迪斯武術，必定會惹禍上身。

獸王等人用懷念的語氣，講起在那臭氣熏天的水肥處理設施練武的回憶。

「不知道有多少次差點沒命哩。」

「是啊，因為琪亞拉師傅下手從來不會客氣。」

「多虧那些鍛鍊，大家說軍隊的訓練有如身處地獄，屬下卻覺得不痛不癢。」

後來利格迪斯，似乎也有試著讓琪亞拉恢復自由身。

但琪亞拉本人卻拒絕了。

聽說利格迪斯的父親也就是當年的獸王威脅過她，說她敢逃跑就要殺了其他黑貓族。

歸根結柢，被擄來的琪亞拉之所以沒被前任獸王殺害，就是因為前任獸王看上她的實力與所持技能，認為也許有利用的價值；絕不是對她大發慈悲。一旦他認定琪亞拉是個禍害，她和那些被扣留著當成人質威脅她的黑貓族，都會立刻被處死。

結果利格迪斯沒能讓琪亞拉重獲自由，但是與她的相處確實改變了利格迪斯的觀念。當年的獸王也許會認為他這是聽信了黑貓族的讒言。

利格迪斯對普遍存在於獸人族的這種看輕黑貓族的風氣產生疑問，開始展開活動捍衛他們的立場。除此之外，也開始調查造成這種風氣的根本原因，也就是黑貓族進化的祕密。只是他們說不管再怎麼調查，都沒能得到多少情報就是。

但是，就在某一天，他們突然知道了隱藏的真相。

利格迪斯長大成人時，得知了只有王族不為人知地代代相傳的祕密。

亦即當今獸王家族與黑貓族之間長年的不和，以及掀起爭端的黑貓族後來失去進化能力的理由。

「老爸告訴我那件事似乎是想點醒我，叫我不要再做傻事包庇黑貓族了。」

然而利格迪斯的想法，卻與父親背道而馳。先不論權力鬥爭等諸多問題，他反而因此確定看輕黑貓族是錯的。於是加深隔閡的獸王與利格迪斯內鬥了好幾年，最終在一場政變下由利格迪斯奪得勝利。

（師父？）

『他沒說謊。』

獸王這番話幾乎都是實話。我說幾乎，是因為時不時穿插對琪亞拉的「臭老太婆」或是「那個虎姑婆」等等的壞話都是假的。

好吧，這下我知道獸王是個傲嬌了。

「琪亞拉現在怎麼樣了？」

「師傅的話在城堡裡隱居啦。畢竟年紀大了，最近常常躺在床上起不來。偶爾哪天身體狀況不錯，就狠狠把我那些士兵操一頓。」

「在獸人國的王宮，沒有一個人瞧不起黑貓族。」

「是啊。」

獸王與羅伊斯回答得十分乾脆。

芙蘭好像不知道該做何反應，愣在原地。

跟她相比，藍貓族的塞內克反應更激烈。

「豈有此理！黑貓族不過是劣等種！你竟然想排除長年為國效力的藍貓族去重用黑貓族？」

「哼，我才不管什麼種族，重要的是有沒有能力。不過嘛，畢竟以往讓黑貓族吃了很多苦，我是會多照顧他們一點啦。」

「真要說的話，你難道不知道別人最近是怎麼看你們的嗎？」

據羅伊斯的說法，如今藍貓族就像某段時期的黑貓族那樣，已經漸漸為其他獸人族所不齒。主要是因為兩個理由。

一個是他們做的生意。誰也不會信任那種把與自己同種的黑貓族當成奴隸賣掉的傢伙。真要說起來，其他種族只是看輕黑貓族，但並沒有蔑視到要逼他們做奴隸。這點似乎影響了其他獸人對下手殘忍的藍貓族抱持的印象，覺得他們是冷酷無情而需要提防的種族。

以現在的狀況很難令人置信，但據說黑貓族以前在獸人族當中是勢力特別強大的種族，反而是藍貓族在他們底下做牛做馬。又說可能是因為這樣，一旦立場顛倒，反應才會變得格外偏激。

另一個理由，是能力的明顯降低。藍貓族做奴隸生意賺飽了口袋，卻因為躺著都能賺的關係，導致戰士人數大不如前。

特別是進化者更是明顯減少。像傑弗米特這樣不要命地苦練的藍貓族似乎只在少數。

還有一點，就是現在的藍貓族大半都是得到過去獸王保障權益的奴隸商人的子孫。聽說反抗獸王的族人都被肅清了。換個說法就是，活下來的盡是些缺乏戰士天分的奴隸商人血脈。

這些人身為獸人卻沒膽子戰鬥，只會用卑鄙手段陷害對手，是獸人中的敗類。這就是獸人對現今藍貓族的觀感。

只是，這些事芙蘭似乎都不在乎。因為芙蘭並不是故意瞧不起藍貓族，只是想提升黑貓族的地位罷了。

她往鬼吼鬼叫的塞內克臉上踹一腳讓他閉嘴，然後又問獸王：

「琪亞拉還活著就好。這件事可以告訴別人嗎？」

「妳想告訴誰啊？」

「迪亞斯與奧勒爾。他們跟琪亞拉是熟人，一直在擔心她被獸王帶走後的下場。」

獸王一聽，恍然大悟地點頭。

「原來啊～難怪會對我有那麼點敵意。我懂了，那無所謂啊。不如我現在就去見他們，親口把這事告訴他們吧。」

「嗯，一定要。」

「我猜妳應該有問不完的問題，但我可是很忙的。詳細情形等武鬥大賽結束後再聊吧。大賽結束後，妳來找我。」

「好。」

「說定了。那我走啦，妳盡量給我帶點樂子吧。這樣吧，我要妳最起碼突破第三輪比賽。如果妳連這點本事都沒有，我也懶得跟妳多說了。」

獸王如此說完咧嘴一笑，但芙蘭毫不動搖，反而用充滿鬥志的語氣回嘴：

「我本來就打算拿冠軍。」

「哈哈哈！聽見沒，古德、羅伊斯？」

聽到獸王這麼說，羅伊斯神態自若，古德韃魯法則是做出武人架勢十足的沉重回應。

「年輕人的幹勁看了真讓人痛快。」

「唔嗯。不過我們如果碰上，我是不會手下留情的。」

「正合我意。」

「噗哈哈哈哈哈！竟然敢跟這兩人這樣頂嘴！我欣賞妳。妳就盡力奪得冠軍，再來見我吧。下次見了，芙蘭。」

獸王豪邁地說完，就伴著傑弗米特走進他們說拘押了藍貓族的帳篷。傑弗米特轉過頭來似乎有話想說，但被獸王硬是拉走了。看到芙蘭擔憂地往那邊看，羅伊斯開口說：

「接下來的談話內容牽涉到國務，妳回去吧。」

雖然他這麼說，但有件事一定要確認清楚。

「傑弗米特會怎麼樣？」

「這個嘛，他反抗獸王有罪，但利格大人似乎很欣賞他，不會害他的。」

「……好。」

獸王在這方面的個性似乎比較不拘小節，應該會欣賞像傑弗米特這樣的類型。我想不至於弄到要處死或下獄。

芙蘭離開了藍貓族的營地，神色顯得鬥志高昂。當然她原本就很有幹勁，但現在更是看得見絕不能輸的決心。

『最起碼絕對要突破第三輪比賽才行。』

「嗯！師父，接下來要認真拿出真本事。」

因為這已經不是單純的挑戰實力了。

『是啊，妳說得對。』

「絕對要贏！」

她低喃著這句話，靜靜燃燒內心的鬥志。

第三章　不可輕侮的強者

與獸王等人發生了出乎意料的邂逅後，到了第二天。

我們在休息室等著上場。

淘汰賽第二輪比賽的第一場已經開打了，大概再過不到一小時就會輪到芙蘭上場。

昨天發生了很多事，但芙蘭看起來處於最佳狀態。反倒還因為下定決心非得盡全力突破第三輪比賽不可，使得她整個人鬥志旺盛。

這陣子可能是因為太常撞見藍貓族的關係，芙蘭自己都沒發現她變得就像吃了顆炸彈……看到那些傢伙被獸王擊潰才終於讓她消了氣，不再像隻刺蝟。

看來只要跟藍貓族扯上關係，就算能把對方痛扁一頓也還是會造成壓力。不過也有可能是參加武鬥大賽導致神經亢奮，才會讓她變得比較好戰。

當然，這不見得都是壞事。

負面情緒有時也能帶來力量。

可是，以淘汰賽這種強敵捉對廝殺連打數場的情況來說，我想還是穩住心情冷靜應戰比較占優勢。現在芙蘭維持心情平和，一定能夠突破到第三輪比賽。

「吁！哈！」

「嗷！」

「哼！」

芙蘭簡單揮動我幾下代替熱身運動，有時又讓小漆跳過來，躲避牠的攻擊當作訓練。

『喂──等一下就比賽了，不要打得太認真喔。』

「嗯。」

「嗷。」

芙蘭他們聽話地點頭，但你追我跑玩得越來越激烈，已經達到一般人難以看清的速度了。不過我知道這對芙蘭來說仍然只是輕微運動，不會阻止她就是了。

旁觀了一段時間後，有人來到門外敲了敲門。

「芙蘭大人，淘汰賽第二輪的第二場比賽已經結束。請準備上場。」

還真快。我們進入休息室，才過了大約半小時耶。

向工作人員一問之下，好像是古德韃魯法又瞬殺對手結束比賽了。我看要打贏那傢伙絕非易事。

可能是上一場比賽已經結束，有點趕時間吧。

我們被走路又急又快的工作人員領著，來到賽場入口。

然後，人員要我們直接走進去。

「請進入賽場。」

對手是擊敗了拉杜爾老先生的克魯斯啊。

『芙蘭，千萬不可以說很高興認識你什麼的喔。我們有見過面的。』

「嗯？」

『聽好了，妳要裝出一副久別重逢的反應喔。』

「別擔心。」

嗯——還是很擔心。芙蘭已經忘光了，但我記得他應該是C級冒險者的劍士。

這男的當時戰鬥力不算高，在隊伍裡的地位是隊長。大概不是單純看戰鬥力，而是從作為冒險者的整體能力評量，才升上C級吧。

以前給我的印象，應該說是勞碌命但為人爽快又和善嗎？

然而在競技場等著我們的對手，卻是個顛覆我這種印象的男人。

一個氣質強悍勇猛的男人，靜靜地瞪著芙蘭。

「沒想到會與妳在這個擂台上相見。」

「嗯。」

『不過話說回來，他真的是克魯斯嗎？怎麼莫名其妙變得這麼粗獷？』

名稱：克魯斯·呂澤爾　年齡：28歲

種族：人類

職業：狂劍士

Lv：37／99

生命：256　魔力：175　臂力：183　敏捷：219

技能：惡意感知3、隱密4、閃避6、宮廷禮儀2、狂化4、氣息察覺5、劍技6、劍術8、護身術4、指揮2、瞬發8、耐寒4、毒素抗性7、陷阱感知2、痛覺鈍化、氣力操作、生命自動回復、背水

稱號：巨人殺手、正義之士、置之死地而後生者

裝備：暴牙虎長劍、祕銀合金全身鎧、百腳蜘蛛外套、替身手環、閃避指環

以前如貴公子般春風和氣的帥臉，如今從右眼上方到臉頰劃出了一大道傷疤，也許是被魔獸抓傷的。雖然看起來沒有失明，但傷口一定是夠深才會留下疤痕。

改變的不只是外表，職業也從瞬劍士變成了狂劍士。不只如此，臂力與敏捷也有了大幅提升。完全成了重視攻擊的類型。

芙蘭看到克魯斯的臉，似乎也想起他是誰了。只是由於他給人的感覺實在變化太大，把芙蘭搞迷糊了。

「你怎麼了？」

「呵呵呵，這樣問不太好聽吧？」

「給人的感覺不一樣。」

「看到妳與阿曼達大人的戰鬥，讓我有了很多想法，所以改變了一下戰鬥方式。而為了鑽研這種戰鬥方式，修行過程多少有點亂來罷了。」

我想起來了，他在看到芙蘭與阿曼達的模擬戰時的確是受到了打擊。大概是因此而開始懷疑自己的實力，做了一些摸索吧。不，我想他一定經歷過一段相當嚴格的修行。

只是改變得未免也太大了。

「我看過妳們當時的戰鬥，不認為現在的自己有趕上妳……但是想知道自己變強了多少的話，沒有比妳更好的對手了。」

克魯斯拔劍了。一眼就能看出其中隱藏著強大魔力，必定是威力強大的魔劍。

似乎是用暴君劍齒虎的獠牙削成的長劍，附有振動牙技能。可得多提防這招才行。

「而且我現在與妳同級，不能打一場難看的比試。」

「我也是，我有非贏不可的理由。」

說完，芙蘭拔出我擺好了架式。

換作是以前的克魯斯，看到這樣威懾感十足的芙蘭早就退縮了。

但他此時卻大膽無畏地笑著，舉劍準備迎戰。

看樣子不光是實力，精神層面也有了成長。

「好，這一場比賽是兩位話題選手的劍士對決！一個是打倒了鎮上屈指可數的強手拉杜爾老翁的黑馬C級冒險者克魯斯，另一個是日前才剛升上C級的大賽最年少冒險者！魔劍少女芙蘭！兩位都在第一輪比賽擊敗了階級高於自己的對手！這次又會讓我們見識到什麼樣的戰鬥呢！」

克魯斯似乎還沒有綽號。但他擊敗了拉杜爾是不爭的事實。

於是，主播宣布比賽開始。

「決賽第二輪比賽，第三戰──開始！」

「我要上了！狂化！」

一開場就發動狂化技能？這種技能可以提升攻擊力，但防禦力會相對降低。此外，似乎還具有劇烈的興奮作用。據說使用者會過度亢奮，導致狀況判斷等能力降低。

大概是不惜捨棄防禦，也要搶先給我們一擊吧。面對芙蘭的攻擊力，一點點防禦是沒有意義的。算得上當機立斷。

「喝啊啊啊啊！天崩破斬！」

克魯斯身手矯健地一個箭步拉近距離，把劍高舉過頭施展出憑恃威力劈砍對手的劍技。比起以前在地下城看到時，攻擊變得更加銳不可當。

「喝啊啊！」

「太慢了。」

「呃啊！」

然而芙蘭看穿了這招攻擊，一轉身就躲掉克魯斯使出的劍技，反手一劍直取克魯斯的手臂。想必是打算剁掉慣用手，剝奪其戰力吧。

克魯斯全力使出的劍技被卸力，破綻百出。不可能有多餘精神躲掉芙蘭的反擊。

但沒想到，克魯斯竟硬是將左手卡進劍與自己之間，勉強護住了慣用手。儘管左手代為犧牲了，但克魯斯只是輕輕揮了揮少了半截手臂的左手，依舊露出大膽無畏的笑臉。

「投降？」

「呵呵，還不用。即使沒了左臂，慣用手還是能動。」

「也是。」

再來換芙蘭了。

「唔！」

克魯斯連續躲掉了兩次攻擊果然厲害，但失去手臂拖累了平衡感。克魯斯沒能完全避開芙蘭揮出的第三劍，側腹部被砍出一大道裂口。

芙蘭並未就此罷手。想必是明白克魯斯還沒失去鬥志吧。

為了給他最後一擊，芙蘭將我高舉過頭，準備這次一定要廢了慣用手。

豈料，克魯斯比她快了一步發動技能。

「背水！」

喊叫的瞬間，克魯斯的身體立時散發出微光。我鑑定克魯斯看看，發現他的生命力所剩無幾，相反地能力值卻全面有所提升。而且還追加了一項技能叫做痛覺無效。

原來是只有在瀕臨死亡時，才能使用的能力值上升技能！

「喝啊啊啊！」

「唔！」

克魯斯非但沒有閃避芙蘭的攻擊，反而還主動衝上前來。

面對芙蘭瞄準右臂的攻擊，他再次伸出左臂擋下。暴露在外的神經與骨骼等等被砍裂，其劇痛恐怕超乎想像。但得到痛覺無效能力的克魯斯絲毫不以為意，一邊發出咆哮一邊挺劍刺來。

我懂了，只要有替身手環，至少可以擋下對手的一次攻擊。再搭配痛覺無效技能，碰上什麼樣的對手都能伺機反擊。

原來這就是克魯斯新練的戰法。即使粉身碎骨也在所不惜。

在這種只要沒死就能接受治療的淘汰賽，算是不錯的戰術。也是低階選手有可能戰勝高階選手的戰術之一。

「呃啊！」

「還是太慢了。」

只可惜對芙蘭不管用。芙蘭用手背去推克魯斯的劍背，化解了這記突刺。不是完美看穿了對手的劍法可是使不出這種絕技的。

的確，克魯斯是變強了沒錯。能力值有所成長，修行到最後也學會了新的戰鬥方式。

但是，這點芙蘭也是一樣——不，芙蘭的成長更是多出他好幾倍。

甚至面對以狂化與背水強化自我，抱持著不惜主動挨打也要搶得勝利的堅定決心上陣的克魯斯，也絲毫不視作威脅。

克魯斯徹底失去了平衡，不可能躲掉芙蘭的腳踢。

「——！」

克魯斯頭部狠狠挨了一記高踢，發出無聲的慘叫飛了出去。

雖然沒直接摔下擂台，但克魯斯被踢飛到擂台邊緣就再也沒爬起來了。即使感覺不到痛，腦部受到撞擊還是會引發腦震盪。是人都避免不了。

「比賽結束——！魔劍少女芙蘭獲勝！延續第一戰的勝利，第二戰又再度顛覆賽前風評，以弱克強～！」

原來一般風評以為克魯斯比芙蘭強啊？好吧，無可厚非，他升上C級之後的活動期間比我們久，而且也打贏了拉杜爾。

「如同第一戰的策略，克魯斯再度以捨身攻擊試圖反敗為勝，可惜就差一步～！」

與克魯斯交手後，我與芙蘭再次坐在觀眾席看比賽。

『這是最後一次看到科爾伯特對戰了。希望對手是個強者。』

「嗯。」

周圍觀眾盯著我們不放。芙蘭已經用外套蓋住頭，但好像還是被認出來了。

只是，沒有人過來跟我們說話。

「嗷呼。」

因為小漆在芙蘭的腳邊瞪人。不是牠心情不好，是我們指示牠表現得像隻猛犬好嚇退旁人。不，應該說猛狼才對？總之一般民眾都被小漆嚇到，不敢靠近過來。

「決賽第二輪比賽第四戰，首先登場的是使槍手希爾登·史東瑞華！不但是赫赫有名的『槍男爵』史東瑞華男爵的嫡子，更是年紀輕輕就征戰沙場多次的真正好手！父親真傳的槍法不容錯過！」

聽起來科爾伯特的對手並不是冒險者，而是名聲響亮的騎士。

扛著朱紅長槍走來的模樣，確實很有身經百戰的勇士風範。聽起來是貴族，但高貴的部分可能就只有鎧甲？看看那高大厚實的肉體，以及臉孔手臂等處的舊傷，眼神像是緊盯獵物的熊一般銳利，比起貴族倒更像個山賊。

那樣跟我說才二十二歲，少騙我了。怎麼看都像是快四十啊。

看他那自信洋溢的神情，就知道他完全沒想過自己落敗的可能。好吧，這個年紀就有這種實力的話一定從沒嘗過敗績，在戰場上也一定立功無數吧。似乎也因為這樣，讓這人多少有點自信過頭。

希爾登看到科爾伯特接著登場，用高高在上的語氣對他說：

「聽說你是個名聲響亮的冒險者啊？」

「哎，算是有點名氣。」

「喂，你一個下賤冒險者，誰准你跟本大爺對等說話了？」

「哎呀，小人疏忽了，真是萬分抱歉啊。」

「嘖！冒險者就是這樣……」

原來內在是個典型的貴族大少爺啊。也真佩服科爾伯特沒發火。不愧是B級，看來連應付起貴族都得心應手。

「今天就由我來打倒你，讓眾人知道區區冒險者面對騎士不過是一群外行人。」

對於這句話，科爾伯特默不作聲。聽到對方這麼說，只是興味盎然地揚起眉毛。

老實講，論能力值是科爾伯特遠高於他。

但他卻有這麼大的自信，難道是藏了一手嗎？真讓人期待。

「成為我的槍下亡魂吧！」

希爾登大吼一聲，當著眾人的面耍起槍來。說是長槍，但形狀比較接近長矛，屬於突刺橫掃皆宜的重量級武器。原來如此，看起來是頗具威力。

「唔喔喔喔喔！」

希爾登在比賽宣布開始的瞬間，一口氣往科爾伯特衝刺過去。

想必是打算先發制人，一擊定勝負吧。

的確，科爾伯特的攻擊距離沒希爾登來得長，看起來也沒帶格擋用的武器。再說如果只是一點小型武器的話，希爾登一定有自信能彈飛。

橫掃的一擊就這樣往科爾伯特揮去。這一擊氣勢十分強烈，彷彿連觀眾席都能聽到呼嘯聲。

然而，他的攻擊白費力氣地撲了個空。

「嘖！喝呀喝呀喝呀！」

「哈哈，大人的攻擊真是犀利啊。」

「唔啦啊啊！」

「不錯不錯，只差一點就打中嘍。」

希爾登見第一招被對手後退一步躲掉，便繼續向前逼近連連挺槍刺去。突刺、橫掃加上毆打，形成一連串的狂暴攻勢。要是這些攻擊招招打中，就連食人魔也會變成絞肉。

每當科爾伯特有驚無險地躲掉攻擊，觀眾就發出歡呼。看在他們眼裡一定覺得科爾伯特忙於閃躲，是希爾登在步步進攻吧。

然而，雙方的表情卻正好相反。

科爾伯特的神情跟比賽開始前一樣自在，希爾登的神情卻漸漸透露出焦慮。

再怎麼妄自尊大，也應該看得出來科爾伯特都是故意以毫釐之差躲掉攻擊。雙方實力落差不夠大，是沒辦法這樣玩的。

希爾登明白到這點，一臉氣憤難平的表情叫道：

「你這傢伙——！不過就是個冒險者！」

「呵！」

「什麼！」

急著出招而變得粗糙的大動作一擊，被科爾伯特輕鬆化解。他用自己的右手肘去擋當頭打下來的槍尖，把它往旁彈開。

這可不只是以毫釐之差閃避攻擊。實力差距沒有大到如同大人與小孩，是不可能使出這種技巧的。

科爾伯特利用彈開長槍的動作，舉起拳頭。希爾登攻擊被完美化解，一時無法反應。

「分什麼騎士冒險者的，無聊。強者恆強，就這樣。」

科爾伯特曉以大義般地低聲說完，一發正拳捶進了希爾登身上。

「喔噗喔！」

咚！只聽見一聲沉重巨響，希爾登的身體被水平震飛出去。體格遠比對方矮小的科爾伯特，一發攻擊把身穿重鎧的高大騎士打飛的模樣實在詭異。不過我們也沒資格說這種話就是了。

「去練練再來吧，流鼻涕的小鬼。」

「……唔嗚……」

碰到場外&昏倒。科爾伯特完勝。

『唔——果然厲害。』

（嗯，好快。）

『以拳鬥士來說算是很正統的走位方式。』

不挨對手的攻擊，走位以閃避為主，尋找破綻揮拳痛擊。

看來重點可能得放在如何讓攻擊打中他了。

這場對打還算精彩，不過賽事還沒結束。

接著是阿曼達的比賽。

「至今都是一招擊退對戰選手，本次大賽的冠軍候補！鬼子母神阿曼達，即將接受這個男人的挑戰！好巨大！不須說明的威懾感！有人說過大就是強！如今體現這句話的男人登場了！C級冒險者，怪腕悉姆！是否能夠讓我們見識人稱單論戰鬥力的話超越B級的力量——！」

看到出現在賽場的男子，現場更加地歡聲雷動。

現身的男子確實是虎背熊腰。

獸王的侍衛古德韃魯法已經夠高大了，但這傢伙更是高頭大馬。身高恐怕不下三公尺。而且全身都包覆著肌肉，看起來活生生就像食人魔或某種怪獸。

種族是半獸人。大概父母親就像古德韃魯法的犀牛族那樣，是以龐大身形為傲的種族吧。怪腕這個綽號取得貼切，胳臂粗得像兩根圓木。

「噗哈哈哈，這女的瘦得跟竹竿似的。看老子用這雙手臂把妳扭斷～」

「哎呀？你認為你能碰到我？」

「噗哈哈！每個傢伙一開始都是這麼說！認為對手體型再大只要動作遲鈍就有得是辦法解決！但是，可別把我跟那些空有個頭的傢伙當成同一類了。」

這不單純只是自信過剩。悉姆擁有硬化與再生技能，另外還有突進技能，要擋下他恐怕不容易。看樣子活用龐大的生命力與防禦力接近對手，再用那巨大胳臂扛著的超乎常規的巨鎚一擊揮過來，就是悉姆的戰鬥策略了。

那個鎚子，真不知道到底有多重。材質是鋼鐵，在地上拖出了一條凹痕。可能有排水溝那麼深吧？

縱然是A級冒險者，恐怕也得避免被那玩意兒直接擊中。

然而，阿曼達繼續保持從容的笑意。

「哦——？那真是令人期待。」

「噗呵——！不知道妳會發出什麼樣的慘叫？妳可得叫得好聽一點喔～第一戰被我捏爛的女人，叫得可好聽了～」

「唉……我的對手怎麼都是這種的……」

阿曼達喃喃自語，拿出鞭子。講話口氣很輕鬆，但暗藏其中的煩躁恐怕不比一般。也是啦，被那麼下流無恥的言詞挑釁，我看沒有一個女人會忍氣吞聲。

「比賽開始！」

確定雙方都已經上了擂台，舉起武器後，主播示意比賽開始。

「咕呵呵呵呵！用妳那細細一條鞭子打我啊！我的肉體可是——」

劈咻——鏗嗡嗡嗡嗡——咚轟！

「啊？」

悉姆笨笨地叫了一聲，手裡那把巨大鐵鎚不見了。幾乎於同一時間，周遭響起沉重的碎裂聲與觀眾的慘叫。

原來是悉姆的巨大鐵鎚被阿曼達鞭子一揮轟飛了出去，插在觀眾席正下方的牆壁上。竟然一次鞭擊就把那個極端重量級的鐵塊打飛那麼遠……威力真是深不可測。但是仔細回想一下，阿曼達的鞭子威力都大到能震撼變成巨人的燐佛德了，也許這點程度根本只是雕蟲小技。

「……什、什什……！」

「好，來看看你能撐過幾鞭吧？」

阿曼達的鞭子，襲向了瞠目結舌大驚失色的悉姆。

「呃啊！咕嘔！噗哈！嗚噁啊——」

「來啊來啊來啊來啊！」

十秒鐘後，競技場內只剩一個倒臥擂台抖動痙攣不止，渾身是血的大隻佬。

阿曼達甚至沒有離開原位。她一步都沒移動，只有右手用快到留下殘影的速度持續揮動，施展出超高速的鞭擊風暴。

悉姆無法逃離從四面八方來襲的鞭子，同樣也留在原位無法動彈，就這樣倒地不起了。

「果然只是個空有個頭的低能廢物。」

好強。整場對打讓我只有這個感想。

（……阿曼達果然厲害！）

『是啊。』

芙蘭的競爭意識被點燃了——不，本來就燒得很旺了。總之替她的競爭意識火上加油，也算是件好事。

後來，又連續看了幾場頗有看頭的比賽，然後來到今天的最後一場比賽。

『是艾爾莎跟一個叫若篠的傢伙對打。』

那一組應該會是阿曼達脫穎而出，但艾爾莎也不容忽視。這場比賽一定要看個仔細。

「好，登場的是異國劍士若篠！來自比東方卡普爾大陸更遠的東方，遠從刃金領國列嶼來到此地進行武者修行，將人生奉獻給戰鬥的男人！」

刃金領國？沒聽說過，但似乎是位於遠東地區的島國。而且那人的一身行頭怎麼看都是日本武士。我來到這世界後看到過幾次類似和服便裝的衣服，而若篠的穿著完全就是穿和服省略袴褲的浪人風格。把長版羽織掛在一邊肩膀上，細眼細臉的武士一個。草木染的淡綠色和服搭配黑色羽織，倒是挺瀟灑的。

『武士刀也是把好刀耶，攻擊力５００可不能忽視。』

掛在腰上的長刀，雖然不是魔劍但攻擊力不差。想必是刀匠鍛造的利器。

「靈活運用削鐵如泥的刀，第一戰斬斷對手刀劍的功夫，絕對不容輕視——！讓我們看看那把刀是否能把烏魯木特的名人——狂瀾怒濤的艾爾莎一併剁下！」

狂瀾怒濤的艾爾莎？這是他的綽號嗎？哇喔——該說是有夠貼切還是怎樣？這綽號真是太符合本人形象了。特別是狂瀾這兩個字。

「哎呀？來了一位英俊瀟灑的男士呢。」

「……？」

「呵呵，被你那種銳利的眼光一注視，就讓我身體都發熱起來了。」

「恕、恕我失禮，閣下……不是男人嗎？」

「哎喲，真沒禮貌！怎麼可以問一個女孩子家這種問題？」

「啊，這……冒犯了……」

看來若篠不是個壞人。但也因為這樣，完全被艾爾莎牽著鼻子走了。真可憐，這下想專心打鬥是不可能了。

不過，怎麼說也是身經百戰的武士。

一聽到人員宣布比賽開始，他渾身散發的氣息瞬即變得判若兩人。

大概是完全拋開了對艾爾莎的不知所措與困惑，只把對手當成了必須打倒的敵人。他身上迸發宛如出鞘刀劍的銳利鬥氣，將武士刀舉至大上段。

「……我來也！」

「啊哈！好啊！儘管來吧！」

「！」

啊啊，看來還是沒能完全消除困惑。

「……嘿呀啊啊啊啊啊——！」

就我從漫畫上看到的知識，這個好像是薩摩的示現流？不，在這個世界當然一定有其他名稱，但我頭一個想到的就是這個名詞。

若篠往前重踏地面發出「咚」一聲，同時用上渾身力量握著刀劈砍過去。

正可說是全力以赴的一刀。艾爾莎不知是不是速度太快來不及反應，整個人動也沒動。

若篠的刀就要切進艾爾莎的肩膀了。很多觀眾想必都以為勝負揭曉了吧。

可是，艾爾莎果然不是省油的燈。

就在所有人都預想這招驚人的斬擊，將從肩膀把艾爾莎的軀體劈開一半時，刀刃竟只砍到鎖骨的一半就停住了。

「什……」

「呵呵，抓．到．你．了。」

不只是拜障壁技能或肌肉鋼體技能所賜。艾爾莎同時還技巧高超地在斬擊命中的瞬間用厚實肌肉夾住刀鋒，成功地用肩膀擋下了揮砍。若篠急忙想把刀抽回，但被艾爾莎的肌肉緊緊咬住，無法把刀拔出來。

若篠就這麼讓艾爾莎的鐵臂捉住，被關節技扣得死死的，認輸投降。

好吧，怎麼看都是艾爾莎愉悅享受的場面就是了。

像是被吸乾精氣的若篠，與肌膚變得水亮光滑的艾爾莎的對比實在太恐怖了。

『……跟艾爾莎對打時別的還好，近身戰一定要特別提防。』

（嗯，他好厲害。）

『不，不只是厲害……好吧，算了。總之怎樣都好，就是不能被他抓到。』

「嗯！」

跟克魯斯比試後過了兩天，轉眼間就到了第三戰的日子。

對戰對手如同當初的預料，是科爾伯特。雖然早就料到了，但真的要打了還是會緊張。

然而芙蘭看起來十分鎮定，正在用我教她的坐禪法達到精神統一之效。好吧，其實我也不懂那些詳細的坐禪方式或是作法。該怎麼說呢，就是憑感覺？我告訴芙蘭閉目打坐有助於靜下心來集中精神，沒想到她似乎意外地喜歡這種方式。

她已經維持著坐禪姿勢，閉目養神了十分鐘以上。身旁的小漆可能是不想打擾她，也乖乖地趴在地上。

「呼嚕……」

『搞半天是睡著了啊！』

「啊！」

『芙蘭，要睡覺的話還是去躺著吧？』

「一時大意。」

好吧，至少我知道妳沒在緊張了。

話又說回來，這次就連古德韃魯法好像也花了點時間。如果是瞬殺的話應該剛進房間就會有人來叫了。

後來又過了五分鐘，才終於有工作人員來叫芙蘭。

「請芙蘭大人前往比賽會場。」

「嗯！」

芙蘭最後搓了搓當成沙發靠著的小漆的毛皮，霍地站了起來。接著，她身上流露出些微鬥氣，咧起嘴角笑了。

「走吧。」

不至於過度投入，也沒有平靜過頭。處於最佳狀態。

（師父，今天要拿出真本事。）

『從一開始就讓我動手？』

（嗯，我要全力狂飆，開場就決勝負。）

真難得聽到芙蘭這樣說。看來她不打算觀察局勢，從比賽一開始就要認真打鬥。

不過我也贊成。就像芙蘭平常的作風，以戰鬥為樂的人常常喜歡先觀望局勢。大概是想觀察對手的實力，判斷對手值不值得自己展現力量吧。

但這也是一種破綻。

科爾伯特也不例外，具有這種傾向。

為了向獸王問話我們絕不能輸，所以要針對這種破綻進攻。

再說，如今芙蘭不用再防著獸王，是真的可以全力以赴了。因為這下就幾乎不用擔心被獸王盯上，與他為敵了。

我們走過已經走習慣了的通道，來到賽場。

比第二輪戰鬥時更盛大的歡呼與熱情迎接芙蘭的到來。觀眾們的興奮情緒似乎已經被上一場比賽炒熱到最高潮。有種說法叫做暖場，而現在就是那種狀態。

「好，現在登場的是在第一輪、第二輪比賽顛覆賽前預測，以壓倒性實力一路晉級的超級新人，黑貓族的芙蘭——！她的連戰連勝會有停止的時候嗎！」

看來科爾伯特還沒到。主播先介紹了芙蘭，轟然響起的歡聲籠罩了競技場。

現在仔細一聽，會發現聲援內容各有不同。有第一、第二輪賭芙蘭的對戰對手贏結果輸錢的一些人在怒罵，也有人尖叫著為可愛的芙蘭加油。甚至還有一些冒險者也替芙蘭加油。

本來還有點驚訝，但看到他們是誰我就明白了。原來是艾爾莎的那些小弟，大概是艾爾莎命令他們幫芙蘭加油的吧。不管怎樣，一個冒險者集團粗著嗓子替芙蘭一個小女生加油的場面實在是有點詭異。周圍的觀眾都有點被他們嚇到了。

只是，芙蘭看著他們靦腆地微笑了一下。看來她心裡還滿高興的。

觀眾看到芙蘭這麼可愛的反應，加油得更大聲了。嗯嗯，我家的芙蘭真是人見人愛啊。

緊接著，觀眾席傳來跟芙蘭登場時同樣盛大的聲援。

「好！接著登場的是人氣不比魔劍少女遜色的大明星！一雙拳頭打遍眾多英雄豪傑的B級冒險者！鐵爪的科爾伯特！」

我試著鑑定了科爾伯特的能力，結果跟以前沒有兩樣。不過，這個能力值想必有用迪米特里斯流傳承的祕寶做了部分偽裝，不能盡信。

「嗨，小姑娘，妳果然打進這一輪了。」

「嗯，科爾伯特也是。」

「哈哈哈，怎麼說我也是B級冒險者，哪能輸給階級比我低的啊。」

「也不能輸我？」

「我是不覺得小姑娘比不上我……但總得顧及在社會上的顏面嘛。」

「我也有不能輸的理由。」

「我也是。」

雙方視線激烈擦撞。是沒有迸出火花，但兩人的鬥氣互相碰撞，形成一股強烈的壓迫感籠罩賽場。

不知不覺間觀眾都安靜下來，屏氣凝神地注視著芙蘭與科爾伯特。

「那麼——決賽第三場淘汰賽，第二戰開始！」

「好，我要上了——」

一如所料，科爾伯特只輕微擺出架式，似乎有意觀察局勢。

不是想保留實力，應該是有自信即使晚出手也多得是辦法應付吧。

但是，我們從一開始就把馬力開到極速了。要是被瞬殺可別怨我們啊！

『石牆術！火牆術！風牆術！』

我同時發動三種魔術。岩石、火焰與強風，在芙蘭與科爾伯特之間建造出一條隧道般的細長通道。

「嘖！」

科爾伯特反應很快，當即打碎天花板試圖脫身，但我們比他快。

「煉獄爆烈。」

『煉獄爆烈。』

我們同時發動火焰魔術。讓人無處可逃的烈焰填滿隧道，襲向了科爾伯特。石牆被這種駭人高溫燒到熔化，但在內側生成的火風牆壁隔絕了溫度一小段時間，使得隧道維持了幾秒鐘沒被燒垮。

藉由這種作戰不但能堵死科爾伯特的逃生途徑，又能讓烈焰集中在狹窄空間內提升威力，一舉兩得。

科爾伯特原先所在的位置，被豔紅的火焰奔流吞沒。

但我們不會輕敵。

因為我們認定B級冒險者科爾伯特不可能被這點招數收拾掉，就某種意味來說是信任他的堅強實力。

正因為如此，才要繼續追擊。

「風力子彈！」

『石彈術。』

火焰與黑煙擋住了身影，但科爾伯特的氣息確實還在。我們朝那裡施放魔術。不過，這些飛沙走石的霰彈只是用來阻止行動的牽制罷了。

下一招才是玩真的。

「喝啊啊啊！」

『我要上啦！』

好久沒用上念動彈射攻擊了。

擂台的狹窄空間距離太近無法飛出最高速度，但也已經夠快了。縱然厲害如科爾伯特應該也無法全身而退。

我本來是這麼以為的。

「唔哦啊啊啊！」

『喔哇！』

就在直接插進科爾伯特胴體的前一刻，我的腹部被纏繞魔力的拳頭狠狠揍了一拳。

再這樣下去我的飛行路徑會被弄偏，飛往完全錯誤的方向。

本來想用念動彈射給他最後一擊，沒想到這麼容易就被破解了。

真要說的話，科爾伯特其實只有衣服多少留下點焦痕，都被那麼多魔術猛轟了卻好像沒受到多大傷害。

科爾伯特果然是個厲害角色。絕對要在他拿出真本事之前及早解決他。

我用風魔術與念動進行緊急制動，藉由形態變形讓自己的刀身變得有如刺蝟，同時發動了屬性劍。

纏繞的是雷電。

「什麼——！」

大概作夢也想不到劍會突然當場停住，還改變形狀吧。科爾伯特驚愕地大叫。

這傢伙，哪來這麼大的防禦力啊！本來連鐵片都能輕易刺穿的尖針，竟被科爾伯特的皮膚擋了下來。然而屬性劍・雷鳴仍然讓他全身上下遭受雷擊。

「咕嘎嘎嘎嘎啊啊！」

科爾伯特一邊全身發出電光，一邊慘叫。

很好，雷鳴有效。

「氣絕電壓！」

芙蘭見狀，用雷鳴魔術乘勝追擊。這招用得好！

追加的電擊讓科爾伯特全身火花四散。

「唔……！」

「最後一擊！強風險象！」

芙蘭最後施展了風魔術。一定是不願接近對手，想保持夠遠的距離取勝吧。

在跟克魯斯交手時就讓我覺得，無論是從什麼樣的狀態出招，擠出最後力氣試圖一招反敗為勝的攻擊就是可怕。

風魔術把科爾伯特吹飛了二十公尺以上，往觀眾席墜落而去。

芙蘭繼續保持戒備，注視著墜落的方向。這樣當他用某些方法重整態勢的話，可以用魔術繼續追擊。

我們就這樣提高戒備，但沒想到……

「唔。」

『剛才那是……傳送之羽嗎？』

科爾伯特的身影突然消失了。我知道他進行了傳送，但是跑哪裡去了？

我急忙環顧舞台，卻沒看到科爾伯特的蹤跡。

「上面。」

『空中嗎！』

芙蘭比我早一步發現科爾伯特的傳送位置，原來是擂台上方的高空。只要不擔心墜落問題，這個退避位置可以防範對手的追擊，還能拉開距離。以一次性傳送道具的用途來說，是不錯的選擇。

但也有個缺點，就是在降落到地面之前，有可能變成對手的靶子。

而芙蘭擁有種類豐富的遠距離攻擊手段。

「嗯！」

芙蘭再次緊盯往地面墜落的科爾伯特，準備施放魔術。

她對著自高空墜落而來的科爾伯特施展魔術。是比起威力更重視飛行距離與速度的風魔術。同時我也發射了火焰魔術。如此可以作為風魔術的障眼法，如果真能打中的話也能就此定勝負。

就用這招把他擊落，或者是把他打落到場外！

然而，看來我把事情想得實在太美了。

就在我們的魔術即將打中科爾伯特時，他一揮拳頭就把魔術打得煙消雲散。

『把魔力集中在拳頭上了嗎！』

接著，科爾伯特突然在空中加速，往芙蘭直逼過來。看來他還能利用釋放內氣的勁道，做出近乎空中跳躍的機動動作。

「喝啊啊啊！接招！」

緊接著，科爾伯特隔著遠距離揮了幾下拳頭。只見那拳頭射出無數氣彈，衝著芙蘭而來。每一發的威力是不怎麼強，但數量很多。芙蘭用廣範圍魔術一口氣消除乾淨。

火焰巨浪宛如一道壁壘焚燒空間，與科爾伯特的氣彈一一互相抵銷。

然而，到這裡恐怕都在科爾伯特的預料之中。看樣子他的目的是阻止芙蘭的攻擊，製造空檔讓自己降落到擂台上。

科爾伯特平安重返擂台後，擺出毫無破綻的架式瞪著芙蘭。芙蘭也繼續舉著我與科爾伯特互瞪。

「呼……竟然二話不說就想擊倒我，真是急性子。」

「只是看到破綻就下手而已。」

「牙尖嘴利的～沒想到妳竟然是這麼厲害的魔法戰士，我是真的被妳嚇到了。妳一直在隱藏實力？」

「你才是，魔力好像忽然上升了？」

沒錯，就如同芙蘭說的，科爾伯特身上纏繞的魔力急速上升了許多。

名稱：科爾伯特　年齡：38歲
種族：人類
職業：鋼拳士
Lv：41／99
生命：381／508　魔力：330／452　臂力：299　敏捷：253
技能：解體4、格鬥技6、格鬥術6、危機察知3、拳聖術2、拳鬥技9、拳鬥術10、硬氣功4、剛力8、瞬發9、游泳4、生活魔術3、大海抗性2、投擲4、迪米特里斯流武技8、迪米特里斯流武術8、物理障壁4、魔力釋放5、睡意抗性3、麻痺抗性4、料理3、鷹眼、獸族殺手、分割思考、氣力操作
固有技能：鋼拳
稱號：屠熊者、屠虎者
裝備：水龍皮手套、老水虎拳法裝、老水虎拳法鞋、赤盔熊頭巾、赤盔熊外套、痛覺鈍化手環、衝擊抗性手環

這是解除了封印嗎？能力值大幅上升，多出了迪米特里斯流、物理障壁、魔力釋放與分割思考技能，剛力與瞬發的等級也有所上升。話又說回來，能力值的上升幅度真不是開玩笑的。生命與魔力多出了100以上，臂力與敏捷也各提升了50。

然後還來了個迪米特里斯流技能。或許直接當成一個新的對手比較安全。

『他解開封印了，當心點。』

「解開封印了？」

「……被發現了啊。」

看來他也並不情願這麼做，歪扭著表情在嘆氣。也是啦，聽說為了私欲解開封印是觸犯禁令的，記得好像說過會被逐出師門？試著刺激他一下好了。

『芙蘭，妳照我說的講給他聽。』

「嗯。」

「為了私欲解除封印，會被逐出師門？」

只要能多少讓他心生動搖就賺到了。

「……有時候會吧。」

「那麼，科爾伯特也會被逐出師門？」

「……也許吧。」

臉部肌肉抽搐得好明顯。

「你為什麼要解除封印？」

被芙蘭這樣問，科爾伯特擺著苦瓜臉彷彿內心正在搏鬥，但很快就搖搖頭同樣注視著芙蘭。

「我的確有可能被逐出師門。但是，比起那種微不足道的小事，我有更重視的事物！」

科爾伯特大聲說完，再次擺出架式。

「重視的事物？」

「很簡單，就是迪米特里斯流的尊嚴。」

看他一副做好最壞打算的神情，講得還滿會耍帥的。不過，尊嚴是吧？

「對付小孩不顧一切地解開封印拿出真本事，算是有尊嚴的行為嗎？」

「嗚！」

哼哼，慌了吧慌了吧。

「尊嚴？」

「……好吧，是我不好。有點耍帥耍過頭了。」

「對啊。」

「唔……對啦，都什麼時候了，是不該再講這種好聽話。」

奇怪？好像有點刺激過頭了？可能反而讓他豁出去了。

「不好意思。沒錯，這跟尊嚴什麼的無關，是我個人的問題。我崇敬多年的迪米特里斯流絕不能輕易敗給C級冒險者。不，是我無法接受。因為迪米特里斯流是最強的武術。」

科爾伯特身體釋放的魔力開始沿著一定方向包覆他的全身上下。濃密的魔力簡直有如鎧甲。

「我無法忍受自己害得迪米特里斯流被人看扁！就算會因此被逐出師門又怎樣！」

也就是說他對這個流派的感情是真的很深了。好吧，我也早就猜到事情會這樣發展了。芙蘭也沒有因此心生動搖。

「這樣啊。」

她看起來反倒相當開心。即使知道是非贏不可的比賽，能夠跟強者交手或許還是讓她心情雀躍吧。

「強風險象！」

芙蘭施放廣範圍魔術拖住科爾伯特的腳步，往他衝刺過去。雖說實力有提升，但拳聖術的等級沒變。單純搏鬥的話應該還是芙蘭占上風。

我看需要提防的還是迪米特里斯流技能。

我們做如此想，已經提高戒備了，沒想到……

「喝啊啊啊！」

「迪米特里斯流武技‧阿修羅！」

「！」

意想不到的是，科爾伯特肩頭竟生出了第三條手臂，接下了芙蘭的攻擊。

看來這個流派具有將魔力當成手臂運用的技巧，如同科爾伯特剛才喊出的武技名稱，看起來就跟阿修羅一樣多長出了四條手臂。

豈止如此，竟然能毫髮無傷地接住附加了屬性劍的我……

手臂的強韌度超出我的預料。

「喝呀！」

「唔！」

揮出的反擊拳頭把芙蘭打飛了出去。

承受攻擊之後才進行反擊。雖跟第二戰的克魯斯用的戰術相似，但讓科爾伯特來用難對付得多了。

因為他的防禦力與攻擊力都遠在克魯斯之上。

所幸芙蘭勉強用我擋下而沒被直接打中，但耐久值扣了不少。假如直接打中芙蘭的話一定會造成重傷。

「接招吧！」

「喝啊啊！」

論武術本領是芙蘭為上，但科爾伯特的攻擊次數多得離譜。

他接連揮出靈活自如的六條手臂，化解掉芙蘭的攻擊。而且就算魔力手臂受傷，科爾伯特本人也不用承受傷害，注入魔力就能當場復原，稱得上相當出色的盾牌。

更麻煩的是這個出色的盾牌，同時也是出色的武器。看起來明明像是手臂，動作卻不受關節限制，還會冷不防地伸長過來。而且操縱它們的又是身懷拳聖術功夫的科爾伯特。

這項格鬥術原本便是以連發多拳為攻擊主體，如今手臂增加使得其攻擊的數量更是翻了一倍以上。

「看招！」

「呼嗚！」

揮出的拳頭終於直接擊中，打得芙蘭內臟凹陷。

『大恢復術！』

傷害立刻被我治好，但變慢的動作不可能瞬間恢復正常。

這一瞬間的空檔，導致科爾伯特的攻擊變得更加迅猛。激烈的急速襲擊開始了。

在這場攻防當中，出現了一瞬間的破綻。

「到手啦！」

『什麼！』

我的劍身被魔力手臂抓住。而且抓住之後還開始包覆般地纏住劍身，把我緊緊夾住。

我用念動立刻脫身，但行動也的確被封鎖了片刻。這種涓滴累積，造成攻防的平衡逐漸偏向科爾伯特。

即使如此芙蘭還是左閃右躲避免被連續直接擊中，但神情有點扭曲。

以前艾爾莎說過，那個流派有種類似浸透勁的攻擊可讓氣流入對手身上造成內部創傷。意想不到的是科爾伯特的所有攻擊都是浸透勁。

用我承受也會被劍身傳導的衝擊傷到手，光是擦到就會對體內形成傷害。我們已經展開障壁了，但它照樣能夠穿透進來。

芙蘭再怎麼有耐力，繼續這樣下去還是很危險。

『芙蘭，科爾伯特的攻擊無法用一般方式抵禦。還是用自我進化點數提高物理抗性吧。』

（嗯，好！）

我們針對事前討論好的作戰做最終確認，然後我把18點用在物理攻擊抗性上。

沒錯，我們為了這場武鬥大賽早已做了能做的最大準備。

雖然過程相當要命，但我成功升級了，保存了大量點數。有了這些點數，就能配合對手的能力讓各種技能升等。哎，可以說是無敵的猜拳慢出吧。

〈物理攻擊抗性已達到Max級，進化為物理攻擊無效。〉

嗯——果然連帶著得到了無效化技能……好吧，沒辦法。

再說，這下這場比賽就會變得壓倒性對我們有利。

『上吧，芙蘭！』

「嗯！」

「怎麼突然……！」

看到芙蘭好像變得完全不怕自己的攻擊般向前邁出腳步，科爾伯特瞪大雙眼。當然科爾伯特還是繼續不斷地攻擊，但芙蘭忽然不再進行防禦，用她的嬌小身軀從正面承受了所有攻擊。

猛一看像是捨身進攻，但芙蘭完全沒受到傷害。都是託物理攻擊無效的福。

乍看之下會以為得到了無敵能力，但我滿腦子都是焦慮情緒。

『嘖，真的就跟露米娜警告的一樣！無效技能耗魔太凶了！』

從得到物理攻擊無效技能到現在不過是一瞬間的攻防，魔力卻已經消耗了一千多點。無效化的耗魔就是這麼大。

關於這點，我們在大賽開始前去見露米娜時，她已經忠告過我們了。

那是幾天前發生的事。

「師父啊，你的技能吸收能力是很厲害，但也有件事情得注意。」

『什麼事情？』

「比方說無效化技能吧。極少數的魔獸具有這種技能，但你在獲得這種技能時必須千萬小心。」

「為什麼？」

「無效化技能的耗魔量非常凶，而且會自動發動，所以很難節省魔力。因此視地點或敵人而定，魔力轉眼間就會枯竭了。」

原來如此啊。例如在一片火海當中使用火焰無效，魔力自然很快就會用盡。

而在這類技能當中，露米娜說特別需要小心的就是物理攻擊無效。這項技能一般來說，似乎常見於身體屬於靈體或氣體的魔獸。露米娜說如果讓具有普通肉體的人持有這項技能，就連她也無法想像會是什麼情形。搞不好連走路都會發動技能。

關於無效化技能她還叮嚀了另一件事，就是也有技能可以讓無效失效。

在神祇為這世界制定的法則當中，有一種技能遵循的法則高於無效技能。像是附帶貫通屬性的技能或是具有神焰等神力的技能，似乎就是屬於這一類。

露米娜說她親眼目睹過煌炎劍・伊格尼斯使用稱為神焰的技能，燒死了擁有火焰無效技能的對手。而獸王擁有的固有技能「金炎絕火」，性質很有可能近似於這些高階技能。

「撐過我賦予的試煉，芙蘭如今變得更強了。但是，這世上仍然多得是強者高手。」

「嗯。」

「千萬別因為擁有無效技能，就輕敵大意了。」

「知道了。」

不過，我們可以自由裝備或卸下技能，有需要時再裝備應該就不用怕了。無效技能光是這樣使用也夠強了。

『但是現在正在承受科爾伯特的激烈攻勢，沒辦法卸下就是了！』

為了最起碼做點對策，我發動了完全障壁技能。這是事前點滿物理障壁技能讓等級達到Max，魔力障壁與物理障壁統合而成的高階技能。看完全障壁這個名稱本來以為可以讓攻擊無效化，結果「完全」指的好像只是物理與魔力都能對應罷了。

本來想藉由這種技能減弱科爾伯特的攻擊威力，以盡可能壓抑物理攻擊無效發動時的耗魔，但效果不能說很好。

『芙蘭，速戰速決！』

「嗯！」

芙蘭將我舉至大上段，想一擊要了對手的命。這個動作形成了很大的破綻。當然，科爾伯特不會錯過這個機會。

「迪米特里斯流祕技．體崩腑壞！」

附帶魔力外加使勁扭轉姿勢刺出的正拳直接擊中芙蘭的胴體。但芙蘭連眉毛都沒挑一下。

「該死！竟然沒用！」

對，沒有用。只是光是擋這一擊，就讓我們失去了將近１０００點的魔力。要不是有物理攻擊無效的話，這個攻擊不知道有多可怕。科爾伯特果然不容小覷。

不過，我們這邊已經做好準備了。現在換我們出招了！

「嗯！」

芙蘭騰空一躍，從正上方使出全力以赴的一擊。

我與芙蘭雙雙發動屬性劍。再加上振動劍、魔毒牙與重量增加施展空氣拔刀術。習得劍王術讓芙蘭徹底熟習了刀法，空氣拔刀術變得更加銳不可當。

當然不管速度再快，這種來自正面的攻擊，憑科爾伯特的功夫輕易就能躲開。

但是，我不會讓他逃開。我已經用念動與風魔術從左右兩邊扣住科爾伯特的身體，封死了他的動作。當然憑科爾伯特的能耐立刻就能甩開，但芙蘭就只需要這一瞬間的破綻。科爾伯特仍然揮舞魔力手臂想當成盾牌，不過——

「喝嘎啊啊啊！」

「唔喔啊啊！」

她把向前伸直當成盾牌的兩條魔力手臂一併砍斷，從科爾伯特的左肩到腰部附近劈出一道深達內部的縱向裂口。

手臂是沒斷，但內臟——特別是肺部想必傷勢嚴重。而且屬性劍・火焰導致傷口被燒爛，帶著惡臭不斷冒煙。當然，被砍傷的肺部也早就變成焦炭了。

只是，這樣就說勝負揭曉恐怕言之過早。

像科爾伯特這個層次的強者，即使落入這種狀態仍然有可能使出起死回生的一手。而我們因為物理攻擊無效技能的關係，魔力已經耗到極限了。

『不要停手！』

「嗯！」

芙蘭重新把我貼靠在腰部，這次橫著將我一直線揮出。

不是普通的橫掃，是空氣拔刀術的銳利一擊。

令我驚訝的是，身受重傷的科爾伯特竟採取了閃避動作。他往後跳開，想躲掉拔刀術。而且還擠出所有魔力把剩下的魔力手臂伸長過來。

可以感覺到魔力凝聚於那些手臂的手心。很明顯地是攻擊。

要是把這個攻擊無效化，魔力就真的要扣光了。

這招不能決勝負就糟了！

我情急之下讓自己的劍身變形伸長。

「別想躲——」

『刺中啊啊啊啊——！』

「嗚呃啊！」

魔力手臂幾乎就要搆到芙蘭的同一刻，我伸長的劍尖也刺穿了科爾伯特的胴體。科爾伯特的腹部被切開，噴出的鮮紅血液弄髒了芙蘭的臉。

緊接著，可能是重創造成科爾伯特無法集中精神，差點就要搆到芙蘭的魔力手臂消失了。

「可——惡——」

科爾伯特心有不甘地呻吟，雙膝一軟跪了下去。然後就這樣向前撲倒，伏於地面。全身弛緩，動也不動。

他血流如注，擂台轉眼間就變成了一片血海。而且內臟還從腹部的傷口一塊塊掉出來，同時又併發魔毒狀態。

情況不妙。但是我們由於最後讓科爾伯特的攻擊無效化，已經沒有魔力能使用恢復術了。只不過不愧是公會贊助舉辦的比賽。

比賽宣布結束後立刻有治癒術師趕來，開始幫科爾伯特做治療。

不只是重複進行解毒與治療，還搭配藥物雙管齊下，醫術十分專業。一定是專門為人治療的術者吧。

然後，大賽再度宣布芙蘭獲勝，會場籠罩在盛大歡呼當中。

「勝負揭曉，勝負揭曉，勝負揭曉——！大爆冷門！贏家是魔劍少女芙蘭！看來可能會是本屆大賽最大的黑馬了！下一場她將出戰金剛壁古德韃魯法，是否會再掀起一場風浪呢！精彩比賽千萬不要錯過——！」

芙蘭走下擂台時，眼睛仍然望著科爾伯特那邊，顯得很不放心。

（他會不會怎樣？）

『都那樣做治療了一定會好，不會有事的。』

（嗯，那就好。我還想再跟他打。）

喔，原來是在擔心這個啊。

他好歹也是B級冒險者，我覺得不至於要命或是留下後遺症。只是即使如此，我們還是決定去給他探個病。

我們問工作人員科爾伯特被送到哪裡，然後前往醫務室。

走進去一看，科爾伯特已被人抬到看起來鬆鬆軟軟的高級床鋪上休息。治癒魔術師已經把傷治好，但體力尚未恢復，好像還沒辦法下床的樣子。

「科爾伯特，身體還好嗎？」

「是小姑娘啊……看來是撿回一命了。」

「聽說情況很危險。」

「哈哈，算我輸了。沒想到都解除封印了竟然還是輸給妳……嗚！」

科爾伯特按住腦袋呻吟。

「還好嗎？」

「沒事……好像有點硬撐過頭了。每次用過阿修羅之後都會這樣。」

阿修羅就是那種能變出魔力手臂的招式。我猜應該還具有加強反應速度與開闊視野的效果。

他之所以能跟習得了劍王術的芙蘭打得難分難解，應該是多虧了感覺系能力得到基礎強化的關係。

而且他還完美操縱了六條手臂，對腦部應該造成了相當大的負擔。就跟試著同時發動魔術結果喊頭痛的芙蘭是同一種症狀。

「妳實在厲害。我從沒遇過比妳更厲害的對手。」

「謝謝。」

「下一場是個強敵，但我相信妳會贏。連我的份一起晉級吧。」

「當然。」

大概是想像到下一場就要與古德韃魯法比試了吧。

芙蘭一邊流露出鬥氣一邊咧嘴微笑了。

一般人看到她這副模樣就算嚇死也不奇怪，但科爾伯特反而露出滿意的笑。

「就是這股勁。」

「嗯！」

後來又跟科爾伯特閒聊了一下後，我們離開了醫務室。科爾伯特還沒完全康復，再聊下去可能會對他造成負擔。

芙蘭一走出醫務室，就隱約聽到科爾伯特的聲音：

「啊——慘啦——！我激動過頭了！會把我除籍嗎～！我看肯定是要開除我了～！照師傅那種個性啊～……！」

我都能想像他抱頭哀嚎的模樣了。

只是，看他在芙蘭離開之前都故作堅強，一定是不想在芙蘭面前示弱吧。看在同為習武者的情面上，就當作沒聽見吧。

『節哀順變吧。』

「嗯？」

『不，沒什麼。走吧。』

我們離開醫務室後，來到了觀眾席。明天贏了的話可能會跟這場的選手對戰，就算不用也可作為觀摩學習。

淘汰賽打得如火如荼，今天只有八場比賽。我們那場是第二場，所以算起來還剩六場。來到賽場，第三場比賽已經來到尾聲。阿曼達好像幾乎都是瞬殺結束比賽。

「什麼都沒看到。」

『唉，也沒辦法。下一場比賽是艾爾莎喔。』

對手似乎是C級冒險者，說是靠攻擊次數取勝的技巧派槍手。這可不能錯過。

只是觀眾席都坐滿了，沒有位子。這下該怎麼辦呢……要用土魔術臨時做個椅子嗎？正在猶豫時，旁邊忽然有人跟芙蘭攀談：

「請問一下，妳是魔劍少女芙蘭嗎？」

「嗯？」

一名坐在椅子上觀賞比賽、剛過中年的男性找芙蘭說話。一手拿著串燒，一手拿著葡萄酒瓶。真是闊氣啊。

芙蘭雖蓋著外套，但並沒有把整張臉遮起來，這麼快就被發現也不奇怪。而且這次對方是坐著的，等於是由下往上看見外套底下的臉。

男性神色興奮地盯著芙蘭瞧。

「果、果然是妳！妳是來看其他選手比賽的嗎？」

「嗯。」

「那、那這個座位給妳坐吧。」

「可以嗎？」

「可以，多虧了妳讓我從預賽到現在贏錢贏到手軟，這個月都不用幹活啦！」

那真是發大財了，而且他好像從預賽開始就一直是賭芙蘭贏。雖然一半是加油一半是想押冷門，但也的確是為芙蘭加油了。真令人感激。

「不過妳可以跟我握個手嗎？我好去跟大家炫耀！」

「好。」

「太棒了，明天我會繼續聲援妳的，加油啊！」

「嗯。」

就這樣，芙蘭合法得到了座位。男子跟芙蘭握到手，一臉心滿意足的表情離開了。說是會找個地方站著看。

『真幸運。』

（嗯。）

芙蘭在座位上坐下時，艾爾莎的比賽正好開始了。

如同事前聽到的風評，對手身手不錯。絕不踏進艾爾莎的攻擊範圍，從範圍外見縫插針反覆攻擊。只是這種輕微的攻擊似乎很難突破艾爾莎的防禦。艾爾莎完全不當一回事，逕自衝向槍手。

即使如此速度較快的槍手還是閃過了艾爾莎的攻擊，但一擊就把擂台打出一個窟窿的破壞力，似乎嚇破了槍手的膽。對手的動作逐漸變得遲緩笨拙。與其說是體力不支，我看是精神疲勞吧。

攻擊造成不了傷害，對方卻一出手就是必殺威力。我們也有過這種經驗，真的很難熬。遇到這種情況必須找機會主動進攻，切換成重視攻擊力的戰鬥方式，但我看得出來每當嚇人的錘矛從那男子眼前飛過，就讓他躊躇不前。

然而槍手最後還是下定了決心，以比賽中最快的速度往艾爾莎衝殺了過去。

他驚險萬分地躲過打向身上的錘矛後，往姿勢有些不穩的艾爾莎使出渾身解數施展武技。

就在眾人以為旋轉的長槍即將貫穿艾爾莎毫無防備的胸膛時，會場頓時喧鬧起來。

誰也想不到，長槍並未貫穿艾爾莎的身體，竟被皮膚擋了下來。上次對抗若篠的時候也是這種狀況，硬成那樣根本犯規吧？

後來下場真是慘絕人寰。槍手被艾爾莎緊緊抓住，被他用糾纏黏人的寢技一點一點耗光體力，最後上氣不接下氣地喊投降。看來這個槍手比若篠更合艾爾莎的口味。

『真不想變成那種下場。』

「可是他如果接近過來，我們就有機可乘了。」

『哎，是沒錯……』

艾爾莎與芙蘭的寢技對決？那怎麼行啊？不，我絕對不允許那種事發生。

『還是不要打近身戰了，特別是寢技更不行。』

「嗯，很危險。」

『從各種意味來說。』

「？」

後來的比賽幾乎沒什麼看頭，因為大多都是瞬殺。

像第四場的弗倫德，我看可能連五秒都不到。甚至還讓觀眾噓聲連連。

第五場的菲利普・克萊斯頓打了一場緊張刺激的戰鬥，但整體表現跟我們在巴博拉看到的戰鬥大同小異，毫無新鮮感。總之就是又硬又快又強，確實是毫無破綻。

第六、第七場的費爾姆斯與羅伊斯都沒打超過一分鐘。兩者都沒使出全力，甚至連實力的一鱗半爪也感覺不到。好吧，至少可以確定都是高手。

照理來講進入第三輪比賽，參賽者應該都是強者才對……只能說A級冒險者就是層次不同，個個都是怪物。

『但我們明天的對手，也是那些怪物之一就是了。』

「我一定會贏。」

『是啊，我也是這麼打算的。』

我們看完比賽之後沒回旅店，而是來到了地下城。

為的是測試新獲得的技能，以及模擬與古德韃魯法的對決。

我們拿弱小魔獸試用物理攻擊無效技能。

『魔力果然吃得很凶。』

連小怪的輕微攻擊都能隨便扣掉100或200點魔力。

雖不至於走路就會發動，但戰鬥中即使沒受到攻擊也會惡狠狠地不斷消耗魔力。好像就連砍殺魔獸時的反作用力，或是用我承受魔獸的攻擊時傳來的衝擊等等也會啟動物理攻擊無效。一回神魔力已經少了一半。

只是，真的很有效。它有一項有別於障壁等等的優點，就是連衝擊或慣性也能無效化。芙蘭就連被遠比她巨大的食人魔毆打，都沒有離開原位半步。多虧於此，我們可以完全忽視對手的牽制等手段。管他是用劍砍還是用鎚子毆打，都完全不受影響。

感覺大概就是平常用障壁，危急時刻用物理攻擊無效吧。

『好，技能就確認到這裡。再來是對付古德韃魯法的策略。』

基本來說，應該會以物理攻擊無效為主體。在地下城等處不知需要打多久的長期戰是不能亂用，但每一場戰鬥都能回復力量的淘汰賽就能放膽使用了。

古德韃魯法是使斧頭的戰士。用了覺醒之後會變得多強還是未知數，但我不覺得用尋常方法能防得了他的戰斧。

同時還有一點也很可怕，就是他的韌性。記得他不但生命力超過1000，還具有高速再生與皮膚強化技能。用零零星星的傷害恐怕很難徹底擊倒他。

「如果情況危急，就用殺手鐗。」

『也好。幸好在對抗獸王時沒用上，沒被古德韃魯法看到。他到時候一定會大吃一驚。』

「嗯！」

『好了，也花了不少時間，為了明天的比賽還是早點回去休息吧。』

「等一下，我想先去看看露米娜再走。」

芙蘭已經不再叫她露米娜大人，而是直呼其名了。好吧，反正她看起來完全不在意，是無所謂啦。兩人反而就像一對祖孫，都很喜歡跟對方相處。

『也好，回去之前就先去露米娜那邊露個臉吧。』

「嗯。」

我們穿越空間，來到了露米娜幫我們打造的傳送用房間。

其實在提升次元魔術的等級時，我們取得了叫做信標術的特殊法術。這種法術可以替次元魔術做標記，藉此把傳送距離延長好幾倍。短距離傳送一般來說只能移動十公尺左右，但如果是設下信標的地點，即使從三十公尺外的地點也能傳送。

信標術如果不做任何措施的話幾天就會消失，不過施展時可以多灌注點魔力延長有效期限。由我來灌注魔力到最大極限的話，設置的信標應該能維持個幾年。

於是我們想到也許可以請露米娜准我們在她的房間設置信標。有了信標，說不定可以更輕鬆地使用空間之門去見露米娜。

事情發生在幾天前。我想起當時大家談話的內容。

「歡迎你們來。今天有什麼事？」

「來拜託妳一件事。」

『是這樣的——』

我向露米娜說明自己學會了信標術，有了這項法術也許可以更輕鬆地來找她，請她答應我們設置信標。

對了，順便提一下，這時候我的事情已經穿幫了。那是幾天前剛發生的事，一言難盡。多虧於此，芙蘭很高興少了一件需要瞞著露米娜的事，我想結果好就一切都好。

「這是無妨，吾反而還想請你們這麼做呢，只是——」

『只是？』

「沒有，你試試就知道了。別擔心，不會有危險的。」

聽她講得話中有話的。好吧，既然她都保證不會有危險了，那就先試試再說。

『信標術。』

我姑且先在房間的牆角地板設置信標。這樣一來即使人在外面，應該也可以開啟通往這裡的傳送門。

『那麼，我們先回到樓上去。』

「嗯。」

我們先回到第十四層，然後試著發動空間之門——沒想到竟然不行。不，發動是發動了，但門打不開，魔力白白消散在空氣中。

我能感覺到信標的存在，而且剛剛才去過那裡，記憶很鮮明。從條件而論，照理來講絕不可能失敗。

可是，不管試再多遍都只是浪費魔力，打不開傳送門。

「不行？」

『是啊，好像被某種力量擋掉了。』

我在猜想，可能是有著某種結界。感覺不像是我使用魔術失敗，而是被某種東西妨礙、消除了。很像是我們上次被關進燐佛德的結界時的那種感覺。

回去向露米娜一問之下，她像是早就料到般點了點頭。

「看來沒能突破女神的守護。」

聽到這句話我就猜出八成了。仔細想想，會有結界之類的力量也是理所當然。

攻略地下城是非常艱辛的一件事。就連D級地下城，都經常有人員傷亡。就算是高階冒險者，也有可能因為碰上不擅長應付的魔獸或危險陷阱而喪命。

那麼什麼是攻略地下城最輕鬆的方法？把探知能力提升到極限？組成攻守兼備的隊伍？攜帶藥水等道具注意生命安全？

不，都不是。最輕鬆的方法，是直接從外面攻略而不要踏進地下城一步。

例如用傳送魔術等方式跳到魔核室破壞魔核，或是施展具有超強攻擊力的魔術從外面攻擊魔核室等等，方法不只一種。

這些都絕非不切實際的手段。事實上，只要把次元魔術練到封頂再用魔道具做補助，直接傳送到魔核室從距離來說絕非不可能。

況且還有神劍這種超乎常理的神器可用。日前露米娜拿給我們看的神劍清單當中，有一把叫做核擊劍．爐心熔毀。儘管它已經不復存在，從名稱來看絕對是大規模殺傷性武器。

地下城為了保護自己免受這些威脅，大有可能具有某些防護措施。況且聽說地下城是神祇賦予人類的試煉，一定設計得讓人不能作弊吧。

感知技能開得這麼大卻仍然感受不到存在，如果是神祇設下的結界就可以理解了。

「簡而言之，只要不會妨礙到你們的魔術就行了吧？」

「嗯。」

「既然如此，你們且等吾一下。」

露米娜說完，就到更裡面的房間去了。幾分鐘後，一陣「轟轟轟轟」的震動聲傳來，我們眼前的牆壁上開出了一個洞。往洞裡一看，一條長長的通道一路延伸向前。

「讓你們久等了。吾已對這條通道前方的房間下了許可，允許師父傳送到那裡。」

看來露米娜是使用了地下城主的力量，幫我們重新做了個房間。哇——叫我們等一下就隨手做了個房間，地下城主做起事來就是海派。而且好像還能調整一些細微的設定。

「謝謝妳。」

「剛才吾已經說過，吾反而還想請你們這麼做呢。不用放在心上。」

我重新做一次實驗，就如同露米娜說的可以正常開啟傳送門。這次住的旅店離地下城很近，只要有這個信標就能既隱密又輕鬆地來見露米娜了。芙蘭也相當滿意地點著頭。

「你們隨時想來就來，吾歡迎你們。」

「嗯。」

『我們會再來的。』

所以這次我們就使用這個房間，來找露米娜了。

露米娜似乎感覺得到我們正在傳送過來，一走出房間她就過來迎接了。

「你們來啦。」

「嗯。」

『是啊。』

「聽說你們今天又贏了，下次就是半準決賽啦。記得對手是A級冒險者？」

『對，是獸王的侍衛。』

「妳可是真心想取勝？獸王提出的突破第三輪比賽的條件不是已經達成了？」

「我要贏。我要得冠軍，讓大家知道黑貓族的實力。」

『為了獲勝，我們打算使出所有的力量。』

「是嗎……好吧，吾也不再多說什麼了。去拿冠軍吧。」

「嗯！」

後來，我們跟露米娜聊了一些關於技能或魔術的事情就回旅店了。明天第一場就是我們，得起個大早。

「加油啊！」

「謝謝。」

『等著吧，我們一定會贏的！』

『芙蘭，就要開始了。』

「嗯。」

『對手是A級冒險者，是跟阿曼達水準相當的怪物。這場戰鬥將會相當難打。』

「我知道。可是——」

『上場就是要贏。』

「嗯！絕對要贏。」

聽我這麼說，芙蘭堅定有力地點頭了。與強者的戰鬥一定讓她迫不及待吧。

「芙蘭大人，第一場比賽的入場時間到了。可以上場了嗎？」

工作人員來叫了。

「嗯，可以。」

「那麼，這邊請。」

很好很好，芙蘭走在通道上的步伐跟平常一樣穩。不，比起跟科爾伯特比試前的步履，或許增添了一點鬥志。不過，看起來並不緊張。

我們已經突破第三輪比賽，達成了與獸王的約定。換言之，這下可以無拘無束不受限制地跟古德韃魯法交手了。她一定是不自覺地為此感到高興吧。

這時，我準備來實行昨天想到的戰術。好吧，其實也稱不上是什麼戰術。

首先對芙蘭使用所有能用的輔助魔術，提升基礎能力值。

接著，芙蘭開始讓魔力傳導到我身上。魔力注入到所剩無幾後，用事前買好的上級魔力藥水回復魔力，然後再把魔力注入我身上。就這樣，她將只差一點就會對劍身造成負擔的1500點左右的魔力傳給了我。我現在有將近3700的攻擊力。

比賽前能做的任何一點準備都得做。只是，纏繞劍身的魔力無法維持太久時間。得趁還維持得住時分出勝負。

『芙蘭，妳喝掉了八瓶魔力藥水，還好嗎？』

「沒事。」

芙蘭神色如常地回答。還真的喝得下咧。因為芙蘭是個大胃王才能採取這種作戰，換成別人的話早就喝到肚子都脹了。

「走吧。」

『好。』

芙蘭一出現在擂台上，幾天來聽慣了的盛大歡呼像大雨一樣灑落。芙蘭好像也聽習慣了，沒再皺起眉頭。

「好，從東邊通道現身的是本次大賽的颱風眼，魔劍少女芙蘭！比賽開始至今打遍各路好手，爆冷不斷！這場比賽是否又會擊敗A級冒險者，再次大爆冷門——？以可愛外型急速贏得大量支持者的超級新人，在第一場比賽登場！」

哦哦，主播對我們持正面觀感耶。也是啦，看到這麼一個小孩子拚命戰鬥，大概只有藍貓族或賭博輸錢的人能不替她加油吧。

「芙蘭小姐──！加油──！」

「為了我們的錢包～」

「妳要加油喔！今晚能不能多一道菜都取決於妳了！」

在觀眾席最前排還能看到莉狄亞等緋紅少女三人組的身影。雖然感覺有點太忠於慾望了，但還是很感謝她們的支持。

芙蘭對緋紅少女輕輕舉個手做回應，現場頓時爆發一陣超出極限的歡呼聲。女性的尖叫聲援從四面八方飛向芙蘭。

『芙蘭，妳好受歡迎喔。』

（是嗎？）

她好像全然不感興趣。看來對芙蘭而言，觀眾的聲援只差在刺不刺耳而已。為了不被這盛大的聲援蓋過，主播幾乎是用嘶吼的繼續介紹出賽選手。

「從西邊登場的，是大賽開始至今以壓倒性強大實力一路晉級的冠軍候補，金剛壁古德韃魯法！從未在比賽中受過傷，以A級冒險者該有的驚人戰績傲視群雄的重戰士！這次是否又能毫髮無傷結束比賽──？」

出現在賽場的古德韃魯法也得到了觀眾大聲助威，但同時也有噓聲。看來還是芙蘭比較受歡迎。

只是，競技場內有種古德韃魯法贏定了的氣氛。支持芙蘭的群眾也幾乎都只是期待看到她如何以小搏大，以及是否能不被瞬殺撐久一點。

好吧，雖說我們都一路打進這個階段了，但畢竟是A級與C級的對戰，怪不了觀眾。

然而，芙蘭不會因為這點小事就退縮。

『等不及要迎接現場氣氛逆轉的一刻了。』

「嗯！」

古德韃魯法的裝備跟上次看到時完全不同。

他用火焰造型的緋紅色全身鎧把自己包得密不透風，扛著威懾感十足的漆黑戰斧。與擔任獸王侍衛時的感覺截然不同，給人鋒芒畢露又極具攻擊性的印象。

而且鑑定不太管用。是鎧甲的效果嗎？我有天眼能力所以不是完全看不見，可以確認部分能力值或技能。但是裝備的細節等等就無法鑑定了。

但願沒有什麼棘手的效果就好……不，都特地穿來比賽了，小看它就太危險了。

芙蘭與古德韃魯法在擂台中央面對面。

看到身高超過兩公尺的彪形大漢與年幼少女的對峙，有些觀眾被壓倒性的差距嚇得倒抽一口氣。兩者之間的差距，看起來就是如此令人絕望。

「妳打進這一輪了。」

古德韃魯法想必也被開啟了戰鬥模式，用充滿威懾感的低沉嗓音對芙蘭說道。芙蘭也用暗藏鬥志的眼眸，瞪視古德韃魯法位置比自己高出許多的臉龐。

「我今天也會贏。」

「很好，有志氣。但是，妳想贏我沒那麼容易。拿出妳的真本事吧。」

「當然。」

古德韃魯法沒有做出任何看扁芙蘭的言行舉止，反而還用注視強敵的銳利目光低頭看著芙蘭。

這時主播開始解說規則：

「本次大賽感謝獸王大人慷慨贊助，從半準決賽開始將會使用『時光搖籃』！」

所謂的時光搖籃，就是一種能讓固定範圍內的時間倒轉的魔道具。在這場大賽當中，當其中一名參賽者死亡時就會發動，讓參賽者的時光倒轉回死亡之前。這件魔道具價格貴得嚇人，往年都是從準決賽開始使用。但今年有獸王作為贊助人的巨額出資，所以好像從半準決賽就能使用。

換言之，就算比賽打得再激烈甚至是鬧出人命，都可以倒轉時光讓一切回到起點。而且敗戰的記憶等等照樣留存，簡直是專為武鬥大賽設計的魔道具。

此外，比賽從這個階段開始廢除出界落敗規定，必須打到其中一方死亡、投降或是剝奪對手的戰力，戰鬥才能結束。

不只如此，觀眾席與競技場之間還張開了多重結界，保護觀眾安全。聽說強韌到就連龍的吐息都能擋下。

總之呢，就是叫選手們拿出全力盡情搏鬥廝殺吧。

「話說在前頭，我不會因為妳是黑貓族就輕視妳。畢竟我就是被一位黑貓族人長年鍛鍊起來的。」

「正合我意。」

芙蘭霍地拔出我來輕輕揮動，顯示她的鬥志。大概是只看一眼就能感覺出我劍身當中蘊藏的魔力吧，古德韃魯法佩服地低語：

「哦？這就是那把魔劍啊。原來如此，確實不是普通的劍。」

「你才是，鎧甲很帥。」

「這正是我的戰袍，亦即全力以赴的證明。它具有鑑定遮蔽、自動回復能力甚至是魔術抗性，由神級鍛造師親手打造。儘管比不上神劍，卻也是能力超凡的魔導鎧。」

喂喂，竟然連這種東西都搬出來啦！雖然也有人說過我說不定是出於神級鍛造師之手，但對手用的竟然是神級鍛造師的正牌作品？那豈不是超高階的魔道具嗎？

雖然我也對自己的力量頗有自信，但意思聽起來不就是說那件紅鎧可能隱藏著與我相當的特殊能力？一整個有種不祥的預感！

「我要從一開始就拿出真本事擊垮妳！覺醒！」

古德韃魯法大聲吶喊後，就看到鎧甲縫隙間隱約可見的皮膚逐漸變成了灰色。與此同時，他散發的存在感也膨脹到碩大無朋的地步。

「哦哦——是獸人族的殺手鐧『覺醒』！太意外了，這是有史以來第一次有人在比賽開始前就先覺醒！這是否表示他抱持著必勝決心？那麼，第一場比賽，開始！」

從一開始就是覺醒狀態嗎！

不同於傑弗米特進化時的狀況，能力值沒有發生變化。但取而代之地，技能受到了大幅強化。高速再生升到8級，還追加了肌肉鋼體、超反應與皮膚硬化等可能相當棘手的技能。豈止如此，還能感覺到一股高密度的魔力在他全身循環流動。

名稱：古德韃魯法　年齡：44歲
種族：獸人・白犀族・黑鐵犀
職業：斷斧鬥士
Lv：72／99
生命：1256　魔力：422　臂力：654　敏捷：267
技能：威懾8、怪力8、拳鬥技5、拳鬥術5、氣息察覺3、高速再生8、剛力10、棍棒技6、棍棒術6、開採8、再生10、異常狀態抗性7、瞬發3、精神異常抗性7、屬性劍8、大地抗性4、突進7、斧技10、斧術10、斧聖技6、斧聖術7、魔力感知3、氣力駕馭、肌肉鋼體、哥布林殺手、超反應、痛覺鈍化、龍族殺手、皮膚強化、皮膚硬化
固有技能：覺醒、衝波
稱號：守護者、如大山者、地下城攻略者、龍族殺手、A級冒險者
裝備：地龍角大斧、地龍鱗全身鎧、炎黏精外套、影武者手環、毒素感知指環

「哼哼哼——！」

一開場就出招了。古德韃魯法站在原地揮舞斧頭。只見三道衝擊波從斧頭飛出，襲向芙蘭。

大概是想作為牽制手段吧，但如果是威脅度C左右的魔獸可能光是挨了這招就要灰飛煙滅了。蘊藏的威力就有如此之大。

『芙蘭，我們上！』

「嗯。」

『爆炸術！』

我使出魔術加以攔截。

火球與衝擊波撞個正著，爆出火焰與煙塵。盛開的大朵烈焰把擂台染得通紅，我藏身於這團煙霧與爆炸熱風中，發動了短距離傳送。

傳送位置是古德韃魯法的正後方。

「吁！」

於傳送的同時，芙蘭從空氣劍鞘冷不防地拔劍砍去，直取古德韃魯法的首級。

沒枉費我隱藏傳送能力到現在，這個奇襲做得完美。當然也沒忘記發動屬性劍與振動牙等等，以期一擊奪其性命。

古德韃魯法完全沒能反應過來。我的劍鋒就這樣陷進他的脖頸。

斬斷肌肉與骨骼的鈍重觸感傳至劍身，噴濺出血花。

「唔呃啊！」

『嘖！』

但我高興不起來。因為在感覺到切開脖子的觸感前，我先撞上了魔力防壁、堅硬厚實的皮膚與肌肉以及強韌堅固的鎧甲，知道威力已經被減弱了。

以斬首為目的使出的攻擊，只把古德韃魯法的脖子砍開到一半。我陷進古德韃魯法脖子的一半位置就被擋下了。

真是令人生畏的防禦力。但這可是個機會。

『我現在就把劍身變成針，送他上西天！』

因為趁現在可以直接攻擊這傢伙的體內。

然而我還來不及變形，古德韃魯法已先做出反應。

「衝波！」

「呃啊！」

古德韃魯法發出吶喊的同時讓全身爆發魔力，我們被一口氣震飛了出去。

脖子都快被劍砍斷了耶？竟然還能這麼冷靜地應付我們，都不會驚慌的嗎！

不只是距離被拉開，光是吃了這記衝擊波就狠狠扣掉了芙蘭的一堆生命力。

我的耐久值也是。威力恐怕比古德韃魯法一開始施展的斧技更強。

「哼！」

「呼嗚！」

芙蘭口吐鮮血，但仍躲開了古德韃魯法乘勝追擊的衝擊波。

「喀呼……」

『大恢復術！』

「呼……呼……」

芙蘭一邊與對手拉開距離，一邊調整肺部受創而變得紊亂的呼吸。

『妳還好嗎？』

「還好！」

雖然早就知道了，但古德韃魯法的任何攻擊正面中招都會要人命。光是用作牽制或防禦就已經有這麼嚇人的威力了。

『第一招決勝負的作戰失敗了啊……』

（覺醒提升了防禦力。）

『是啊。這傢伙的皮膚，厚到簡直像多穿了一件鎧甲似的。』

而且是鋼鐵製的上等鎧甲。

『沒辦法了，先剝奪這傢伙的防禦力吧。』

「好。」

我按照事前做好的決定，把剩下的點數分配給一項技能。

雖然會變成持久戰，但也是不得已的。

『現在要一邊躲開古德韃魯法的超強攻擊，一邊削弱他。這很考驗精神力，可別被打垮了喔。』

（我可以的。）

『還有，那傢伙的鎧甲不在預料之內，也不知道具有什麼效果。這點也要當心喔。』

「嗯！」

趁我們療傷的時候，古德韃魯法似乎也做好回復了。

「嘿呀啊啊啊啊啊！」

「嘖！」

『這麼快就把傷治好了！』

古德韃魯法用他那龐然巨軀不該有的跳躍力撲了過來。那麼重的傷竟然已經痊癒了？真是可怕的再生力。

然後場面突然一變，進入激烈的攻防較勁。

芙蘭的優勢是攻擊次數，古德韃魯法則是一擊的威力。

古德韃魯法使出的攻擊似乎全是斧技，奮力揮出之後總會帶來衝擊波。現在是被覆蓋賽場的結界擋掉了，要是沒有結界的話觀眾大概已經死了上百人。不得不說要是正面承受那種攻擊，我的耐久值會慘不忍睹。因此芙蘭面對所有攻擊都選擇閃避，或是架開。

相較之下芙蘭的攻擊招招對準鎧甲的接縫或空隙，但總是造成不了預期的傷害。而且一點小傷可以立刻再生恢復，導致傷害完全累積不起來。

我們也試過打壞鎧甲，但損傷立刻就被修復了。自我修復速度比我或芙蘭的黑貓系列還要快。真不愧是神級鍛造師製作的鎧甲！有夠頑強！

魔術也偶爾用了幾下，然而他說鎧甲具有魔術抗性看來是真的，幾乎都沒發揮效果就被抵銷了。本身物理防禦力特強的古德韃魯法再裝備起這件鎧甲，簡直活像一座要塞。

「喝啊啊衝波——！」

古德韃魯法從緊靠芙蘭的位置往我們射出固有技能的衝波，全身爆發高威力的魔力與震波。雖然單純，卻實在是棘手的技能。

在近身戰使用既可以造成傷害又能動搖對手的姿勢。在中、遠距離還能代替障壁使用。更糟的是它屬於魔力與物理的複合攻擊，即使是物理攻擊無效也無法完全防住。

這次我們趕緊使用障壁擋下了，但多少受了一點傷害。

看來這種膠著戰況正是古德韃魯法要的。互相削減生命力的打法不利於體力劣於他的芙蘭。古德韃魯法就是清楚這點，才會設法發展成持久戰。

有句話說獅子搏兔亦用全力，現在的古德韃魯法就是這種狀態。為了戰勝照理來講一切都不如自己的芙蘭，選擇了最確實的戰術。

事實上無論是生命力還是魔力，我們都消耗得比他快多了。繼續這樣打下去，我們的作戰還沒收到成效，芙蘭就會先瀕臨極限。

你想得美！

『小漆！』

「嘎嗚！」

「唔！連召喚魔術都會用嗎！但是妳再怎麼加快攻擊頻率，用一般攻擊是突破不了我的防禦的！」

這我們明白。小漆是很強沒錯，但比較屬於靠攻擊頻率與尋找弱點打擊對手的類型。不過，我們的目的其實不在這裡。

『芙蘭，維持現況就好！跟作戰計畫一樣，有吸收到這傢伙的魔力！』

（嗯！）

沒錯，我剛才提升等級的正是「魔力吸收」技能。

礙於點數不夠只能升到9級，但效果已經夠顯著了。

跟科爾伯特打過那一場讓我們知道，物理攻擊無效並非無敵技能。它不能讓魔術或類似的攻擊失效，況且耗魔過大也是一大缺點。

但魔力吸收技能能夠彌補這個缺點。可以吸收對手的魔力以盡量節省魔耗，遇到對手以魔力攻擊時還能微量吸收以減弱威力。

之所以在對付科爾伯特時沒有提升這項技能的等級，是因為不能確定升級之後是否真的有效。當時的技能等級是3，但我們不知道升級能提高多少吸收率。無法把寶貴的點數用來打這種沒有把握的賭。

再說，當時還有其他起死回生的手段。出於這些原因，我們當時對於提升魔力吸收的等級有所遲疑。

而我們這次決定加強魔力吸收，是因為聽了迪亞斯與露米娜他們的建議。我們向他們請教魔力吸收技能的效果，才知道高等級的魔力吸收很難應付。

效果強大到連露米娜都視為威脅，迪亞斯也說年輕時吃過這招的虧。聽起來值得期待。

實際上，我現在就正在一點一滴地吸收古德韃魯法的魔力。之所以叫小漆出來參戰，也是想讓古德韃魯法不停使用再生以盡快耗光他的魔力。

我還使用了吸收對手魔力的屬性劍．暗黑，總之卯足了全力削減他的魔力。儘管幾乎沒能造成傷害，但無所謂。我們的目的就只是碰到他，奪取魔力。看來比起鎧甲的魔力自動回復效果，我們搶奪魔力的速度更快一些。感覺得出來古德韃魯法的魔力已開始明顯減少。

等他魔力到最後枯竭，覺醒解除失去技能防護的瞬間，就用必殺一擊痛宰他。這就是我們的作戰計畫。

「唔？這是……！」

看來古德韃魯法也察覺到自己的消耗狀況了。

話雖如此，他似乎並未發現是我在吸收他的魔力。

不過，這樣還是沒讓這個男人喪失冷靜。他一掌握現況，竟立刻給我變更了戰略。

「唔哦哦哦哦喔喔喔喔喔喔！」

古德韃魯法突如其來地向前邁出一步。接著他徹底捨棄防禦到了幾乎讓人誤會成自暴自棄的地步，把斧頭高舉過頭大動作地往我們劈砍過來。要是被砍個正著，就算是芙蘭八成也會當場變成肉醬，但這麼大的動作躲不掉才怪。

然而，古德韃魯法打從一開始就不是衝著芙蘭來的。

「震撼大地——！」

他的目標從一開始就是擂台。

轟砰嗡嗡嗡嗡嗡！

靠近擂台中央的位置被斧頭重劈迸出放射狀裂痕，一路延伸至擂台的邊緣。

然後，斧頭一砸進擂台的瞬間，連帶引發劇烈地震搖撼了芙蘭與小漆的腳下地面。

「唔！」

「嗷嗷？」

看來是引發區域性地震封鎖對手腳步的招式。以震度來說的話少說有7級嗎？威力大到芙蘭他們都不禁停下了腳步。

『打的是擂台嗎！』

我才剛這麼想，原本還刺在擂台地面上的斧頭，竟已只差一點就要砍進芙蘭的身上。

看古德韃魯法到目前的身手，簡直無法想像他能有這種速度。想必是超反應與以速度為優先的武技帶來的效果。就連我已經用時空魔術加快時間流逝都這麼狼狽了，被地震拖住腳步的芙蘭自然沒有多餘心力接招。

『短距跳躍！』

總之我先用傳送逃開——

「咳呼……！」

『大恢復術！大恢復術！大恢復術！』

跟第三輪比賽贏過科爾伯特時的局勢正好相反。也就是換成芙蘭的胴體被砍裂了一半，內臟與鮮血從傷口溢滿滾落。嘴裡嘔出大量的血與胃液，沒有當場休克死亡反而讓人覺得不可思議。

『芙蘭！』

「我……沒事！……呸！」

看來勉強趕在時光搖籃發動前治好傷勢了。芙蘭吐出滿嘴的血，搖晃著站了起來。

但是，對手比我們更快採取行動。

「喝啦啊啊啊啊！」

『砍傷了脖子都沒影響嗎！』

從古德韃魯法身上感覺不出半點脖子險些被砍斷的影響，只見他以排山倒樹之勢衝過來展開追擊。

（這次換我們了！）

只是就這點來說，芙蘭也一樣。

分明才剛剛差點被劈成兩半，芙蘭的戰意卻不見衰減。鬥志反而還更旺盛了。

古德韃魯法衝到我們面前，再次用斧頭重擊地面。

「震撼大地！」

又來了！不過，這招我們已經看過一次了。雖然接續其後的攻擊确實快到堪稱神速，但作為預備招式的震撼大地本身動作很大，沒有多快。中間的空檔都夠讓我們裝備物理攻擊無效了。

「哼！」

震撼大地發動之後，緊接著又是一記橫掃攻擊。整個連續攻擊一氣呵成，看得出來是千錘百鍊的功夫。

大概是看了覺得芙蘭來不及採取閃避行動，戰斧又要砍進她的身體了吧。觀眾席以為剛才的光景將要重複上演，傳出了慘叫聲。

但是他們的慘叫，立刻就變成了滿場驚呼。

「沒用的。」

「怎麼會！」

驚叫的不只是觀眾。就連古德韃魯法也瞠目而視，注視著自己揮出的斧頭。

雖說是重視速度的招式，畢竟是被巨大戰斧直接砍中。這可是重量遠比芙蘭重上許多的整塊金屬。然而芙蘭用胴體承受了這一擊非但沒有受傷，連搖晃一下都沒有，神色自若地站著不動。

遭受到重量與臂力都遠勝自己的古德韃魯法攻擊，芙蘭一動也不動的模樣實在相當詭異。看起來也不像是展開了障壁或是勉強硬撐著不倒下。就好像完全不受斧頭影響似的，只是站在原地不動。

豈有此理。

眼看古德韃魯法由於震驚而一瞬間停住動作，芙蘭他們轉守為攻。

「喝啊啊啊！」

「嘎嚕嚕！」

「唔……！」

他們在吃了大招而後退的古德韃魯法周圍來回奔跑跳躍，又是揮劍又是施展魔術。現在他們不再冒失地靠近對手，而是維持著一定距離腳踏實地持續進攻。

古德韃魯法已經因為連續施展大招，而用掉了大量魔力。

『就差一點了！再過不到一分鐘他就會耗盡魔力！』

「嘿呀啊啊！」

「哼嗯嗯嗯！」

古德韃魯法也結合大小招式奮力應戰，但捕捉不到芙蘭的動作。

然後，古德韃魯法的魔力終於見底了。

「唔！魔力已經……！」

覺醒被強制解除，護身的魔力也消失了。得趁鎧甲發揮效用恢復魔力之前決勝負才行！

『準備上吧！短距跳躍！』

我們跳到了古德韃魯法的背後。

為的是再次使用開場的那招對付他，豈料——

「哼！」

「唔！」

我們傳送之後看到的不是古德韃魯法毫無防備的背影，而是迫近眼前的戰斧威容。傳送雖然只需一瞬間的工夫，但從消失到出現還是有一段空檔。

古德韃魯法明明已經失去超反應技能，竟然還能猜出我們會傳送到背後，在這一瞬間內做出了反應。是身為戰士的經驗嗎？還是獸人特有的野生直覺？

我們幾乎一傳送過去就挨了古德韃魯法的斧頭痛打，遠遠飛了出去。芙蘭以我當盾勉強沒被直接擊中，但竄過全身的衝擊力道讓她眉頭緊皺。

看來她手發麻了，無法即刻採取行動。

「哼！」

芙蘭翻滾著躲開古德韃魯法的劈砍追擊，但這一擊的力道著實駭人。明明覺醒都解除了，威力還是大到把擂台打成碎塊。

我們尋找古德韃魯法的破綻。然而，從正面找不出任何可乘之機。

『真不愧是A級冒險者……！』

得趁古德韃魯法的魔力恢復之前決勝負才行……

可是有什麼辦法？這次要攻擊頭頂嗎？還是從左右進攻？可是，如果這樣又被擋下來了呢？或是一直裝備著物理攻擊無效不要卸下？但我們的魔力也不是那麼充裕。

就在我一時之間猶豫不決時，芙蘭立刻就把她的決定告訴了我：

（師父，上面！我要用就算知道也無法阻止的招式對付他。）

『知道了。』

好，那我就竭盡全力實現芙蘭的計策吧。這是身為佩劍的我肩負的使命。

（小漆繼續拖住敵人的腳步！）

（嗷！）

『長距跳躍！』

「唔？」

「嘎嚕嚕！」

古德韃魯法尋找突然消失的芙蘭，眼睛四處張望。看來沒厲害到能即刻發現我們的蹤跡。再加上被小漆襲擊，使得他沒有多餘精神繼續找芙蘭。

當然，觀眾與主播等人也都沒發現我們。

「哇——！芙蘭選手突然憑空消失了！這究竟是怎麼回事！是傳送嗎？還是隱形能力？又或者是躲進影子裡了嗎～！」

是空中。

我們傳送到了強風吹襲的高空位置。

芙蘭站在我用念動飄浮的劍脊上，一邊提升專注力一邊控制多種技能。

為的是做好萬全準備發動大招。

接著，短暫集中過精神後，芙蘭低喃：

「我要上了。」

『好。』

芙蘭一口氣飛出去，衝過我旁邊時抓住我的握柄，直接往正下方奔馳。

使用空氣壓縮與魔絲生成增添反作用力，再用空中跳躍、突進技能與風魔術加速，芙蘭自天空往正下方以神速力勇往直前。我們已經做好準備在人肉砲彈擊中的瞬間用重量增加技能讓威力翻倍，還發動了火雷雙重屬性劍。

到目前為止都跟燐佛德那場戰役表演過的空氣拔刀術相同。但是，今天起跑地點的高度更高，又用上了時空魔術進一步加速。而且劍王術讓拔刀術的鋒利度高出數段，還有氣力駕馭提升了技能的效果。

威力遠遠超出那次對燐佛德造成巨大傷害的空氣拔刀術。

「閃華迅雷！」

最後，芙蘭發動了剛學會的固有技能。

雷電包覆芙蘭全身，進一步加快了她的突進速度。

芙蘭化身為一根光之長槍，以可媲美隕石的猛勁從正上方襲向了古德韃魯法。

「喝啊啊啊啊！」

「是從哪裡——」

古德韃魯法終於發現芙蘭正在往自己高速降落，抬頭向上仰望。撲進他視野的，想必是芙蘭專一注視自己的眼眸，以及早已從空氣刀鞘中拔出，往自己劈砍過來的我的刀身吧。

然後伴隨著炫目閃光，震盪五臟六腑的轟然巨響迴盪四下，足以撼動整座競技場的衝擊力道往四方擴散。

「唔呃啊啊啊啊啊啊啊啊啊啊！」

我聽見了古德韃魯法分不清是慘叫還是嘶吼的咆哮。

『短距跳躍！』

從高空中施展了突進攻擊的芙蘭即將狠狠撞上地面的前一刻，我用傳送讓我們跳躍到擂台邊緣。

古德韃魯法原本站立的位置凹陷出一個大窟窿，大量煙塵漫天飄飛。看到這幅光景，讓我重新感受到剛才那一擊的威力。

（師父！你還好嗎？）

『沒事，我立刻修好！但是，那件鎧甲的防禦力超乎想像！沒想到竟然切不開，反而是我斷掉……』

我本來打算用剛才的攻擊從古德韃魯法的左肩直劈進心臟，然後順勢砍到胯下把他剁成兩半，以為這招可以奪命。

我也的確感覺到切開了他的鎧甲與肉體。但就在即將剖開心臟的前一刻，我的刀身先從中斷成了兩段。只因刀身承受不了這超乎想像的負荷，以及鎧甲出乎預期的防禦力。

『抱歉！都怪我沒用！』

（這不是師父的錯。再說，感覺得出來他傷得很重。）

『也是。雖然搖籃沒啟動就表示沒能要他的命，但想必沒辦法再靈活——』

轟嗡！

我本來想說他無法再靈活行動，但從仍舊漫天飛舞的煙塵另一頭感覺到膨脹的魔力，使我無法再說下去了。繼而，向上噴發的魔力奔流吹散了煙塵。

我們剛才用物理攻擊無效讓古德韃魯法與觀眾大吃一驚，但現在輪到我們吃驚了。

『怎麼可能！他應該沒有魔力了！為什麼能把傷治好！』

單膝跪在原地的古德韃魯法怎麼看都已經瀕臨死亡。左臂被砍斷，胴體部分也能看到赤紅鎧甲被打爛變形，體液從鎧甲縫隙中源源不絕地湧出。右半身也不是毫髮無傷。右臂同樣被打爛，右腳似乎骨折了。可以想像內臟一定也受到了重創。

儘管斬擊被擋下，造成的衝擊力想必給對手造成了超乎我們想像的傷害。

但是，這些傷勢卻以令人不敢置信的速度逐漸癒合。

治癒力高到可與瞬間再生比擬。不只如此，就連嚴重破損的鎧甲都同時得到再生。

幾秒鐘後，彷彿遭受過攻擊的事實並不存在似的，毫髮無傷的古德韃魯法就在我們眼前。

「呼……呼……沒想到這麼快，就被這件鎧甲救了一命……」

古德韃魯法如此說完，慢條斯理地站起來。

「這件鎧甲名為不死鳥之鎧，具有超回復能力。」

看就知道啦！竟然能瞬間回復那麼重的傷……古德韃魯法穿起鎧甲本來就已經讓防禦力有飛躍性的提升，竟然還多個超回復能力？簡直噩夢一場。

那種能力可以重複使用嗎？我是不覺得可以無限使用，但也不覺得只能用一次。畢竟那可是神級鍛造師製作的鎧甲，其中隱藏了多神奇的力量，根本無從想像。

（師父！再來一次！）

『不行，手法已經被他知道了。再來一遍只會被破解。』

（……好吧。）

我們至今很少使用傳送魔術，正是因為怕對手看過一次之後有辦法應付。

就像芙蘭實際上與惡魔廝殺時，也成功破解了潛影招式。既然這次的各路強者遠比當時的芙蘭厲害，只要不是初次出招想必都會被擋下。

況且不同於短距跳躍的奇襲，墜落發動的拔刀術有變成活靶的風險，不能隨意濫用。剛才的攻擊，就是最大也是最後的機會了。

再說，此時的古德韃魯法並不只是傷勢痊癒。

我們一臉驚愕地，注視著他的模樣。

「……覺醒狀態？」

『是啊，連魔力都給我補滿了。』

枉費芙蘭費力苦撐削減了這傢伙的魔力，辛苦全白費了！豈止如此，反而是我們過度消耗了心力。

我這個別人眼裡的外掛裝備沒資格講這種話，但你也太奸詐啦！那什麼鎧甲啊！

看到古德韃魯法變回比賽前的那副模樣靜靜瞪視自己，芙蘭似乎做好了必死的決心。

（既然這樣，只能使用「那個」了。）

『……不得已了。』

就算再用魔力吸收讓他魔力枯竭，要是又被鎧甲的效果復原就徒勞無功了。

再說即使號稱超回復，在發動時還是會有一瞬間的空檔。既然如此，就在發動之前扣光他的生命力打倒他。雖然單純，但也只有這個辦法了。

『只是，妳的身體還沒習慣那個。聽好了，我們要速戰速決。妳的身體撐不了太久的時間。』

（我明白。）

『可別期待物理攻擊無效的效果喔。到時候速度太快，不可能來得及裝上又卸下。』

（我本來就是這麼打算的。）

已經做好必死決心了啊？很好，那我也陪妳一決死戰吧。雖然講這種話太露骨，但反正是不會送命的戰鬥。既然這樣，下個平常絕對不幹的賭注也不賴。

「小漆從影子裡掩護我。」

「嗷！」

「好，我要上了！」

看到芙蘭鼓起比賽中最大的幹勁，大概是知道她要孤注一擲了，古德韃魯法故意不加以阻止，留在原處進一步精煉魔力。

「我不知道妳在打什麼主意，但我是不會被擊敗的！我會接下妳的攻擊，粉碎妳的企圖！」

「一口氣要你的命！」

我們自認為在大賽開始前，已經盡己所能做好準備了。

我在地下城內累積魔石值，以升級為目標。

至於芙蘭的目標——

「覺醒。」

當然是「進化」了。

轟隆隆隆嗡嗡嗡！

芙蘭喃喃說完的瞬間，全身上下頓時爆發出凶暴巨大的魔力，以及漆黑的雷電。

黑色雷光在芙蘭周圍爆開，狂暴肆虐的魔力奔流伴隨著狂風四處吹襲。

古德韃魯法置身於宛如颱風的暴風圈中，愣怔地呆站原地。

「覺……醒……？」

「嗯。」

「黑貓族居然……？」

古德韃魯法會這麼驚愕也是情有可原。

長久以來被認為無法進化的黑貓族，竟然當著自己眼前進化了。

沒錯，這就是我們的殺手鐧。是我們在露米娜的幫助下，芙蘭身為獸人終於達到的目標。

芙蘭的外貌幾乎沒有產生變化。沒有長出更多毛髮，膚色也沒變。不知為何也沒有變成大人，或是長出貓鬍鬚。

能找到的些微變化，只有變為金色的眼眸，以及筆直朝天的尾巴。仔細一瞧還能看到尾巴上有黑色與灰黑色的條紋，能稱為變化的大概就這些了。根本沒差多少。

然而，她的身體內側卻發生了令人震驚的變化。從能力值來說，敏捷與魔力上升了300以上，傷口全數癒合，魔力也恢復了。

而且還不只如此。不光是這點程度。

最令人震驚的，是進化後出現的技能。

「閃華迅雷」。

這項技能，是露米娜用過的「迅雷」的高等技能。芙蘭在進化的同時學會了它。

雖然不用進化也能使用，但要在進化後才能發揮其真正價值。

它具有臂力上升、敏捷上升、超反應、賦予雷鳴屬性、雷鳴強化、雷鳴攻擊無效以及雷鳴魔術等級上升的效果。而且在覺醒狀態下使用，效果還能增加數倍。

看到芙蘭覺醒的模樣，主播有些興奮激動地叫道：

「什麼——！芙蘭選手居然覺醒了——？以獸人族來說比較稀奇，外貌似乎沒什麼變化？但是，身纏黑色雷電的模樣，真可說是威風凜凜！」

沒錯，露米娜的雷電是藍白雙色，但芙蘭身上纏繞的雷電卻是一片漆黑。是不存在於自然界當中，彷彿水墨畫勾勒出的漆黑雷電。這種黑雷就是芙蘭不只是單純進化，而是進化為黑天虎這種傳說中存在的證據。

「可是，以前聽說黑貓族不能進化，現在看來只是謠言！」

對於不是獸人的族群來說，大概也就只有這點程度的驚訝吧。聽起來比起成功進化的事實，主播對芙蘭進化後的力量更感興趣。

但是，會場裡的獸人們可就不是這種反應了。

「…………」

像古德韃魯法更是明明正在戰鬥，卻到現在還張口結舌呆站原地。

往貴賓席一看，原本悠閒地坐著看比賽的獸王也站起來瞠目而視。他把身體探出護欄外，兩眼凝視著擂台。待在獸王身邊的洛希，也用跟古德韃魯法相同的表情注視著芙蘭。

「竟然是……黑天虎？」

古德韃魯法總算清醒過來啦。但是，講話的聲音乾燥沙啞。

「真沒想到，有機會見到傳說中的種族……」

古德韃魯法低聲說道。

「可是，我怎麼會沒察覺到……？」

看古德韃魯法還沒從驚愕情緒中平復過來。這是好機會。

芙蘭應該也明白這點，她身體稍微前傾。

（我要出手了喔。）

『好！』

芙蘭對此時滿身破綻的古德韃魯法發動攻擊。

「消失——呃啊！」

「吁！」

「嗚！呃啊啊！怎麼……！」

看在古德韃魯法眼裡，芙蘭似乎就像消失了一樣。

但她其實只是高速移動砍人罷了。

古德韃魯法在毫無防備的狀態下遭受攻擊，厲害如他也不禁連聲呻吟。

折磨著古德韃魯法的，可不只是在身上留下淺淺割傷的斬擊。宿於芙蘭身上的漆黑雷電，連神級鍛造師製作的鎧甲都能穿透，燒灼著古德韃魯法的身軀。

這就是覺醒的力量。是就連身懷超反應的古德韃魯法都反應不及的神速，以及傷害量超出古德韃魯法防禦力之上的黑雷破壞力。

「呃啊！嗚！」

「喝啊啊啊啊！」

芙蘭神速奔馳，連番攻擊。

其實這項技能的厲害之處，並不是這種速度。而是以這種速度移動，還能隨機應變才叫厲害。看樣子似乎是得到了雷電的特性，使得她能夠一邊進行照理來講想駕馭自如都有難度的超高速機動動作，一邊忽視物理法則來回穿繞。

使用的戰術就跟第一輪比賽對付過的藍貓族傑弗米特一樣。亦即善用機動力，在敵人身邊高速繞行持續進攻。

但是論速度、隨機應變或攻擊力，無一不是芙蘭壓倒性勝過傑弗米特。

在芙蘭覺醒後我無意間想過，藍貓族之所以把黑貓族視為眼中釘，會不會就是因為這個？自己族人進化獲得的力量，如果有同種獸人壓倒性凌駕他們之上，會心生妒恨是可想而知的事嘛。

「這、這是～！這場面太驚人了！究竟發生了什麼事！先是芙蘭選手突如其來地消失不見，接著就看到古德韃魯法選手的周圍覆蓋了一圈又一圈的黑色光帶！不時傳出的呻吟聲，難道是古德韃魯法選手的聲音嗎～！」

如同主播叫喊的內容，拖曳著墨黑雷光奔馳的芙蘭留下道道軌跡，把古德韃魯法包得密不透風，看起來又像是罩上了黑色圓頂。

嘎哩嘎哩嘎哩——！

我與不死鳥之鎧互相碰撞，尖銳的聲響毫不間斷地響個不停。每次聲音響起都會對不死鳥之鎧留下刮傷，但轉眼間就被修復了。若是單論自動修復的速度，它遠遠比我快多了。但是，縱然鎧甲來得及修復，穿入古德韃魯法體內的黑雷傷害可沒那麼快痊癒。

每當芙蘭出手攻擊，黑雷都跟著貫穿古德韃魯法的整個身軀。

「唔呃啊啊啊！」

短短數秒之間就身受重傷的古德韃魯法，捨棄防禦大力揮動斧頭。看來是想設法扭轉局勢。他以扛在背上般的姿勢拿戰斧擺好架式，接著宛如棒球投手的側肩投法般振臂一揮到底。同時他的身體也發出了衝擊波。

是廣範圍橫掃的斧技，結合衝波而成的全方位攻擊。

但是芙蘭身子一低，輕而易舉地躲過了斧技。

衝波則被芙蘭全力張開的完全障壁抵銷乾淨。由於注入了超出極限的魔力而只能發動一瞬間，但對現在的芙蘭而言很夠了。障壁在最完美的時機張開，擋下了衝波。

芙蘭把古德韃魯法的動作看得一清二楚。兩者之間的速度差距就是如此之大。就連古德韃魯法抱持必死決心施展的高速攻擊，看在芙蘭眼裡也慢得可以。

古德韃魯法的牽制只是白費力氣，一瞬間都沒能拖慢芙蘭的攻擊。

「喝啊啊啊啊！」

「唔……哼嗯！」

大概是理解到用盡任何方法都無法捕捉到芙蘭了吧。古德韃魯法彎曲手臂，整個人縮了起來。姿勢看起來簡直像是縮頭烏龜，但他並未喪失戰意，這麼做反而是為了得勝。也就是捨棄攻擊，把所有力量全用來防禦。

『不愧是獸王的近臣！對我們技能的弱點清楚得很！』

（嗯！）

以覺醒狀態發動閃華迅雷的芙蘭，生命力與魔力正在一點一滴地流失。

這項技能對使用者造成的負擔相當大。即使不到潛在能力解放那種程度，也不是能毫無風險地使用。使用期間肉體會持續發出哀嚎，每個動作都會削減生命力。

我們問過露米娜，她說十始族的技能全都是如此。原初神獸的力量對人類肉身來說太過強大了。所以為了不讓人類因為力量太強而自尋毀滅，才會用技能的限定形式將力量傳承下來。

古德韃魯法是身為十始族的獸王的侍衛，很可能知道他們使用的技能，是與自尋毀滅只有一線之隔的危險能力。所以他為了求勝才會將所有力量用來防禦，使出了靜待芙蘭用盡力氣的戰術。

「喝啊啊啊啊啊啊啊！」

「哼嗯嗯…………！」

一如古德韃魯法的意圖，芙蘭的生命力與魔力正以駭人的速度直線下降。

以她嬌小的身軀能撐這麼久已經是奇蹟了。換作是平常人，就算已經倒下也不奇怪。

然而，芙蘭毫無要解除技能的跡象，也不像是即將耗盡力氣自動解除。

「唔嗚……？」

我能感受到古德韃魯法的驚愕。

的確，閃華迅雷是削減自身生命力的危險技能。魔力消耗得快，無法長時間使用。正常來講持續發動這麼長的時間，又不停施展神速攻擊，沒有立刻自然毀滅實在不合理。

前提是──如果是一般獸人的話。

芙蘭不但可以拿我當成魔力儲存槽使用，還能用恢復術回復體力。所以才能超出古德韃魯法的預料，長時間持續使用技能。

「還沒，結束──呃啊！」

話雖如此，我們也不是游刃有餘。到了這個階段，芙蘭生命力的減少速度開始變快了。我們沒這麼長時間試用過技能，現在看來對身體的負擔似乎會隨著時間而增加，時時刻刻折磨著芙蘭的肉體。

古德韃魯法的生命力已經剩下不到一成，就快結束了。可是，芙蘭生命力的降低速度也已經進入危險範圍，每隔幾秒就得用一次恢復術。芙蘭自己想必也很清楚。

（師父，我要立刻決勝負！）

『好！』

也許現在停止發動技能，用普通方式進攻也能取勝。不，這才是最能確實取勝的方法。

然而，芙蘭沒有停止發動閃華迅雷。

為了貫徹黑貓族的志氣與尊嚴，一定要用黑天虎的力量打贏整場對決。這是芙蘭做出的決斷。

（我要給他來個大招。）

『妳說的大招是那個嗎？在這麼狹窄的結界內……』

（不會有事！）

『真的要幹？』

（嗯！）

看來芙蘭心意已決。

『……那麼，我就專心防禦嘍？』

（拜託師父了。）

『小漆去攻擊他一次，然後立刻逃跑。』

（嗷！）

按照指示，小漆從影子發動奇襲干擾了古德韃魯法之後，隨即躲回影子裡。我看到牠第一時間傳送到觀眾席去了。對，這樣做就對了。要是待在結界裡，會被芙蘭接下來的攻擊波及的。

確定小漆已經傳送離開後，芙蘭中氣十足地喊道：

「黑雷招來！」

彷彿響應芙蘭的呼喊，芙蘭身上纏繞的黑雷驟然大放光明。黑雷旋即匯聚在她筆直伸出的手掌心上。緊接著，一道有鐵桶那麼粗的黑色雷電從芙蘭手中飛出，瞬間吞沒了古德韃魯法。狂暴肆虐的黑色雷光填滿結界內空間，引發驚天動地的大爆炸。

咚轟轟轟轟嗡嗡嗡嗡嗡嗡嗡嗡嗡！

「嗯……！」

我發動完全障壁保護了芙蘭的安全，可以說把剩餘的魔力幾乎全灌注進去了。然而，這麼做還是無法抵擋席捲而來的爆炸熱風，芙蘭的身體像樹葉一樣被吹飛，狠狠撞上結界。

「呃啊……！」

漫天粉塵迎面撲來，速度比子彈更快的數百顆礫石大批飛向我們。還有一旦毫無防備地暴露其中，全身將被瞬間燒爛的滾燙爆炸波。

『都張開障壁了還這麼可怕！』

「嗯！」

然後還有無數道雷電，宛如飛龍騰躍一般在結界內四處衝撞，不過多虧雷鳴攻擊無效的作用，芙蘭不受傷害。我則是對自己張開了障壁而勉強只受了輕微損傷。

（做得有點太過火了……？）

只是有點嗎？話雖如此，這樣還是不見得能打倒古德韃魯法……對手就是這麼厲害的怪物。

經過對我們來說異常漫長的幾秒鐘，爆炸熱風與粉塵終於平息下來。

等到總算能看見結界內空間時，座位上的觀眾看到內部景象，頓時一陣吵嚷與驚叫。只因古德韃魯法原本站立的位置，被挖出了一個深入地底的巨大撞擊坑。

擂台原本就已經被芙蘭與古德韃魯法的激烈搏鬥打得破碎不堪，現在又因為芙蘭發射的黑雷而有七成以上的範圍灰飛煙滅。

在這撞擊坑的中心，有著古德韃魯法的遺骸。

雙膝跪地，像是頹然垂首般一動也不動。

燒紅到玻璃化的地面以及升騰的熱霾，說明了黑雷造成的高溫。不死鳥之鎧有一半以上碎裂四散，到現在還一塊塊地剝落著。想必是傷害量太大，自動修復無法正常發揮作用吧。

古德韃魯法暴露在鎧甲縫隙外的肉體也已完全碳化，看起來不像還活著。

「贏了？」

『啊，芙蘭，這話說不得！這樣會變成復活旗標！』

「嗯？」

然而，我耍笨的擔心沒成真，設置在競技場周圍的白柱發出燦爛光輝，紅光包覆了古德韃魯法。

十幾秒後，只見古德韃魯法好端端地站在那裡，像是沒受過半點傷似的。

這該不會是——？

「時光搖籃發動了～！這表示古德韃魯法選手已被判定死亡！也就是說，比賽由魔劍少女芙蘭獲得勝利～！」

第五章　她們的夙願

武鬥大賽開打的幾天前，我們正在地下城進行密集訓練。

『芙蘭，該休息了。』

「再一下。」

『可是，妳精神已經有點渙散了。』

長時間硬撐著戰鬥，導致芙蘭的精神開始嚴重疲勞。不只是戰鬥，陷阱的辨識與解除等等也開始常常出錯，變得越來越容易受傷。

然而，芙蘭卻咬住嘴唇，板著臉孔尋找下一隻獵物。

「……再一下就好。」

『唉，好吧。』

再過不久預賽就要開打了，我是希望她能調整好身體狀況再去比賽啦。

但也是因為如此，她才會這麼焦急。

芙蘭希望和獸王交手前，能達成進化的目標。想必是因為如果要找到一絲能跟那些怪物對抗的可能性，也就只有進化一途了。

可是，修行了這麼久都沒有看到進化的徵兆。所以她才會把自己越逼越緊。

於是，我決定使出殺手鐧。

『芙蘭，要不要去看看露米娜？』

「露米娜？」

『是啊，而且我想問她地下城的魔獸為什麼變少。』

「好。」

很好很好。果然只要說要去見露米娜，她就會點頭。

抱歉拿露米娜當藉口，但再不讓芙蘭稍微休息一下就真的要過勞了。

於是我們繼續走向地下城深處，前往露米娜的房間。走進房間，就看到露米娜坐在椅子上發呆——

『！』

「……！」

我與芙蘭不禁一陣緊張，因為露米娜散發的氣息，與前兩天簡直判若兩人。豈止如此，連外貌都變了。原本肌膚跟芙蘭一樣白皙，現在不知為何卻變成一身褐膚。

然而外表的變化只不過是芝麻小事罷了。刺激到我與芙蘭的警戒心的最大變化，在於露米娜體內盤旋流動的強烈邪氣。

好像跟哥布林或半獸人等魔物一樣變成了邪人似的，露米娜身上散發出一股邪氣。

儘管邪氣量沒有在巴博拉對付過的燐佛德那麼大，但也遠超過哥布林王那種程度的魔物。

「露米娜……？」

芙蘭出聲呼喚，她才終於把臉轉向我們這邊。

「是芙蘭啊……」

難道她沒發現我們來了？果然有哪裡不對勁。

看來不只是地下城，身為地下城主的露米娜本人也發生了某些異狀。

以前曾經聽說，邪人厭惡其他種族，以殺戮為樂。又說對他們而言，破壞與殺戮才是本能。

萬一露米娜襲擊我們呢？我們恐怕很難取勝。

我專心注意露米娜的氣息，以便隨時可以採取攻擊行動或逃走。

然而露米娜並未像我擔心的那樣，失去理智開始大肆破壞。反而看到芙蘭，臉上還綻放出一絲微笑。然而，她的神情隨即恢復嚴峻。

「嗯，我來了。」

「這樣啊。」

總覺得有點冷淡。之前明明那樣熱情招呼我們，今天卻連叫芙蘭坐下都沒有。是邪人化造成的影響嗎？

「地下城裡的魔獸不見了。」

「是嗎？」

即使芙蘭主動找話講，她還是態度冷淡。一副就是不歡迎芙蘭的樣子。

「那個——」

「芙蘭啊，妳今天還是先回去吧。」

「咦？」

「吾也有很多事要忙，沒空陪妳。」

這話擺明了是在趕人。

「快走，別在這礙事……」

露米娜抓住當場呆住的芙蘭的肩膀，把她推往門口。

露米娜到底是怎麼了？態度跟前幾天也差太多了。其中顯然有著某些原因，但我就是無法諒解。

「……那個！」

「還有，妳不准再來了。千萬不可以來。」

芙蘭驚訝到差點沒翻白眼。看來她也不明白露米娜怎麼會忽然翻臉，弄得她心慌意亂。

我一時心急就用了謊言真理，但露米娜沒在說謊。不，等等。她說她很忙或是沒空陪芙蘭或許是真的，但冷冰冰的態度是否發自內心就無從判斷了。

因為謊言真理只能看清言詞的真假，沒厲害到能看穿藏在話中的真實心聲。在這座地下城遇到的索拉斯已經證明了這一點。

必須把理由問清楚才行，這也是為了芙蘭好。

現在要是乖乖聽話離開地下城，芙蘭會害怕自己真的被討厭了，以後想來見露米娜就會有所遲疑。

至少要問問她的態度是不是發自內心。

只是如果她是因為變成邪人而開始對其他種族心生厭惡，就束手無策了。可是，芙蘭恐怕不敢主動問她吧。

「……露米娜。」

我看得出來神情沮喪的芙蘭心裡有多害怕。跟害怕獸王的強大實力不一樣。這種害怕是在擔心自己被喜歡的人討厭，或是已經被討厭了。

儘管沒有表現出來，如今想必有著種種情感盤繞在芙蘭的心頭。

失去雙親，被賣做奴隸，一個人活到現在的芙蘭好不容易才遇到這個同族。而且是一個善待芙蘭，值得尊敬的對象。

變成邪人了？那又怎樣？重要的是芙蘭對露米娜抱持著好感。

現在忽然被露米娜拒於門外，芙蘭受到的打擊不知道有多大。

失去了依妮娜，現在如果又被露米娜討厭……芙蘭恐怕會振作不起來。

要這樣的芙蘭去問露米娜是不是真的已經討厭自己了，是不可能的事。

既然如此，這時候只能由我來問了。我的真面目會穿幫？比起那種事情，芙蘭與露米娜的關係重要了數百倍。我如此下定決心，於是向露米娜問了：

『我問妳，妳是真的不想理芙蘭了嗎？』

「……？這個聲音是……？」

露米娜對我的心靈感應起了反應，一臉驚訝地環顧四周。

『是我！』

我用念動從芙蘭的背後浮起，宣示自己的存在。

「劍竟然自己……還有這個聲音……莫、莫非是智能武器？」

『沒錯。』

「太驚人了……沒想到竟真有其物。」

「師父，這樣好嗎？」

『不好！可是，也沒其他辦法了啊！』

這還是我頭一次自己揭露真實身分。其實也有點後悔，覺得自己做了件傻事。但是，現在芙蘭的事情比較重要。我不想讓她在這種時候跟露米娜斷了緣分。

再說，我早就感覺到芙蘭對露米娜瞞著我的事讓她心裡難過。一定是不想對露米娜有所隱瞞吧。就像現在我也看得出來她稍微鬆了口氣。

『我叫師父。』

「師父？這就是你的名字？」

『對，沒錯。是芙蘭為我取的最棒的名字。我是智能武器，名字叫師父，是芙蘭的搭檔！』

一聽到我這麼說的瞬間，露米娜的臉龐像是笑中帶淚般歪扭起來。

「是嗎，搭檔啊……原來妳不是孤獨一人……真是太好了。」

「嗯？」

「嗯，沒有，沒什麼。」

不是，妳剛才完全是在替芙蘭擔心吧。還喃喃自語著說真是太好了。

疏遠芙蘭果然只是演技？

「別、別說這個了！妳這把劍莫非是神劍？」

話題轉得好硬啊。好吧，反正我看她不是真的討厭芙蘭了，現在就先配合她吧。

『很遺憾地不是，就只是一把具有一點神奇力量的劍罷了。真的很遺憾。』

「神奇力量……指的是什麼？」

嗯——該怎麼辦？一不小心就說出什麼神奇力量了，該跟她講多少？

『芙蘭，妳覺得呢？我覺得只跟她說我會飄浮還有說話就好。』

（……可不可以全部都告訴她？）

我就知道妳會這樣說。妳這麼喜歡露米娜，一定不想對她有所隱瞞吧。露米娜可能洩漏情報的對象，也就只有唯一有機會見到她的迪亞斯了，但迪亞斯早就發現我是智能武器，不用再去擔這個心。

比起這些小事，我更想讓芙蘭照自己的心意行事。尤其是她對露米娜的感情又格外不同。

『……好吧，可以。』

（謝謝。）

於是，芙蘭把我的事講給了露米娜聽。

芙蘭木訥地盡力試著告訴她，我能吸收魔石得到技能，原本是人類，不知為何插在魔狼平原裡，以及與我邂逅之後的遭遇。

露米娜帶著溫柔的神情聽她訴說，完全忘了要演戲。跟有沒有邪氣無關，她還是那個關心芙蘭的黑貓族露米娜。

其實我個人也多少有點期待。對方是活了五百年的地下城主，我也想過關於我的起源，她說不定會知道些什麼。

只是，露米娜特別感興趣的部分不是魔狼平原那方面，而是從魔石獲得技能的能力。

「從魔石獲得技能？沒想到竟還有這種力量！什、什麼樣的技能都行嗎？獨有技能或特別技能也可以？」

『到目前為止，還沒有哪種技能不能從魔石吸收的。』

「能夠獲得任何技能的能力……」

『呃，我是說從魔石吸收喔。』

然而，露米娜似乎在細細思量某些事情。

「原來如此……原來如此！哈哈哈哈哈！」

「怎麼了？」

「沒有沒有，沒什麼！不過，原來是這樣啊！」

露米娜忽然笑了出來。雖然稍微嚇了我一跳，但看到她那一掃陰霾的笑容，就知道她並不是發瘋了。趁現在問她一些事情，她應該會樂於回答吧？

『我想問妳一個問題。妳剛才為什麼想趕芙蘭走？』

「……吾也是有很多難言之隱的。」

『哪些難言之隱？』

「抱歉——吾不能說。不過，吾所做的一切都是為了芙蘭。這點希望你們相信吾。」

既然不能說，那就是跟進化相關的事了？難道是想幫我們做點什麼，好促進芙蘭的進化？

不，不至於有我想的這麼好吧？

『妳疏遠芙蘭的理由是什麼？』

「因為吾不想傷害芙蘭。」

『不想傷害她？』

也就是說，跟芙蘭好好相處，最後會把芙蘭傷得比疏遠她更深？

「但是，這麼做似乎反而傷害到了芙蘭……芙蘭啊。」

「嗯？」

「吾很抱歉！」

露米娜對芙蘭低頭道歉了。先是開始發笑，接著又這樣。我與芙蘭都搞不懂她是怎麼回事。

「吾做了傻事，傷了妳的心。真的很對不起，吾似乎有點太冒失了。」

「沒關係，我已經不介意了。所以露米娜並沒有討厭我？」

「當然了！吾怎麼可能會討厭妳呢！」

「那就好。」

是很好沒錯——但我還是不懂。露米娜原本為了某些理由想疏遠芙蘭。但得知我的能力後，就沒那個必要了？嗯——只是，假如是跟進化有關的話，想問出她趕人的理由就是不可能的了。

『也就是說妳沒辦法跟我們說得太詳細了？』

「抱歉了。其實我也很想一五一十全告訴你們……」
『沒關係，妳也是有苦衷的。』
「嗯——真的就像在跟人說話似的。而且還保有效果卓越的能力，就算說你是神劍吾可能也會信。」
『很高興聽到妳這麼說，但有人說過我以神劍來說太弱了。』
我把以前格爾斯對我說過的話告訴露米娜，但她給了我一個意外的回答：
「神劍並不是全都具有強大的戰鬥力喔。」
『什麼？是這樣嗎？』
「是啊。你們且等吾一下。」
露米娜說完就走進內室去了。然後，又拿著一根褐色的棒狀物回來。
看來是個卷軸。
「久等了。你們看看這個。」
『這是什麼？』
「是吾多年以前到手的神劍清單。雖然有所闕漏就是。」
『什麼？真的假的！』
「這些就是神劍的名字？」
一整個超有興趣的。打開卷軸一看，上面的確依序列出了一些名稱。

始神劍・阿爾法　烏爾墨
狂神劍・巴薩克　迪奧尼斯
╳智慧劍・基路伯　埃爾梅拉
戰騎劍・查理奧特　佛勒肯
魔王劍・迪亞伯洛斯　迪奧尼斯
探神劍・勘探者　埃爾梅拉
╳狂信劍・狂熱者　迪奧尼斯
大地劍・蓋亞　烏爾墨
╳聖靈劍・天啟者　烏爾墨
獄門劍・赫爾　佛勒肯
煌炎劍・伊格尼斯　烏爾墨
╳斷罪劍・審判　烏爾墨
蛇帝劍・耶夢加得　法哥
水靈劍・冰晶　烏爾墨
暴龍劍・林德沃姆　法哥
╳核擊劍・爐心熔毀　佛勒肯
月影劍・銀輝　庫爾塞勒卡
魔導劍・死靈之書　埃爾梅拉

聖譚劍・神劇　　庫爾塞勒卡
偽善劍・反戰者　　迪奧尼斯
虹翼劍・魁札爾——

寫在上半部的，應該就是神劍的名稱了。

還有看到以前聽說過的伊格尼斯等名稱。但也有些名稱打了╳，最後記載的名稱更是只寫到一半。

還有，神劍名稱底下這些像是人名的名詞是什麼？是製作者之類的嗎？

「你們知道一種叫做神諭書記的特別技能嗎？」

「不知道。」

『沒聽說過。』

「就是一種以魔力為代價，請神解惑的技能。神會以技能使用者為憑依體，把一切疑問的答案寫下來。吾只聽說過代價隨著情報的價值而定。而這份卷軸就是某人藉由這項技能探詢神劍下落時寫下的紀錄。」

可是，怎麼只寫到一半？中途就解除技能了嗎？

「看來術者的能力不夠交換神劍的情報，寫到這裡當事人就斷氣了。據說在魔力耗盡後換成生命力被吸走。結果別說東西的下落，連名稱與製作者的名字都沒能全部問出來。」

『打╳的是什麼意思？』

「似乎是因為某些原因而毀滅了的神劍。雖然吾也很懷疑有什麼人能破壞神劍。」

也就是說基路伯、狂熱者、審判與爐心熔毀已經不存在了？被弄壞的神劍還真不少。

「再說，這份卷軸是五百多年前寫下的，也有可能出現一些更替。」

「原來如此。」

「那麼回到正題，這裡不是有個名稱叫做勘探者嗎？」

露米娜指著卷軸上的一個名稱。

「探神劍？」

「正是。同樣也是屬於神諭系，有一項技能叫做名稱索引。這項技能只要知道東西的名稱，就能得知那個東西的詳細資訊。代價是魔力。」

『有種不祥的預感……』

以魔力為代價獲得神劍的相關情報？好像才剛剛聽過。

「唉，就如同你們的想像。有個術者想查出關於勘探者的情報，結果丟了性命。」

『我就知道！』

「但是，術者在死前寫下了詳細情報。這把名叫勘探者的神劍，會授與裝備者強大的探知技能與察知技能，不過劍本身的戰鬥力據說不算太強。說穿了，就跟任何一把魔劍相差無幾。」

『真的假的？』

「真的。所以即使是神劍，也有一些是不具備戰鬥力的。」

咦，那該不會我也——

「只是，吾覺得你應該不是神劍。」

好啦，我就知道會是這樣——！

「你不是沒有名字嗎？如果是神劍的話，應該會有神賜的名字。吾想沒有的話就表示你並非神劍。」

就是說啊～好吧，其實我看了這份神劍清單也猜到幾分了。不過，如今我以芙蘭替我取的師父這個名字為傲，反而還不想要其他名字哩。

「別灰心。就算你只是智能武器而不是神劍，也已經是傳說級的武器。這樣也夠厲害了。」

「嗯，師父很厲害。」

很高興妳們這樣安慰我，但聽了怪不好意思的。

『露米娜，關於我的製作者，妳有沒有什麼情報？』

「沒有，吾這還是第一次看到智能武器，關於魔狼平原的祭壇也知道得不多。不過，有一件事情可以確定。」

『什麼事情？』

「只有神級鍛造師能打造出像你這樣的存在。」

『可是，我又不是神劍。』

如果是出於神級鍛造師之手，不就是神劍了嗎？

「神級鍛造師也不是只會打造神劍。」

她這麼說也有道理。由於神劍的存在感太大使得神級鍛造師變得像是它們的專屬作者，但既然是鍛造師的話當然會製作各種武具或道具了。

說不定也會做些菜刀什麼的。神級鍛造師打造的菜刀……好像很厲害。說不定光是用它來切菜就能提升食材的風味，或是恢復新鮮什麼的。

「真要說起來，神劍可是神祇允許存在於這世上的僅僅二十六把超級兵器啊，應該不可能一把接一把做不停吧。還有雖然類似民間傳說，但也有人說製造魔劍需要十年以上的準備期間。」

『花十年準備？都用來做什麼？』

「天曉得。吾說過了，這是民間傳說。吾也所知不多。」

『瞭了。好吧，也就是說我是製作神劍以外的閒暇時光做來當消遣的作品？』

「吾的意思就是有這可能。」

我是應該為了自己出於神級鍛造師這種大師之手而自豪，還是該為了自己不是神劍而難過？我也不知道。

不過，只要針對神級鍛造做些調查，說不定能順帶著查明我的起源。能知道這點就該滿足了。我決定再問一個令我在意的問題。

『露米娜，那個……妳邪氣很重耶，到底是怎麼了？』

「嗯，皮膚也很黑。」

「啊——這個啊……吾不能說。不過你們放心，過幾天就會恢復了。況且也是因為這樣，吾的力量才能順利累積起來。」

這也受到限制嗎？後半段我聽得不是很清楚，但反正她說會恢復，就別追問了吧。芙蘭也鬆了一口氣，像是終於放下心中的大石頭。

雖然露米娜即使變成邪人還是她本人無誤，但芙蘭心裡恐怕還是有點疙瘩。

『我想問妳，黑貓族變得不能進化，是神的懲罰嗎？』

「對。」

『怎麼會搞到被神懲罰？』

「這──吾不能說。」

『我聽說過十始族的事了。黑貓族是十始族之一嗎？』

果然不行。不過，至少知道是被神懲罰了。看來奧勒爾猜得沒錯。

「吾不能說。」

從這句話倒過來推測，不能說豈不是反而表示肯定了嗎？不過，我想問的是更深入的問題。

『以前我們有看過一種裝備叫做黑天虎披風，那跟黑貓族沒有關係嗎？』

菲利亞斯王國的王族──福特王子與薩蒂雅公主身邊有個假扮侍衛的雷鐸斯王國間諜沙路托，我想起了那傢伙裝備的披風名稱。記得那個的名稱裡就有黑天虎這幾個字。如果要做最壞的想像，難道是把進化後的黑貓族怎樣了嗎？照理來想應該不可能把人類當成武具素材，但雷鐸斯王國給人一種什麼事都幹得出來的恐怖印象。那個國家從來沒有半點好風評。

「嗯，那就舉白雪狼的例子來說明吧。不同於十始族的白雪狼，另有一種魔獸也叫做白雪狼。兩者都是自遠古時代就存在於世上的神獸・白雪狼的子孫。白雪狼與人類結合生下獸人・白雪狼，與獸類結合則成為了魔獸・白雪狼。」

吧。

好吧，地球上的神話也說神祇會變成各種模樣，與各類對象留下子孫。或許也有這樣的情況

「儘管系出同源，但現在已經是不同的物種了。畢竟一個是人一個是魔獸，純粹只是獵食與被獵食的關係。真要說起來，魔獸白雪狼演變至今已經變得與祖先全無共通之處，淪為了只有外觀相似的魔獸。誰也不會想把那種東西當成神獸崇拜。因此即使獵捕了白雪狼，也不會與白犬族結怨。其他十始族也是如此，儘管放心吧。」

那就好。就像我也不會因為有人獵殺猴子，就想替擁有相同祖先的同胞報仇。這下知道那只是使用魔獸素材做成的裝備，我就放心了。

「對了，聽說獸王來到了烏魯木特。那人的風評不好，你們可得當心啊。」

「……嗯。」

聽到她提起獸王，芙蘭蹙額顰眉。看來她還沒完全擺脫陰影。

『我們已經見到他啦。』

「什麼！都、都還好嗎？他有沒有對你們怎樣？」

『算是有被威嚇一下啦。』

「我已經沒事了。」

但我不覺得對方是故意要讓芙蘭崩潰就是了。

「真、真的？」

「嗯。」

「可、可是，對方畢竟是獸王，你們可要當心啊。那些傢伙會做出什麼事來都不知道！」

看來露米娜也對獸王抱持著敵意。想必是還在為五十三年前發生的事記恨吧。

我們也跟她問了一些關於少女琪亞拉的問題，但得到的情報不比迪亞斯或奧勒爾告訴我們的多。反而還因為牴觸了各種限制，不能說的內容好像還比較多。

「獸王王室不可信任！」

「我懂了。」

「真要說起來，現在的獸王王室是惡評不斷，當今獸王又是弒親者。再怎麼小心提防都不算過頭。」

露米娜表情嚇人地給我們忠告。不過話說回來，她還真討厭獸王。難道是本身跟獸王有過節？說到這個，有傳聞說讓黑貓族淪為奴隸的幕後黑手就是獸王，說不定是事實。露米娜的話應該知道很多細節，只是恐怕無法告訴我們。

「真的要當心喔，知道嗎？」

『知道啦。』

「嗯。」

我的事情讓露米娜知道了的第二天，我們應露米娜的要求，再次來拜訪她。從剛設置不久的傳送房間一走出來，露米娜就面帶笑容過來迎接。

芙蘭見狀也鬆了口氣。

「我放心了。」
「嗯？怎麼了？」
「露米娜恢復原狀了。」
她的膚色恢復原貌，身上散發的邪氣也消失得乾乾淨淨。雖不知道發生了什麼事，總之似乎是變回以前的露米娜了。
只是，臉色看起來相當糟。表現得像是很有精神，但怎麼看都是在硬撐。
看來離完全恢復還早得很。
「吾也是有很多隱情的。」
芙蘭看著面露苦笑的露米娜微微偏頭時，彷彿配合我們到來的時機似的，使魔從房間深處現身了。
「看樣子已經準備好了。」
就是那個前幾天伺候過芙蘭的人偶型使魔。只見使魔一言不發地做出一個手勢。
『準備？』
「嗯，你們隨吾來。」
露米娜三言兩語招呼完我們，就往使魔前來的通道走去。
我們也急忙追上去。
「有什麼東西嗎？」
「也沒什麼……」

露米娜不知為何講話不乾不脆，臉色還是一樣糟。不，看起來甚至像是在這短短的時間內變得更加面無人色，身體狀況急速惡化。

講話不乾不脆，也有可能是因為累得無法回答。然後，就在露米娜的腳步開始變得踉蹌不穩時，我們來到了一個眼熟的房間。

就是以前芙蘭與露米娜打過模擬戰的那個房間。

然而，房間完全變了個樣。我們一進房間，就被那幅景象震懾住了。

『這是魔法陣嗎？』

「好大。」

直徑約一百公尺的房間，地板竟畫滿了圖案。仔細一看，會發現圖案從房間中央呈現放射狀往外描繪，形成了一個巨大的圖樣。

看起來很像一般所說的魔法陣，但我還是頭一次看到這麼大的魔法陣。到底是用來幹嘛的？

「呼……」

「露米娜，妳還好嗎？」

『妳真的不要緊嗎？』

「抱歉讓你們擔心了，吾沒事。你們不用在意。」

怎麼可能不在意？看露米娜跌坐在使魔準備的椅子上，身體狀況似乎是真的很差。但露米娜不知是不是故意的，表情痛苦卻用平淡的語氣繼續說：

「別管吾了，吾為你們準備了一項試煉。你們願意接受嗎？」

『試煉？』

「嗯，如何……？」

怎麼冷不防就要人接受試煉啊……

可是露米娜看起來這麼難受，我不忍心拒絕她的請求。芙蘭也似乎跟我有同感。

「嗯。」

她立刻就點頭了。也是啦，她是不可能會拒絕露米娜的請求的。

『芙蘭！妳都還沒問清楚……』

「這是露米娜為我準備的試煉，我接受。」

「謝謝。但是，試煉難免會有危險性。假如你們的實力不夠，有可能會送命。要拒絕就趁現在。」

『這……有可能送命？先等一下！』

「沒關係，我接受。」

『芙蘭！』

「師父，拜託。」

『唔……』

被她用這種懇求的眼神看著，我哪裡還有辦法講她！但有些話我仍然非說不可。

『芙蘭，妳真的要接受？』

「當然。」

『露米娜都說有危險了，一定是真的很危險，妳明白嗎？』

「我不介意。」

看來決心非常堅定。

『唉……好吧。』

「謝謝師父。」

既然這樣，就只能卯足全力突破這個什麼試煉了。

再說，露米娜也不可能沒事提出什麼試煉。

「所以你們願意接受試煉了？」

「嗯！」

『露米娜，妳說的這個試煉，對芙蘭來說是有必要的對吧？』

「對。」

只有這時候我用了謊言真理，然後明白她沒有說一句假話。

既然如此，就只能接受了。

『小漆也可以一起嗎？』

「無妨。」

「咕嚕！」

真是謝天謝地。小漆也一副充滿幹勁的表情，看來是已經滿心等著大打一場了。

「吾現在要召喚一隻魔獸，你們要做的就是擊敗牠！」

「嗯，知道了。」

「嗷！」

擊敗魔獸是吧，所以這就是試煉？可是現在叫我們擊敗魔獸又有什麼意義？意思大概是這場戰鬥能讓我們有所收穫，其他就不知道了……

「那就準備迎戰吧！」

配合露米娜的這句話，魔法陣大放光明，龐大的魔力逐漸往中央匯聚。

形成漩渦的魔力使得房間裡颳起強風，吹亂了芙蘭的頭髮。芙蘭瞇起眼睛，瞪著那團魔力不放。最後，當光芒轉弱時，已經有一隻魔獸被召喚出來了。

「……呼，呼……」

也許是把力量都用在這場召喚上了。四下只聽得見露米娜變得更加粗重的喘息。

『露米娜，妳還好嗎？』

「……吾很好……你別，擔心……」

但我怎麼聽都不覺得妳很好啊。然而，現在可能只能專心對付魔獸了。畢竟露米娜都說是試煉了，一定來者不善。

事實上，芙蘭也表情嚴峻地瞪著那隻魔獸。魔獸的存在感太過強烈突出，讓她沒有多餘心思來擔心露米娜。

出現的魔獸，是個從頭頂到腳尖通體漆黑的人型魔獸。

身上纏繞黑色瘴氣般的魔力，看不清楚整個身體。只知道頭頂毛髮濃密，乍看之下有點像地靈。

但是，其力量卻凶惡到絕非區區地靈所能比擬。

很明顯地比球蟲更強。明明還沒拿出真本事來，卻光憑渾身散發的威懾感就讓芙蘭的呼吸變得急促。

「嗚哦哦哦哦哦哦哦喔喔喔喔喔喔喔喔喔！」

「……！」

聽到漆黑魔獸發出含有強烈殺意與敵意的咆哮，芙蘭全身寒毛直豎。

這跟她撞見獸王時的反應很像。

事實上，這傢伙給人的壓迫感非常可怕。假如我們沒先見過獸王就遇上這個對手，可能已經被這陣咆哮嚇得陷入恐慌狀態了。對手就是如此令人畏懼。

然而芙蘭撐過了甚至伴隨物理性壓力的強烈壓迫感，正眼回瞪魔獸。

「……師父、小漆，我要上了！」

『好！』

「嗷！」

「嘎哦哦哦哦哦喔喔喔哦喔！」

「喝啊啊啊！」

芙蘭把我舉好，直闖魔獸的殺意巨浪，飛奔出去。

為的是突破試煉，贏得勝利。

名稱：邪惡人獸
種族：邪妖．魔獸
Lv：50
生命：822　魔力：927　臂力：335　敏捷：1028
技能：閃避9、牙鬥技8、牙鬥術8、氣息察覺9、瞬間再生8、瞬發8、魔術抗性5、體毛強化
固有技能：覺醒
解說：不明

這隻魔獸……擁有覺醒技能？

正在驚訝時，就聽到露米娜低喃著說：

「……成功打倒牠，吸收，牠的魔石……」

果然！所以這是為了讓芙蘭進化而準備的！

話又說回來，露米娜的體力消耗量真的非同小可。也許即使是地下城主，要叫出這種等級的魔獸也很困難？只見她面無半點血色，臉色慘白。而且雙頰凹陷，肌膚失去光澤，顯然已經性命垂危。

她不惜做到這種地步，也要為芙蘭準備這場試煉。

芙蘭似乎也看出來了，臉上浮現前所未有的堅定決心。

「師父，我要動手了！」

『好！』

芙蘭倏地把我拔出，二話不說就斬向魔獸。

「嘎啊嗚嚕喔喔哦！」

「唔！」

「嘎嘎嗚！」

「嗚！」

好快！不但速度快到無人能及，而且一點小傷都能用再生力治好。芙蘭的攻擊被輕鬆躲過，反而還遭受反擊。

「嘎哦哦哦喔嚕嚕嚕！」

魔獸發出彷彿能震盪鼓膜的強烈咆哮後，全身急速膨脹起來。

「唔……」

『竟然給我覺醒了！』

尖牙利爪都伸長了一倍以上，能力值也得到了進一步強化。特別是敏捷上升的幅度最大，變得更難以招架了。

「好……快！」

『該死！太快了！』

速度快到每次魔獸一動，都好像消失了蹤影似的。

我們將氣息察覺運用到最大極限勉強抵擋攻擊，但沒有多餘精神反擊。

豈止如此，魔獸似乎又進一步讓速度飆升了。

獸爪與我的劍身互相碰撞，金鐵聲連連交鳴。

「唔嗚！」

『恢復術！』

中招的次數漸漸變多了。雖然有護住要害，但完全抓不到反擊的機會。

至今我們從沒打過速度快成這樣的強手，沒想到行動快速居然會這麼難以對付！

是因為戰鬥技術有差才打得起來，但這壓倒性的速度差距實在教人難以招架。

『沒完沒了！用傳送突襲他！』

「嗯！」

配合魔獸的衝刺用傳送取得背後位置！我本來是這麼打算的——

「嘎啊啊！」

「嗚啊！」

但對手在氣息察覺與閃避技能的幫助下，竟連傳送奇襲都能反應過來。豈止如此，對手還抓住傳送後的瞬間破綻，讓芙蘭身受重傷。

與其試著以物理攻擊打中要害，魔術或許更容易命中。但是對手擁有魔術抗性，我不認為一般魔術能見效。

『就是現在！看招！』

我抓準魔獸躲掉芙蘭攻擊後的瞬間破綻，施放了煉獄爆烈。

揣測芙蘭的呼吸預測動作的魔獸，被我的獨立奇襲徹底打了個措手不及。

「咯嘎！」

我施放的帶狀火焰吞沒了魔獸。然而從火焰中現身的魔獸，離瀕臨死亡還差得遠。

嘖，沒用嗎！雖然的確有生效，但對於具有魔術抗性，本身魔力與生命力又特別高的魔獸來說，無法構成必殺威力。除非一發打倒牠，否則立刻又會再生復原。

「很棘手。」

『就是啊，只能一擊定生死了。』

「嗯。」

必須讓再生失去意義，也就是來個一擊奪命的必殺攻擊。

於是，我們果斷地展開了作戰。好吧，其實也就只是以我的念動與小漆的奇襲拖住對手的動作，再由芙蘭全力進攻罷了。

芙蘭抓準反擊的機會，活用反作用力施展了空氣拔刀術。魔獸當然設法閃避，但被小漆從影子裡跳出來咬住腳，一時停住動作。再加上我也用最大輸出的念動封住了牠的動作。

『唔喔喔喔喔！』

「喝啊啊啊！」

管他什麼耐久值，反正不管怎樣都得用這一擊決勝負！既然這樣我就索性把所有魔力全注入技能裡吧。上次差點弄壞劍身，所以很久沒像這樣多重發動屬性劍了。芙蘭發動雷鳴，我發動火焰與暴風。

『去吧啊啊！』

「吁——！」

「嘎嘎哦哦哦喔喔喔哦喔！」

魔獸瘋狂掙扎試圖脫身，但已經太遲了。

芙蘭奮力拿我直劈下去，把魔獸從頭頂到胯下直接砍成了兩半。我感覺到把位於心臟的魔石漂亮地切開的觸感。

「咕啊啊啊啊喔喔——」

看來多重發動屬性劍造成的負擔還是太大了，一發就把耐久值扣掉了將近八成。劍身迸出裂痕，開始碎裂剝落。

但是，我們成功了。

魔獸的死屍分成左右兩半，咚的一聲不支倒地。

雖然弄得滿身是傷，但我們贏了。

不過，現在我的狀況不重要。比起這種小事，技能才是最要緊的。

我從記憶體尋找應該已經到手的新技能。

『在哪——找到了！』

覺醒。

據說只有進化過的獸人，才能擁有的進化證明。

這項技能確實被我弄到手了。

『芙蘭……！』

「師父，怎麼樣了？」

聽到我的呼喚，芙蘭表情略顯不安地問我。對於她的詢問，我反而回答得很冷靜：

『成功了。』

「嗯……！真的？」

『是啊，真的。』

我並不是不高興，其實我從來沒有這麼高興過。但是比起喜悅，困惑與不安的心情更強烈。我是得到了覺醒技能沒錯，但不會是我在作夢吧？還有，芙蘭裝備起這項技能後會怎麼樣？會進化嗎？這麼簡單就……？

「師父？」

『啊，抱歉。』

其實裝備看看就知道了。反正說到底，我們根本不可能選擇不裝備。

『我要裝備覺醒了喔。』

「麻煩師父了。」

芙蘭用右手把我高高舉起。

大概是無意識的舉動，但看起來簡直就像故事裡的一幕。

在表情期待與不安參半的芙蘭靜觀下，我裝備了覺醒。

『……我裝備了，怎麼樣？』

這樣，芙蘭應該就能使用覺醒了。我一面按捺住急切的心情，一面向芙蘭問問看。

「嗯……可以用，感覺得出來。」

『這樣啊。』

進化後的獸人能使用的技能──覺醒。

芙蘭用了它之後會怎麼樣……？

「呼……哈……」

芙蘭為了使用技能，一邊長吁一口氣一邊閉上眼睛集中精神。

我靜待芙蘭使用覺醒的那一瞬間。

「嗯！我要用了！覺醒！」

芙蘭赫然睜開雙眼，喊出了技能名稱。

『來了！』

什麼都不用做就能感覺到！洶湧澎湃的魔力，從芙蘭的體內一口氣泛溢而出。從芙蘭體內向外迸發的魔力奔流，形成擎天巨柱。

『唔喔喔！』

「嗷嗚！」

就在同一時間，黑色雷電也從芙蘭的身上氾濫擴散，在四周飛馳繞行。暴風與黑雷在房間裡狂飆猛打，我們不得不從芙蘭的身邊退避。我與小漆都被急劇的雷光劈中，受到了不輕的傷害。

待在中心位置的芙蘭不要緊嗎？

『芙蘭！妳沒事吧！』

「嗷嗷！」

她沒回應我們的呼喚。難道是失去理智了？

然而，似乎是我太愛操心了。

當魔力奔流趨於平靜時，只見耳朵與尾巴豎直朝天，英姿煥發的芙蘭站在那裡。仔細一看，尾巴變成了條紋花樣。不過因為是近乎全黑的灰黑色與原本的黑色形成條紋，花紋看起來非常不明顯，是被魔力光芒照亮才能勉強辨識出來。

『芙蘭？』

「……嗚嗚……」

芙蘭在哭。

流下大顆淚珠，靜靜地站在原地落淚。

萬千心情與記憶，想必正在芙蘭的心中來回浮現吧。

畢竟這可是芙蘭的夙願。

「……嗚……」

我什麼也沒說，只是悄悄靠近啜泣的芙蘭，用念動輕摸她的背。

芙蘭就這樣雙手緊握我的劍柄，像是以我作為支撐般當場跪下，哭得更凶了。

「嗚嗚……嘶……」

芙蘭把額頭緊貼在我的劍脊上，體溫與心跳傳入我的體內。我能清楚聽見簌簌發抖的芙蘭心臟的搏動。

連我這把劍，也莫名其妙地快被惹哭了。

事實上，依偎著芙蘭趴下的小漆眼裡也淚光閃閃，第一次看到牠感動成這樣。

「咕嗚……」

「……嘶……嗚啊啊……」

十分鐘後。

芙蘭總算不再哭泣，一邊用力揉眼睛一邊站了起來。她靦腆地笑笑，把小漆頭上的毛亂揉一通。我看是在掩飾害羞吧。

但仍然緊抱著我不放就是了。

「對不起。」

『不用道歉啦，這的確是件大事。』

「謝謝。」

『那就來重新檢查一下吧。』

「嗯！」

芙蘭最後嘶的一聲吸了吸鼻子，隨即繃緊臉孔露出嚴肅的表情。

她把左手握拳又張開，開始確認出現的變化。

『芙蘭，怎麼樣？』

「嗯……力量源源不絕。」

『我看看，外表沒什麼改變，能力值嘛……嗄啊？這什麼啊！』

我細細一看能力值，嚇了一大跳。

敏捷與魔力竟然足足上升了３００多點。不只如此，生命力與魔力都恢復到滿，固有技能也追加了一項「閃華迅雷」。

這就是覺醒的效果？

話又說回來，只要使用覺醒就能進化了嗎？不是要進化了才能獲得覺醒嗎？

『但不是我要說，進化的效果可真驚人……嗯？』

我不由得重看了一遍芙蘭的能力值。露米娜的種族是黑虎對吧？本來以為芙蘭也變成了黑虎……

『芙蘭妳……怎麼變成了黑天虎？』

說到黑天虎，那可是十始族耶。記得應該是跟獸王同等的傳說級存在。

『這怎麼回事……？』

「……」

『芙蘭？』

「……」

『奇怪，芙蘭？小漆？』

「……」

「……」

他們倆忽然都不說話了。到底是怎麼了？不，仔細一看，根本是紋風不動，就好像時間暫停了似的。但我可沒有使用時空魔術。

『現在是什麼狀況？』

我正在困惑時，忽然間四下變得一片黑暗。是真的毫無前兆，視野就這樣忽然暗轉了。怎、怎麼搞的？現在是什麼狀況？是我的視覺出問題了嗎？

還有，芙蘭與小漆都沒事吧？

『怎、怎麼回事……』

「放心吧，我只是稍微改變了一下時間的流逝而已。除了你以外的人都停住了，就只是這樣而已。」

『咦？咦？』

不知從何處傳來了女性的聲音。不是芙蘭也不是露米娜。

該怎麼形容……應該說比她們的嗓音更深沉嗎？不可思議地輕易就鑽進我的聽覺。明明聲音沒有很大……

「真沒想到你們會用這種手段達成進化……好大的膽子啊？」

『嗄？』

妳誰啊？還有，這是怎樣？是在跟我發火嗎？

「黑貓族的少女與你相遇就已經是奇蹟了，真沒想到竟然走到了這一步……」

這句帶有牢騷性質的話一說完，一陣強光倏然照進了漆黑空間。

自天上灑落的光帶減弱後，只見一名女性降臨現場。那副景象看起來，恰似天女從天而降。

我產生這種想像的另一個原因，是這位女性是個絕世美女。

一頭銀髮隨著光線明暗散放出奇妙的彩虹光輝。褐色的肌膚既豔麗卻又不失清純。凹凸有致充滿女性魅力的豐滿身材，披著層層重疊的性感薄紗，但完全不顯得色情淫穢。也許是女性散發的某種凜然難犯的神聖氣質所致。

『請、請問～……您是哪位？』

「這個嘛，我是管理世界法則之人。換個你們容易理解的說法，或許可以稱我為混沌女神吧？」

『嗄……？』

我呆愣地注視著這位自稱混沌女神的女性。

不是啊，忽然聽到這種話誰會相信？說到混沌之神，那不是創造了地下城等存在的超強天神嗎？而且名列十大神之一。

可是，讓我以外的人時間暫停，的確是只有神才能辦到的大招。

真的是神？

美女嫣然一笑。但我看了一點也高興不起來。

怎麼覺得有種來找麻煩的味道！

「說我是來找麻煩的也太過分了吧。」

『咦?』

難、難道說她會讀心術?

「會啊~」

『是、是我錯了!』

慘啦~在神罰存在的世界別的都好,就是千萬不能惹火神明!沒有,抱歉我說錯了!一點都不慘,我對女神可是萬分尊敬的!真的!有幸拜謁女神這樣美麗動人的女士,我都要感激涕零了!是因為太感動了才會有點驚慌失措!所以還請大人不記小人過!我如果有身體的話跟您磕頭也行!請相信我是真心在反省了!

「呵呵呵呵,講再多花言巧語,對於能看見靈魂的神都是不管用的。我能看見你的真實心聲喔。」

『呃——我是說——』

「真難得看到有人這麼不敬神。」

『不,我對各位可是很尊崇的,我說真的!』

「不要緊的,我心胸沒狹窄到會為了這點小事動怒。」

『那、那麼,您不會為了我冒犯神祇而給我來個神罰……』

「不用擔心。」

好、好險!之前聽說過黑貓族的神罰,害我一直以為這些神都很凶!

「好吧，其實我本來的模樣比這更恐怖莊嚴，不過在降臨人世的時候會像這樣，把自己的一小部分變成人型送過來。所以外表看起來不像神也是沒辦法的。就像講話方式，也是配合對方的作風。坦白講，我還是第一次講話口氣這麼不拘形式呢。」

也就是說眼前這位女神，就像是從本體分出來的分身？就像地球上也有人說看到神明會瞎眼或是發瘋嘛。看來女神是特地為了我才會變成這副人類的外貌。真是感激不盡～感激不盡啊～！

「唉，就跟你說夠了。況且打從一開始，我們就不期待你這個從異世界叫來的存在，能對我們有多大的信仰。」

『咦？您知道我原本是異世界人？』

「當然了。不過嘛，這件事目前先擺一邊。因為比起這件事，有更重大的事情需要跟你談談。」

女神臉上的笑容消失了。只不過是這樣，這個謎樣空間就產生一種緊張感。不，是我開始緊張了起來。

因為我很不幸地猜中了她現身的原因。

『是關於芙蘭的進化……對吧？』

「是的。」

竟然還驚動了神明，所以黑貓族不能進化的理由果然是神罰了？

「你說對了。黑貓族犯過大罪，所以才會受罰使得進化受到限制。」

『而我卻使用了特殊方法讓芙蘭進化，所以……？』

「反應滿快的嘛。沒錯，坦白講，我萬萬沒料到有人會用那種方法讓黑貓族進化。而且，這也造成了一個問題。」

我也知道那不是正規手段，但沒想到竟然會驚動神明下凡……！難道說，她想把芙蘭——

「放心吧，我沒打算對那個小姑娘做什麼，也不會取消進化。」

聽到這話讓我鬆了一口氣。雖然危機尚未解除，但看來是不會演變成最糟的局面了。

「關於這次的事，你知道問題出在哪裡嗎？」

『呃——妳是說用非正規手段進化嗎？』

「不，問題不光是這個。」

『咦？是這樣喔？』

「嗯，如果只有這個問題，我也不用親自降臨了。」

那到底是哪裡不行？

「當然，你說的非正規手段也不是完全不構成問題。因為這種做法忽視了這世界的法則。」

『這世界的法則？』

「對，換成地球的說法，就是世界的運行系統或程式吧？」

從混沌女神的說法來想像，這世界應該也有個類似的管理系統。所以播報員小姐也是這系統的相關人士？搞不好喔。

「一般獸人族的進化，是在達到等級上限時習得覺醒技能。使用這個覺醒技能就能解放沉睡在血液裡的力量，最終達成進化。」

感覺大概就是等級上限↓得到覺醒技能↓使用覺醒引發沉睡的力量↓進化吧。

「而黑貓族則是受到了詛咒，無法只靠等級習得覺醒。這你也很清楚吧？」

『那當然，因為芙蘭就是這樣啊。』

「可是呢，這小姑娘卻無視於這項法則獲得覺醒，達成了進化。而且可能是因為黑貓族擁有高度潛能的關係？才用過一次就自己習得了覺醒。然後還有一個問題，就是今後也有可能發生同樣的狀況。」

『對喔，任何人只要裝備我說不定都能獲得覺醒，達成進化……！』

「對，就是這一點。任何獸人都能忽略等級或種族問題，只要把你裝備起來就能進化。我無法坐視世人一再地這樣忽視天理。再說，如果只要裝備你就能輕鬆進化，給予黑貓族的神罰就失去意義了。」

女神如此說道，眼睛盯著我不放。

咦？講到最後不會變成是我要遭殃了吧？比方說我的存在本身就是罪過……不、不至於吧？不會吧？跟我說不是那樣！

正當我緊張兮兮地回望著女神時，女神筆直豎起手指，開始講解了。

「首先，黑貓族受到了名為神罰的限制——也就是詛咒。想解除這個詛咒有兩大條件。」

過、過關了？我沒事了？還是說這是送我上路的最後一點慈悲？到底是哪個！

「唉。你放心，我也沒打算把你消滅掉啦。」

好險！真是謝天謝地！

「我繼續說嘍？一個是個人解除詛咒的條件，也就是打倒一千隻邪人，或者是打倒一隻威脅度A以上的邪人。達成這個目標的個體就能脫離詛咒的桎梏，而有望進化。」

咦？這個說出來沒關係嗎？你們不是還限制露米娜的說話內容，又特地刪除世人記憶中的相關情報，想盡辦法不讓我們輕易找到線索嗎？

「這個少女已經進化了。無論歷經何種過程，這些限制並不適用於進化者。反正之後露米娜也會告訴你們，我現在先說還不是一樣？」

『或、或許是吧？』

可是我不是黑貓族，而且還有小漆在。我們如果受到限制，跟我們一起的芙蘭搞了半天不就等於也受到限制嗎？在不知道這些什麼限制的狀態下，芙蘭應該沒什麼機會特地請我跟小漆離席，就她一個人聽露米娜說話吧。

好吧，如果神明自己忘了這件事要跟我說，那我就心懷感激地聽吧。

「噢，召喚獸原本就不在對象之內，而你則是我的眷屬，同樣也不在限制對象內。所以沒問題。」

對喔，我忘記我的心思會被她完全看穿。不，等一下。怎麼覺得好像聽到一件非常重要的事情？

『咦？原來我是您的眷屬？』

「好吧，其實應該說你同時也是我的眷屬才對。」

『請、請再解釋得清楚一點！』

「不行，現在在講進化的事。」

嗚，您說得對……

「另一個是替種族全體解除詛咒的條件。那就是只靠黑貓族的力量打倒威脅度S以上的邪人，或者是邪神的眷屬。當達成此一目標時，所有黑貓族人的罪過將得到赦免，回歸十始族。」

種族全體的解咒條件聽起來困難到爆。說到威脅度S，那豈不是有可能毀滅世界的超危險對手嗎？竟然要只靠黑貓族的力量去討伐……

「因為黑貓族就是犯了這麼大的罪過。」

『呃，請問到底是什麼樣的罪過？』

整天只聽到大罪大罪的，現在才發現不知道具體內容。

「當年的黑貓族族長……哎，就是當時的獸王王室嘍。他們解除了邪神的封印，想讓族人吸收邪神的力量。而實際上也成功了一半。」

吸收力量？跟試圖變成邪人不一樣嗎？

「比那更糟。當時都有部分王族差點進化成可稱為半邪神半獸人的存在了。而黑貓族也有大約一半族人成功增強了力量。雖然也有很多個體淪為邪人失去理智，而被同族殲滅了就是。我們諸神不允許任何人出於私欲利用神力，縱然是邪神也不例外。結果到最後，王族以及獲得了邪神之力的黑貓族被神滅盡，剩下的族人作為懲罰，也被施予了限制進化的詛咒。」

那還真是……那些人幹下的事比想像中還可怕！竟然想吸收邪神的力量進化為半神，怎麼想都是在故意衝撞神明。

「我們眾神明明有嚴詞警告過凡人，為了私欲而利用邪神的力量將會遭天譴。」

也就是說當年的黑貓族獸王王室無視於這項警告，難怪會觸怒諸神了。

『好吧，我知道他們犯下重罪了。』

「可是只要有你在，黑貓族輕輕鬆鬆就可以進化，也不用贖罪。」

她並沒有對我怒目相視，但不悅的語氣讓我有種被狠瞪的錯覺。

「對黑貓族而言，進化或許是長年的夙願。但是，假如一再使用非正規方法進化又不贖罪，就會變成一項新的罪名。這次可不只是進化停滯，勢必要受到更嚴重的懲罰。」

『更嚴重的懲罰……比、比方說呢？』

「滅族。」

『這、這未免──』

「只是打個比方。但是你必須了解這件事情的嚴重性。」

女神的平靜語氣，反而讓我知道她是認真的。

『我、我明白了。』

這件事彷彿讓我重新一窺神祇的棘手與可怕。竟然被這種存在直接警告，我們目前的處境是否比我想像的更危險？

『請問女神！那我該怎麼做？當然，我不會讓芙蘭以外的人使用覺醒的！我發誓！』

「我明白你說的是真心話。可是啊，光是這樣還不夠。能夠讓他人獲得覺醒技能的魔道具，本來就不該存在。」

本來就不該存在？那也就是說——

「你放心吧。剛才已經說過，我不打算把你毀掉，或是使用其他類似的偏激方法。」

『這、這樣啊！』

我撐過來到這世界以來最大的危機了！

「那麼，事不宜遲——」

啪。

『咦？怎麼……！』

混沌女神打了個響指後，我的劍身瞬間散發了一下光芒。她對我做了什麼？

「我凍結了你的裝備者登錄名稱。」

『凍結……？』

「對。今後，直到你目前的裝備者死亡為止，其他人都不能裝備你了。假如有人想強行裝備你，那人將會受到天譴。」

『什麼樣的天譴？』

「如果是不知情碰巧拿到想試試看的話，只會遭受到微小的雷擊。但如果是知情卻蓄意搶奪——那就得以命償還了。」

太可怕了吧？還以命償還咧！不過好吧，反正我也不想被芙蘭以外的人裝備，就當作是加裝了神祇精心製作的高性能防盜裝置好了。

「還有，為了保險起見，我要拿走你的覺醒技能喔。而且也要讓你今後無法再獲得覺醒技能。」

做得真徹底。不過，反正我並不打算忤逆神明，女神想怎麼做就怎麼做吧。只是我自己無法使用覺醒有點可惜就是了。

「覺醒的用途是讓獸人族解放沉睡於血液裡的力量，對你來說是沒有意義的技能啦。」

『啊，是這樣啊。芙蘭已經獲得覺醒了對吧？』

「是呀。」

那就是真的不需要了。拿去吧拿去吧，任憑女神處置。

「我也對露米娜做了新的限制，讓她不能夠再召喚擁有覺醒技能的魔獸。只是不用我來限制，她消耗了那麼大的力量，大概之後幾百年都不能再來一遍了吧。」

『露米娜之所以看起來不對勁，是因為召喚了那隻魔獸的關係嗎？』

「你說對了。露米娜是我的眷屬，在支援黑貓族的時候會處處受限。不能說出進化條件也是其中之一，但還有其他各種限制。比方說，她不能變出可以附加覺醒技能的道具，還有按照設定，如果她想用自己的地下城幫黑貓族達成條件，代價是自己的存在將會消失。」

『咦？』

真的假的啊？所以露米娜那副身心俱疲的模樣就是——

「你放心，露米娜不會消失的。」

『可是，她不是幫助芙蘭進化了嗎？』

「是用間接方式。不是直接讓那個少女進化，而是讓她持有的魔劍——也就是你有機會獲得力量。雖然露米娜的力量因此嚴重流失，但她本人並沒有消失。」

那真是值得慶幸。就算自己能夠進化，要是知道這樣害得露米娜消失，芙蘭一定會很自責。

「只是，這種事情今後不能再發生了。所以我才設定了新的限制。」

聽起來露米娜為了我們真是拚了命。露米娜以前半開玩笑地問過芙蘭如果殺了她就能進化的話會怎麼做，那樣問原來是認真的。

至於之前露米娜渾身散發邪氣的模樣，她那時以威脅度來說應該最少有A吧？畢竟是進化過的黑貓族兼地下城主變成邪人，這個可能性很大。

然後，我猜她可能是想讓芙蘭殺了她吧？之所以疏遠芙蘭，說不定也是想讓芙蘭痛下殺手之後不會內疚？

「是啊。是你的存在讓露米娜撿回了一命。」

看來被我猜中了。

「去跟她道個謝吧。不過話說回來，奪走你這麼多能力也太欺負你了，給你一項技能作為補償吧。」

女神說完後再次打個響指。劍身又一次發光了。

可是，有產生什麼改變嗎？我看看自己的能力值——

『呃……是進化隱蔽嗎？』

「就像字面所示，是可以隱藏進化事實的技能。主要是用來瞞過其他獸人的。」

原來如此，真是個好技能。假如對方是獸人，光是知道黑貓族竟然能進化就有得吵了。而且還是特別技能哩。

只是，有一件事令我在意。

『請問一下，我保留的少許進化點數怎麼都不見了？』

「你畢竟是引起了問題，而我是來解決問題的，不可能真的免費贈送。這樣做都已經是特別優待了。」

『真、真是抱歉。』

反正技能看起來滿有用的，就妥協一下吧。況且抱怨也無濟於事。

看到我的反應，女神滿意地點點頭後輕柔地飄浮起來。她的身影就這樣慢慢變得透明。

「事情已經辦好了，我要回去了。噢，對了對了，我准你將進化的條件告訴別人。其實原本就規定只要有任何人成功進化，我就會允許公開條件。就算用的不是正規方法也沒關係啦。」

啊！女神要走了！我一急，疑問就不禁脫口而出：

『等等！我有件事想問您！我到底是什麼？您說我是您的眷屬，那您應該知道我是什麼人吧？』

我忍不住問了。沒辦法，這是我第一次遇到對我的身世之謎可能知道明確解答的人物。

然而，女神不知為何陷入了沉思。

「這個嘛……其實這件事不該由我來告訴你……但就指引你一條路吧。你應該去見獸人國的一名神級鍛造師。」

『獸人國有位神級鍛造師？』

可是為我們製作了黑貓裝備的格爾斯老先生明明說過，神級鍛造師目前下落不明……

難道是獸王偷偷藏了一個？可是要去獸人國不容易耶。不但位於其他大陸，又是敵國。我不能讓芙蘭為了我冒險。

「可是，如果能去談談，也許能知道些什麼喲。好吧，也有可能不行就是了。」

『連您也不知道事情會怎麼發展嗎？』

「那當然嘍，縱然是神也無法預知未來的。」

『可是，您不是女神嗎？對未來就真的一點都……？』

「不可能知道的。雖然人類似乎以為天神能夠預知未來——換個說法就是神通廣大到能夠預測命運。應該說不是有些人無論好事壞事，一律都說成天命嗎？」

是有這種人沒錯。就像我，遇見芙蘭時也覺得是命運的巧合。

「就好比有人會說未來全都是天注定，世界是照著神的決定運轉。」

『是啦，就算沒到那麼誇張，有些人是會相信類似的概念。』

就是所謂的宿命論者吧。

「可是，假如神真的預先決定好世界的運行方式，而世界也照著這個方式運行的話，我怎麼還會像這樣出現，矯正突發狀況？應該不會吧。」

『經您這麼一說，好像是喔。』

「這世上沒有所謂的命運，一切都是連續的巧合。壞事是自己的責任，好事是自己的成就。

就是這樣。」

也就是說，我與芙蘭的邂逅也是巧合了。

「對呀。你與黑貓族女孩的邂逅也是巧合，你們變成最棒的搭檔也是巧合。不，兩個如此互相補完的存在能夠邂逅，或許堪稱奇蹟呢。」

被一個神這樣說，還真有點害臊。

「這次我把很多話說開了，我身為混沌女神可是對你們寄予期許喔。」

我應該為此高興嗎？

「呵呵呵呵，我也不知道。總之呢，要不要去見神級鍛造師是你的自由。不過你去見個面或許會讓事情變得更有趣，所以我個人建議你去。」

『啊，等等！』

「那我走了，祝你有個美好的混沌——」

女神留下不吉利的一句話就消失在虛空中了。

『最後那句話根本是詛咒吧？』

「詛咒？什麼意思？」

『哎呀，我回來了啊……沒有，只是發生了一些事……』

本來想把剛才的遭遇跟大家分享，但露米娜先跟芙蘭說了：

「看來，妳進化成功了……」

看到芙蘭進化後的模樣，露米娜眼眶都紅了。可見她是真的很為芙蘭高興。

「謝謝。」

「不過話說回來，妳這是——」

露米娜忽然默不作聲了。眼睛似乎把芙蘭從耳尖到腳尖細細觀察了一遍。

「沒想到——真沒想到，妳竟然進化為黑天虎了！」

對耶，芙蘭是進化成黑天虎。我目前沒什麼實際感受，但那對獸人而言可是傳說中的種族。就連露米娜都只是黑虎。

露米娜神情嚴肅地注視著芙蘭，臉上浮現對芙蘭的一種近似敬意的感情。看來變成黑天虎，是一件超乎我想像的大事。

『變成黑天虎的條件是什麼？』

「嗯——？看來芙蘭進化之後限制就解除了，吾能開口了。」

女神也說過類似的話。

「必須會使用雷鳴魔術，並擁有一定以上的敏捷與魔力。這就是進化為黑天虎的條件。」

這些條件芙蘭都達成了，雖然前提是有裝備我的話。不，技能共享正如其名，就是我與芙蘭共享的技能。所以我的技能大概也被視為芙蘭的技能吧。

「實在沒想到妳竟然符合條件。不，吾是聽你們說過師父的能力，但沒想到這樣也算是符合條件。妳可能是王族以外第一個進化為黑天虎的族人喔。」

『這麼厲害啊？』

「是啊。對芙蘭來說，能遇見你實在是奇蹟啊。」

『女神也跟我說過類似的話耶。』

聽到我這樣說，露米娜的反應出奇地大。搞不好比確定芙蘭成為黑天虎的時候反應更激烈。

「跟你說過？莫非你見到女神了嗎！」

露米娜表情驚愕地向芙蘭追問。我對這件事一樣沒什麼實際感受，但對露米娜她們來說，眾神是信仰的對象。而且露米娜又是地下城主，正可說是混沌女神的眷屬。

「師父，怎麼回事？」

對喔，我也還沒跟芙蘭解釋清楚。

「師、師父！究竟怎麼回事？」

被芙蘭與露米娜追問，我把整件事講給她們聽。

尤其是露米娜聽了更是激動。但令我意外的是，她的神情當中沒有負面情感。

如果要問我，我會覺得神就像是詛咒了黑貓族的仇人……不只是犯下重罪的王族，連其他族人都得連帶遭殃長達五百年以上不得翻身，這一切難道不是神造成的嗎？

試著一問之下，露米娜表情複雜地講出了真心話：

「吾也不是全然不介意……但畢竟是神的決定，祂們本來就跟人類不同啊。」

她說眾神當中也有像是自然神那種完全不考量個體需求，跟人類從根本上就是不同存在的神。這些神祇給予的天罰看在人類眼裡往往都是蠻橫不講理。

地球上也多得是類似的神話，更別說神在這世界還是真實存在著的。露米娜一定知道其他類似的狀況吧。而她似乎是明白神祇原本就是人類所無法理解的恐怖又蠻橫的存在，才會這麼認命。

「再說，混沌女神已經算是比較親近人類的神明了。」

什麼意思？

「關於黑貓族進化的紀錄與其他種族的記憶，就是混沌女神刪除並奪走的。」

『我怎麼覺得這根本是神明在整人？』

「不，正好相反。」

剝奪記憶與紀錄等等，是一些神祇主張應該把黑貓族滅族時，混沌女神等人神設法讓祂們讓步的結果。祂們答應讓黑貓族接受嚴苛考驗，藉此免於族滅之禍。

「再說有一點很容易讓人誤會，就是神奪走的只有其他種族的記憶。少數免受神罰的黑貓族以及其他獸人族，當然都知道進化所需的條件。再說黑貓族那邊也還有留下文獻資料。」

『那現在的黑貓族，為什麼對此一無所知？』

「是後來崛起的新獸王王室與藍貓族等人，奪走並銷毀了餘下的紀錄與文獻等資料，並將眾多黑貓族變成了奴隸。而且，他們還禁止任何人傳述進化的條件。結果導致進化的條件沒能傳給下一代，最後就連能夠進化的事實都被歷史風化了。」

原來是這樣。雖然是眾神起的頭，但後來進一步迫害黑貓族的是現在的獸王王室與藍貓族。

『可是歸根結柢，事情的開端還是神罰吧？黑貓族淪為奴隸長達五百年，難道對神真的毫無怨恨？』

聽我這麼說，芙蘭低著頭喃喃說道：

「我不知道。」

畢竟芙蘭才剛剛得知不能進化的理由，腦袋亂成一團，好像也不太能理解怨恨神祇是什麼感覺。更何況整件事的前提，是黑貓族曾經犯過大罪。可是，就算是受罰贖罪，即使是惱羞成怒，忍不住心懷怨恨不就是人性嗎？

然而，露米娜靜靜地搖搖頭。

「擅自解放神祇所封印的邪神，害得其他種族面臨險境的黑貓族，能不被滅族已是奇蹟了。一聽到她說險些毀滅世界，就立刻能感受到罪孽的深重了。好吧，畢竟這世界還有精靈族什麼的，看來五百年沒我想像的那麼漫長。

解放邪神換個說法，就如同險些毀滅世界。吾反而認為五百年還算短的了。」

「再說，黑貓族之所以被逼做奴隸，以及王位被奪，就某方面來說也是以往的暴政遭到報應。假如一直以來施行善政受到民眾敬愛的話，其他種族應該會伸出援手才是。吾只感到很抱歉，要讓列子列孫背負吾等的罪業……但對神幾乎不懷任何恨意。」

她沒說完全不恨，但對神的怨恨聽起來比我想像的小多了。而對於挽救種族免於滅絕的混沌女神，更是似乎還有點感恩。

後來，我繼續對芙蘭與露米娜轉述我跟女神的對話。

只是對話內容大約有一半是露米娜已知的情報，所以我把重點放在女神拿走覺醒時的談話內容。再來就是關於進化的事了。

『只是，我們以前有打倒過威脅度相當於A的邪人……』

我想燐佛德的威脅度絕對有超過A。為什麼打倒他還是不能進化？

「你們是靠自己的力量打倒他嗎？」

「其他冒險者也在。」

「那這就是原因了，因為只有靠個人打倒才算數。」

原來如此，所以解除個人詛咒的條件得自己一個人解開——也就是必須單打獨鬥才能滿足條件。

接著，當我們隨後講到黑貓族犯下的罪過時，露米娜突然對芙蘭低頭道歉了。

「對不起。」

「嗯？」

「當年，吾從事的職位相當於王族的顧問。可是到頭來，吾還是無法阻止國王他們，得罪國王因而遭到免職。最後還淪為冒險者，來到此地後成為地下城主，獨自一人倖存了下來。」

「可是，這不是露米娜的責任。」

「但依吾當時的身分地位，也許有辦法阻止他們啊！」

這五百年來，她恐怕一直都在內疚吧。心想要是自己能夠阻止王族，黑貓族也許就不會落入苦境了。說不定比起眾神，她更怨怪的是自己或當年的王族。

所以她才會不惜傷害自己，也要出手幫助芙蘭進化。不只是因為她喜歡芙蘭，其中必定也包含了贖罪的意味。

「再說……吾害你們也遇到了危險。」

聽我說了那番話，露米娜似乎覺得一個弄不好可能連芙蘭或我都會觸怒神祇。她鐵青著臉，再次深深低頭致歉。

「露米娜沒有做錯任何事。」

「不，吾沒有把事情想清楚。」

她的表情認真到可怕的地步。

「若只是吾自己消失，吾不在乎。但若是害得你們也被殃及，吾就算是死也死不瞑目！」

「露米娜，妳不可以死。」

芙蘭神情酸楚地抬頭看著露米娜。她似乎是想像到露米娜消失不見的狀況，就不禁悲從中來了。

「可是，吾能為妳做的也就這些了……」

「什麼都不用為我做沒關係。」

「但吾的意思是……」

「只要有妳陪我，就夠了。」

芙蘭聲音細小但清清楚楚地低語，過去緊緊抱住了露米娜。雙手扣住露米娜的身體不肯鬆開，把臉埋進她的胸溝。

被芙蘭從正面抱住的露米娜，一臉為難地低頭看著她。但隨後把手輕輕繞到芙蘭的背後，溫柔地摸摸她。

「琪亞拉也跟吾說過一樣的話。吾現在想起來了。」

「嗯。」

「吾經過這五十年，還是沒有半點長進啊。」

過了一會兒，兩人似乎都平靜下來了。她們表現得有點害臊，靦腆地微笑互視。就好像芙蘭不太習慣跟人撒嬌，露米娜則是不習慣有人跟她撒嬌。

露米娜顯得很累，整個背靠到了椅背上。

『對了，露米娜，妳身體狀況還好嗎？』

記得女神也說過，露米娜這次身心消耗得很劇烈。她該不會是在硬撐吧？

「吾本身的疲勞很快就會恢復。雖然作為地下城主累積的力量幾乎用盡了……但總有辦法可想的。」

她說地下城的難度是會降低，但只要有迪亞斯幫忙說話，就不用擔心因為利用價值降低而遭人討伐。

「吾反倒比較擔心你們。雖然女神賜予的技能可以掩蓋進化的事實……」

『其他還有什麼事情令妳擔心？跟神有關嗎？』

「不，比起諸神那邊，其他獸人更值得擔心。一旦進化的條件傳出去，獸王或藍貓族可能會盯上你們。」

或許是這樣沒錯。如果是這樣，不挑對象分享情報可能會有危險。最好可以只偷偷告訴黑貓族，或者是與黑貓族有溝通管道的人物。

『黑貓族有沒有類似社群的組織？』

「在獸人國應該找得到。只是可能比較類似貧民窟或奴隸村……」

獸人國啊。反正我也想見見神級鍛造師，是想去一趟沒錯……但考慮到獸王的存在，又擔心太過危險。

「女神不是叫你去見獸人國的神級鍛造師嗎？有打算要去嗎？」

『不，我不會冒著危險跑這一趟。』

「可是，也許可以得知師父的一些事情。」

『那也只是有可能而已，不是一定。我不能為了這種不確切的情報，讓芙蘭涉險。』

「可是！」

『不用擔心，反正又不是只有這個線索。想推廣黑貓族的進化條件也不是沒有其他方法。』

「嗯……」

好吧，其實我也不是完全放得下，但是前往獸人國實在是太危險了……

我本來是這麼想的，沒想到狀況很快就好轉了。

因為打完第一場複賽後，我們得知獸王原來不是黑貓族的敵人。

反而說是親黑貓族都不為過。畢竟他都出手肅清藍貓族，致力於解放奴隸了。

我們告訴露米娜琪亞拉還活著，她一聽就哭成了淚人兒，久久不能自已。可見得她對這事有多後悔。

芙蘭拍拍她的肩膀時她還一把抱住芙蘭，把臉按在芙蘭洗衣板般的胸前，壓抑著聲音哭泣。

最少哭了好幾分鐘，才紅著臉站起來。

「抱歉，吾有點太激動了。」

『不會，很高興這個消息讓妳這麼欣慰。』

「這真是天大的好消息，謝謝你。」

長達五百年對全體黑貓族懷抱的後悔可能還留在心底，但對琪亞拉的悔恨似乎就此消失了。

露米娜笑得表情燦爛。

「不過，這下不就可以把進化所需條件推廣出去了嗎？」

「嗯。」

其實我們已經告訴奧勒爾了，他也答應透過獸人的人脈網把黑貓族的事情傳布出去。我想不用多久，事情就會傳遍這個大陸的獸人族群了。

「還有，你們這下不就能大大方方地前往獸人國了嗎？」

『對啊。再來就看獸王他們知不知道這位神級鍛造師的事了。』

照常理來想不可能不知道，但對方畢竟是傳說中的存在，也不是沒有可能避世隱居在某個地方。

「這下無論如何都得請你們突破第三輪比賽了。」

「放心，我會的。我會贏得比賽，問很多關於琪亞拉與黑貓族的事情，然後獲得前往獸人國的許可。」

「你們要去的時候，可以幫吾帶個伴手禮去給琪亞拉嗎？」

「一定。」

『小事一樁。』

這下獸人國是去定了。不過，目前得先打贏第三輪比賽才行。

但我有自信戰勝。

有了芙蘭進化後的力量，縱然對手是獸王也應該打得起來。

特別是進化後學會的固有技能「閃華迅雷」強得異常。

儘管對身體造成的負擔過大，使用過程中會持續消耗生命力與魔力，是很有風險的一項技能，但效果十分驚人。最起碼光看速度的話，我想可以跟A級分庭抗禮。

再說黑雷的威力也相當可觀。使用期間除非刻意解除，否則使出的攻擊全都會自動附加黑雷效果，其破壞力與穿透力高到教人害怕。

出於雷電特性可以忽視金屬鎧甲等防備自不待言，遇到魔獸的硬皮或甲殼也都幾乎不會降低威力。威力本身則是大到能一擊讓高等食人魔瀕臨死亡。

我不認為有幾個人能擋下芙蘭黑雷附加狀態下的連續攻擊。

「最低目標是突破第三輪比賽。」

『不過，最大的目標——』

「當然是冠軍！」

『沒錯！既然要比就要拿冠軍，正大光明地讓獸王把琪亞拉女士的事情告訴我們！』

「嗯！」

獲得了全新力量的芙蘭，把嶄新的決心藏在胸中，靜靜燃燒著鬥志。

第六章　**有待跨越的高牆**

戰勝古德韃魯法後，我們被叫去獸王待著的貴賓室。

其實可以拒絕，但芙蘭被人家的甜言蜜語騙去了。

那個來請芙蘭的佣人還是什麼的一說「為您準備了精美餐點」，勝負就分曉了。

我不懂對方怎麼會知道芙蘭的弱點，但也許不是針對芙蘭，而是了解獸人種族的天性吧。

佣人帶領我們，來到位於競技場頂樓的一個豪華房間。

沙發等家具顯然都是頭等貨，整間陳設奢華到誇張的地步。連地毯或窗簾等等都有繡花，真不愧是貴賓室。

一走出房間就是露臺，可以從這裡俯視擂台。

「喲，妳來啦。」

獸王看到芙蘭來了，友好地跟她說話。

「嗯，什麼事？」

「這還用問嗎？妳可是傳說中的黑天虎耶？當然會想見妳一面了。」

我想也是。就像來請芙蘭的佣人，以及路上擦身而過的獸人們，也都用難以言喻的眼光看著芙蘭。

獸王目不轉睛地打量芙蘭，皺起眉頭說：

「還是看不出來……不是因為剛才有點距離的關係嗎？」

「我也看不出來。怎麼看都只是普通的黑貓族。」

「可是，你剛才也看到了吧？」

「看到了，絕對沒有看走眼。」

看來進化遮蔽確實生效了。

獸王與他身邊的洛希無法判斷芙蘭究竟進化了沒有，顯得一頭霧水。

「我如果問妳是怎麼做到的，妳會拒絕嗎？」

「陛下！這樣太失禮了。」

「可、可是我就是想知道啊。」

多虧女神給我們的進化隱蔽技能，芙蘭雖然已經進化，但不會被獸人們看出來。這對他們而言想必是一件難以置信的事。

可是如果告訴他們，也許會惹來麻煩。我看還是瞞著比較好。

我本來是這樣打算的——

「就告訴你們沒關係。」

『啊，不行啦！芙蘭！』

（我有我的想法。）

我急忙勸阻芙蘭，但她一副很有自信的態度。

『什麼意思？』

（交給我吧。）

『不，可是……』

（不要緊。）

嗯——她都這麼說了，那就交給她吧。

「只不過，我有個條件。」

「哦？什麼條件？」

「我在找神級鍛造師，你知道他在哪裡嗎？」

對耶，神級鍛造師照常理來想是有可能被視為國家機密。就算是施行黑貓族保護政策的獸王，也不見得會老實告訴我們。

雖然照這傢伙的個性，也有可能直接告訴我們就是。

（師父，用謊言真理。）

『了解。』

原來如此，這樣就不用苦苦追問神級鍛造師的下落了。無論獸王的回答是真是假，都能從中獲得某種程度的情報。

「怎麼辦？」

「……請陛下自行定奪。」

「啊，太奸詐了吧！你也要幫忙想啊。我要是搞砸，之後羅伊斯會把我罵死耶。」

「在下只是一介侍衛。」

「一介侍衛最好是敢罵主人腦袋裝肌肉啊笨腦袋什麼的啦！」

我看洛希應該是侍衛兼監督人吧。上司好像就是有參加武鬥大賽的兔獸人羅伊斯。

獸王與洛希討論了一會兒後，似乎有了結論。

「……耳朵湊過來。」

「嗯。」

獸王彎彎手指要求芙蘭靠近他。

芙蘭聽話地把貓耳湊過去，獸王在她耳邊低聲說：

「算是在我們國內啦。」

把消息告訴我們是很好，但會不會湊得太近了點？你只要嘴巴敢碰到一下芙蘭毛茸茸的貓耳，我就把你那骯髒的嘴唇割下來，知不知道？

就在我心情陰鬱地打定主意時，獸王繼續告訴芙蘭更多他知道的事情。

「真的？」

「是啊。只是，那人脾氣很怪，不能保證會願意見妳喔。」

「知道人在哪裡就好。」

「誰教那人連國王都不放在眼裡呢。妳來到我國時，我好歹幫妳寫封介紹信吧。」

不愧是神級鍛造師，看來連國王都得敬他三分。

「可以嗎？」

「相對地，妳也得把妳的祕密告訴我。」

「嗯，好。這是技能的效果。」

芙蘭把進化隱蔽技能的事說出來之後，獸王他們不知為何陷入了沉思。

「進化隱蔽……沒聽說過。」

「但是，這樣就解釋得通了。」

看來他們是頭一次聽到這種技能。

獸王與洛希在討論是不是只有黑天虎能學會進化隱蔽技能。

他們好像連黑天虎這種種族都是頭一次聽說，想必有很多不了解的地方吧。

（師父？）

『嗅，他沒說謊。他是真的知道鍛造師人在哪裡，也打算介紹給妳認識。』

（那麼，還是得去獸人國一趟了。）

『是啊。』

洛希看到芙蘭用心靈感應跟我商量今後事宜，似乎以為是他們冷落了芙蘭，害她不說話了。

洛希顯得很過意不去地向她道歉。

「嗅，抱歉。請妳過來卻又把妳撇在一邊。」

「沒關係。事情講完了嗎？」

「嗯，陛下找妳來就這件事了。感謝妳提供的寶貴消息。」

「嗯。」

「方便的話，等事情告一段落之後想再與妳好好聊聊。妳不介意吧？」

「我沒問題。」

所以細節等武鬥大賽結束後再談就對了。

「真是謝謝妳。雖然不能算是請妳來這一趟的謝禮，這個請妳收下。」

「這是？」

洛希把兩張票拿給了她。

「是指定座位的票。妳接下來會去看武鬥大賽吧？」

「但妳現在已經爆紅了，這個會場裡的人，一看到妳來就會認出妳。妳就這麼跑去觀眾席，只會被大家纏住不放啦。」

「因此，這個提供給妳。指定座位離普通座位有段距離，也不會有人不知趣地找妳說話。」

「謝謝。可是，為什麼是兩張？」

「一張給妳那隻把古德整得團團轉的召喚獸啦。」

獸王不知為何高高興興地提起了小漆。

「陛下忽然說要替那頭狼也弄一張票，害我費了好大的工夫。」

「對不起。」

「噢，這不是妳的錯。都是蠻橫霸道的陛下不好。」

「喂，幹嘛講得好像是我的錯一樣啊！」

「本來就是您的錯不是嗎？不過反正沒有人吃虧，這倒是無所謂。但是，得請陛下多陪陪索爾巴特大人了。」

「我知道啦。」

聽他們說，這兩張票似乎是跟一個與獸王他們無關，純以個人名義前來觀戰的獸人國貴族手上硬是買下來的。

我本來擔心會招人怨恨，但他們說那個貴族會到貴賓室跟他們一起觀戰所以不用擔心。那個貴族好像還樂得有機會與獸王親近。

「我想妳不會想在這裡看比賽，於是就為妳準備門票了。」

「嗯。」

這裡太講究形式，況且我們也不是發自內心信任獸王他們。

貴族似乎就快來了，芙蘭決定早早離開貴賓室。

當然沒忘記帶走門票，以及貴賓室專用的大盤美饌。

接著直接前往的指定座位似乎是為貴族或富裕階級安排的區域，設計得寬敞舒適。周圍的客人也只是看了我們一眼，沒有要過來攀談的樣子。

不過也有可能是被小漆嚇到了。牠不知道是不是激戰的情緒還沒平靜下來，應該說臉孔帶點野性味嗎？講得明白點就是很嚇人。

芙蘭似乎也還有點難掩亢奮，流露出一絲威懾感。除非是戰士，否則可能很難跟現在的芙蘭與小漆攀談。

不過也因為如此才能讓我們放鬆觀戰，就讓小漆繼續擺出有點可怕的表情吧。

『比賽好像還沒開始喔。』

「嗯。」

「嗷。」

其實是因為我們打壞了擂台。主辦單位似乎正在重新搭建擂台。

不是由渾身大塊肌肉的上一屆冠軍從隔壁競技場搬過來，好像是讓土魔術的術者一口氣重新打造。作為前置作業，他們現在正在畫魔法陣。

二十分鐘後。

術者用土魔術變出了一座新擂台，選手進場了。

芙蘭也剛好吃完大餐，做好了萬全的觀戰準備。

今天的第二場比賽是阿曼達與艾爾莎的對決。

「艾爾莎，好久不見了。」

「呵呵，妳還是一樣這麼美麗……」

相較於笑得大膽的阿曼達，艾爾莎一臉陶醉地凝視著她，眼神完全是一個戀愛中的少女。對喔，迪亞斯說過艾爾莎不只喜歡男人，也能愛女人。

「嗚……你看起來也還是老樣子啊。」

「啊哈～冰冷的眼神也一樣迷人！」

連個性剛毅的阿曼達都在開打前就被震懾住了，真是稀奇。

之前聽說兩人互相熟識，看來彼此之間有過各種問題。

話又說回來，我現在該替哪邊加油才好？

我還在煩惱時，兩人已經開始對戰了。

「喝啊啊！」

「嘿咿呀——！」

「太慢了！」

「妳還是一樣身手敏捷呢。」

阿曼達來回移動揮鞭攻擊，艾爾莎則是盡量留在原位伺機反擊。

結界內只見鞭子宛若游龍激烈舞動，錘矛屢屢在擂台打出窟窿。比賽是很有看頭沒錯，但是……

「啊呼！」

「咿哈——！」

「啊呼～！」

每次被鞭笞都發出嬌喘的肌肉壯漢，會不會有點帶壞小孩？我開始懷疑或許不該讓芙蘭看這場比賽了。

要不是這是明天對戰對手的比賽，我根本不會讓她看！

艾爾莎防禦力很強，還擁有痛覺變換技能。本來以為比賽可能會拖很久，但阿曼達果然厲害。

「夠了吧，還不認輸！」

大概是理解到得靠重擊而非連擊，才能打倒艾爾莎了吧。

頃刻之間，阿曼達渾身散發駭人的魔力，接著只見她振臂一揮。不過就是這個簡單的動作，鞭子卻用撲向獵物的大蛇般動作往艾爾莎飛去。

這一招速度太快，艾爾莎沒能反應過來。以這種受到攻擊的時機來說，恐怕來不及發動減輕傷害系的技能。

「啊哈——！」

那已經不能叫鞭子了，根本就像被圓木衝撞一樣。要說威力有多大，我看比被隨便一把鎚子打到都要痛。

艾爾莎的腹部被鞭子前端抽打，發出淫穢的尖叫被打飛出去。然而，別聽那個尖叫聲毫無緊張感，受到的傷害似乎比想像中要來得重。

滿身大塊肌肉的艾爾莎四肢癱在地上，動也不動一下。看來是昏過去了。大概是不管疼痛減輕多少，承受一定以上的傷害還是會讓大腦失去意識吧。

「真不敢相信！烏魯木特的英雄，這麼輕易就落敗了——！不愧是A級冒險者！鬼子母神阿曼達獲勝～！」

真佩服解說員能把那樣一個人叫做英雄。烏魯木特的居民度量一定大到超乎我的想像吧。

『最後那招……妳看見了嗎？』

「勉強？」

『我也是。』

明明離得這麼遠，阿曼達揮舞的鞭子前端看起來卻幾乎像是消失了一樣。如果被那種鞭法連續抽打，該怎麼辦？我沒自信能夠躲開。而芙蘭似乎也跟我有一樣的想法。

『有一場硬仗要打了。』

「嗯！」

阿曼達與艾爾莎的對決結束後。

趁著擂台還在修理，芙蘭從次元收納空間拿出串燒，邊吃邊看賽程表。

「下一場是弗倫德對菲利普。」

『這個照常理來想，應該是弗倫德會贏吧。』

兩人戰鬥的模樣我們都看過，感覺會是菲利普占下風。

因為弗倫德可是阿曼達級的怪物。

『只希望菲利普能撐久一點，逼弗倫德拿出真本事來。』

「嗯，菲利普加油。」

我們白加油了一場，菲利普三兩下就落敗了。

三分鐘都沒撐過。

一開場他就被弗倫德的魔劍投擲打得束手無策，連接近對手都沒辦法就被插成刺蝟一命嗚呼了。

只是，菲利普看起來很滿足。因為他的目的幾乎已經達到了。

菲利普在戰鬥開始前，針對巴博拉的現況向觀眾提出訴求，請大家伸出援手。由於有很多貴族從半準決賽開始前來觀戰，菲利普參加這場大賽的目的似乎就是向他們求助。

『看來巴博拉還有一段辛苦的路要走呢。』

「嗯……」

最後一場比賽，是龍膳屋的主廚兼店主費爾姆斯對上獸王的侍衛羅伊斯。

兩人分別是前A級與現任A級冒險者，在半準決賽當中是格外受到矚目的一場比賽。

「還請不吝賜教。」

「彼此彼此。」

看到兩人笑容可掬地握手卻又發出嚇人的鬥氣互相較勁，觀眾似乎也料到將會有一場驚心動魄的對戰，頓時個個露出緊張的表情。

事實上，也的確上演了一場超乎想像的激戰。

哇——我與芙蘭看到太投入，都忘記要偵察敵情了。這場廝殺就是這麼有看頭。

羅伊斯的基本戰術，是用次元門、傳送與兔獸人特有的敏捷身手擾亂對手，再用大地魔術作為攻擊手段。

雖然很不甘心，但他恐怕比我更會活用傳送。他那種技巧才叫做趁虛而入。時不時還會靈活運用月光魔術的無效與反射伺機反擊。先是故意用單調的攻擊引誘對手反擊，再進一步結合反射還以顏色的戰法只能說窮凶極惡。

然而，費爾姆斯竟然展現出比羅伊斯更勝一籌的驚人戰術。

名稱：費爾姆斯　年齡：63歲

種族：人類

職業：魔絲操線士

Lv：68／99

生命：436　魔力：669　臂力：231　敏捷：412

技能：隱密5、解體8、火焰抗性8、風魔術3、危機察知8、氣息察覺6、鋼絲技10、鋼絲術10、拘束7、採集6、消音行動6、異常狀態抗性6、買賣5、振動感知8、振動衝6、雙劍術8、操絲10、短劍術3、投擲9、套索4、魔絲生成7、魔獸學3、魔術抗性5、魔力感知5、水魔術6、料理8、陷阱解除5、陷阱感知5、陷阱製作8、絲線強化、半獸人殺手、氣力操作、痛覺無效、分割思考、魔力操作

固有技能：纏絲

獨有技能：龍族滅絕者

稱號：鱗族天敵、鋼絲操線師、半獸人殺手、地下城攻略者、龍族滅絕者、魔絲操線師、魔獸殲滅者

裝備：王鯨鬚戰絲、食龍蜘蛛戰絲、雷龍牙短劍、龍鱗戰衣、龍翼膜外套、毒素無效手環、去味耳環

雖然從能力值的鑑定結果，就猜得到他是用絲線應戰……但萬萬沒想到絲線會是那麼萬能的武器。

真要說的話，我本來以為頂多就是用十指操縱十根絲線，但當時就我看來，他同時操縱了一百根以上的絲線。

費爾姆斯操縱的整束絲線，有時化為刀劍，有時形成壁壘，有時又變成密網，逐漸把羅伊斯逼入絕境。

除此之外，遍布於賽場的絲線結界似乎還發揮了驅鳥鳴器般的效果，無論羅伊斯傳送到何處，費爾姆斯從來沒追丟過他。

當然，費爾姆斯也有受傷。絲線再怎麼強韌，也不可能完全接住高速飛來的巨岩，有時還會被羅伊斯接近毆打。因為論體能的話是羅伊斯略勝一籌。

然而要逃離縱橫交錯於狹窄賽場內的絲線實非易事，最後費爾姆斯的絲線終於捉到了羅伊斯，把他撕成碎片結束了這場比賽。

「獵龍者費爾姆斯獲勝～！聽說他早已退出冒險者這行了，但是以三連霸成績名列大賽傑出參賽者的功夫可是完全沒有退化──！」

費爾姆斯對觀眾揮手，優雅地一鞠躬。這樣的舉動看起來卻一點也不做作，一定是因為他身段從容合宜吧。

只是，剛才的戰鬥證明了費爾姆斯不只是個英俊大叔。以戰鬥方式來說反而稱得上粗暴狂野。

『好強啊。』

「嗯。」

『在狹窄的結界內該怎麼應戰……』

「無處可逃。」

『是啊。』

只是，這下準決賽的晉級名單就出爐了。

明天的第一戰是芙蘭對阿曼達。第二戰是弗倫德對費爾姆斯。

『哎，總之先考慮怎麼對抗阿曼達就好。』

「嗯。」

阿曼達雖然喜歡小孩，但照以前那場模擬戰來看，我想她不會手下留情。甚至覺得以她的個性應該會敬重芙蘭，把手下留情當成失禮的行為。

『沒想到有一天會跟阿曼達認真較勁。』

雖然打贏了與她水準相當的古德韃魯法，但要是問我有沒有自信贏過阿曼達，就……也許是我們實力還有待精進時見識過她的強大，使得心理受到影響？阿曼達總給我一種壓倒性強者的印象。

然而，芙蘭的內心可沒有屈服。

「我會贏她的。」

『我知道，畢竟目標是拿冠軍嘛。』

「嗯！」

「嗷嗷！」

「小漆也要加油。」

小漆發出叫聲，好像在提醒我們別把牠忘了。

我們正在考慮明天的比賽對策時，看到其他觀眾已經準備離開了。

『我們也回去吧。』

「嗯。我要去探望艾爾莎。」

『也是。』

畢竟人家那麼照顧我們。而且他輸得滿慘的，是該去探望一下。

向工作人員詢問之下，得知艾爾莎正躺在醫務室休息。

我們前往醫務室，看到艾爾莎似乎還沒醒來。艾爾莎躺在夠他睡個好覺的特大雙人床上。

靠近一看，他不知為何一臉幸福地裹著棉被。

「啊呼——」

艾爾莎用帶點情色意味的表情翻了個身。

「嗯哼——呵呵呵。」

瞧他一副花痴的笑臉，口水都流出來了。全無半點落敗的悲壯感。

『芙蘭，妳還好嗎？有沒有不舒服？』

「為什麼這麼問？」

『沒有，妳不在意就好。』

「怎麼辦？要叫醒他嗎？」

『反正看他沒事，還是讓他繼續睡吧？』

「好。」

「嘟呼呼呼……」

就這樣，我們撇下艾爾莎直接走人了。

祝你有個好夢，艾爾莎。

翌日。

「來了來了！大賽終於來到準決賽！今天讓我們繼續狂歡吧！第一場比賽，是本大賽難得一見的兩位女性選手對戰！」

置身於熟悉的歡呼聲中——不，是目前為止最盛大的滿場歡呼中，芙蘭走上了擂台。

「在這場對戰勝出的一方將晉級決賽！落敗的一方則進入季軍賽！」

『芙蘭，我們走吧。』

「嗯！」

芙蘭已經做過覺醒&強化了。覺醒只要不使用閃華迅雷就能維持大約一小時，事先覺醒也不會造成問題。

「首先登場的是本屆大賽的颱風眼！打倒各路強敵，最後甚至引發奇蹟擊敗A級冒險者的C級冒險者！曾經的魔劍少女，現在我們叫她黑雷姬芙蘭！」

哦哦，魔劍少女改成黑雷姬？取到一個帥氣的綽號了！謝謝主播！

「與她打對台的，是比賽至今屢屢展現壓倒性實力過關斬將的A級冒險者！美麗的容貌讓她與百劍弗倫德成為兩大人氣王，在我國享有頂級的知名度！鬼子母神阿曼達～！」

對阿曼達的聲援比我們大聲一點。

不像出戰古德韃魯法的時候是美少女與野獸對峙，替芙蘭加油的人比較多。

半精靈的美貌果然不容小覷。而且有很多來自女生的尖叫聲援，還聽到有人喊著「姊姊——」之類的表示支持。嗯——真受歡迎。

阿曼達好像沒把歡呼聲放在心上，神色自若地開口了：

「芙蘭妹妹，真沒想到有一天會在這種地方跟妳對峙。」

「我也是。」

「我不會手下留情的。」

「嗯！」

兩人大膽無畏地相視而笑。雙方已經拔出武器，準備開戰了。

乍看之下像是妖豔美女與嬌柔美少女相視微笑的場面，實際上卻是兩隻肉食動物在互相威嚇。

「呵呵。」

「嗯。」

芙蘭與阿曼達也真厲害，竟然能一邊微笑一邊瞪人。雙方之間的鬥氣不斷高漲。

我試著重新鑑定了一下阿曼達。

名稱：阿曼達　年齡：58歲

種族：半精靈

職業：神鞭士

Lv：72

生命：651　魔力：808　臂力：330　敏捷：457

技能：威懾7、詠唱縮短6、隱密8、解體8、風魔術10、剛力5、瞬步7、異常狀態抗性7、全方位察知6、屬性劍7、投擲8、鞭技10、鞭聖技6、鞭術10、鞭聖術7、暴風魔術4、魔術抗性6、魔力感知6、半獸人殺手、氣力操作、龍族殺手、暴風強化、魔力操作、鞭強化

固有技能：鞭天技

獨有技能：元素寵愛

稱號：孩童守護者、地下城攻略者、龍族殺手、如疾風者、風術師、魔獸殲滅者、A級冒險者

裝備：天龍鬚魔鞭、老多頭蛇全身皮甲、魔毒蜥蜴外套、魔眼王牛之鞋、替身天環、雷霆鳥羽飾、防壁指環、魔痺梟羽毛手裡劍×24

是樣樣精通的萬能型戰士。而且論作為冒險者的經驗，我們當然遠遠不及她。但是，武器技能的等級是我們為上。打個比方，如果是在野外不講規則地殺個你死我活的話，我們取勝的機率很低；但是在這場武鬥大賽的規則下必然有機可乘。

還有職業也引起了我的注意，以前看到的狂風鬥士變成了神鞭士。是為了武鬥大賽轉職嗎？固有技能也是從沒看過的技能。

鞭天技：以增加耗魔為代價，加快鞭技的發動。

不知道會變快多少？怎麼說也是冠有神字的高等職業的固有技能，小看不得。只是，它也提到會增加耗魔，想必不能連續使用。也許這會是一個破綻。

看到兩人舉起武器，主播似乎判斷雙方都已做好準備。

主播喊道：

「比賽，開始——！」

話音剛落的那一瞬間，我們立刻解放了事前準備好的魔術。

「六角龍捲。」

『雷霆電壓！』

『雷霆鎖鏈！』

『龍捲騎槍！』

作戰計畫是施展龍捲風魔術纏住鞭子，再用重視速度與觸電效果的雷鳴魔術封鎖阿曼達本人的身手。

我們已經替雷鳴魔術升級了。這是因為露米娜建議過我們，說黑天虎的真本領就是結合雷鳴魔術的戰鬥方式。

新獲得的法術當中特別好用的一種，就是剛剛使用過的雷霆電壓。這種法術發動速度快，觸電後還能讓對手繼續帶電，具有極強的封鎖動作效果，可謂氣絕電壓的升級版法術。雷霆鎖鏈的攻擊力比它低，但雷電會像鐵鏈一樣纏住對手造成多重觸電效果，是適合拘束用途的法術。

我當然不會以為這樣就能打倒阿曼達。畢竟阿曼達可是有著最強的鎧甲，也就是獨有技能「元素寵愛」。是一種會自動發動，僅抵擋一次敵人攻擊的防禦技能。

我們必須先攻擊她一次，剝掉這件鎧甲才能有下一步動作。

使用的這些魔術除了是用來拖慢動作，也是藉由攻擊逼她使用元素寵愛。然後，再用閃華迅雷一口氣扳倒她。也就是不要白費力氣攻擊消耗體力，直接用最強技能一決勝負。是因為我們的敏捷勝過對手才能採用這種作戰。

諒阿曼達的鞭子再怎麼快，我們只要接近她應該就能占上風。

而且為了提防反擊，物理攻擊無效也裝備起來了。鞭子雖然具有優越的連擊性能，但阿曼達的戰法比較偏向一擊必殺。我們要擋下這一擊，再換我們攻擊。

施放魔術之後，芙蘭即刻開始匯聚魔力。

『芙蘭，我們上。』

「嗯！閃華——」

就在芙蘭正要發動閃華迅雷時，我清清楚楚地聽見了阿曼達中氣十足的吆喝。

「絕招．毘沙門墮地！」

「迅雷！」

說時遲那時快，我們施放的魔術被全數彈飛了。雷鳴與龍捲風，都被阿曼達的鞭子打落擊散，瞬間消失得了無痕跡。

接著，形如龍捲的颶風襲向我們的四周。

芙蘭周圍的擂台以快得驚人的速度被削成碎屑，化為砂礫漫天飛起。

同時，我們的魔力也以可怕的速度不斷減少。

「唔！」

『嘖！』

由於速度實在太快，連用時空魔術做了加速都只能捕捉到殘影。

這場攻擊的實情，原來是阿曼達超越神速地連番揮出的鞭擊。簡直像是被幾十條鞭子狠抽似的，密度與速度都超乎常理。

不妙，物理攻擊無效一直發動個沒完。而且可能是每一鞭的威力都太強，魔力的減少幅度大得異常。

已經不是能不能閃躲攻擊的問題了。在狹小的結界內，鞭子激烈地到處跳動讓人無處可逃。不止如此，從鞭子發出的衝擊波又化為隱形利刃襲向我們。

就我模糊的記憶，高手揮出的鞭子前端似乎能超越音速，造成聲爆現象。就連在地球上都這麼厲害了，在這具有魔力的世界，根本無從想像阿曼達揮出的鞭子有多快。

阿曼達大概也知道芙蘭的速度有可能快過自己吧。所以她才會放棄捕捉單一目標，而是採用

施展廣範圍攻擊讓人無處可逃的作戰。

再這樣下去，我們的魔力眨眼間就要扣光了。

（師父，傳送！）

『短距跳躍！』

芙蘭指示我進行傳送。一定是想到與其繼續被物理攻擊無效消耗魔力，傳送的耗魔還比較輕微。

我對抽在芙蘭身上的鞭子視而不見，慌忙地發動了短距離傳送。

豈料，我們照理來講應該傳送到了阿曼達的正後方，眼前卻沒看到她的人。她早已逃到擂台的另一頭去了。

我們之前被迫在眾多觀眾眼前使用了傳送魔術，這事必定也傳進了阿曼達的耳裡。像她這種等級的對手只要預測到傳送，傳送所造成的瞬間延遲足夠讓她設法應對了。古德韃魯法不也是這樣嗎？

可是，我們不能就此認輸。

「噴火推進——」

芙蘭判斷無法用傳送接近對手，於是往阿曼達一口氣加速移動。真要說起來，我們都還沒逼她使用元素寵愛。現在用黑雷攻擊只會被擋掉，得先打她個一發才行！

「喝啊啊！」

芙蘭一直線地衝刺，穿越鞭擊風暴。看來這個突進速度不在阿曼達的預測內，她沒能完全躲掉芙蘭的攻擊。

鏗——————！

很好，總算打到了！雖然劍被元素寵愛擋了下來，但這就是我們要的。芙蘭順勢反手一劍把我向上揚起。這個距離的話絕不會失手！

「吁！」

剩下的魔力也全部用下去！

看招——！

我迫近阿曼達的眼前，她的雙眼驚愕地睜大。

『喝啊啊啊啊！』

「唔啊啊啊啊！」

Side 阿曼達

「啊啊啊啊啊！」

「喔呃啊啊啊！」

看到芙蘭與古德韃魯法的戰鬥，我驚愕不已。

好強。沒想到竟然變強了這麼多。

當然，我剛認識芙蘭時她就已經超級可愛了，我也知道她總有一天會變強。

但那應該是好幾年以後的事才對。本來以為就算有一天她會超越我，最少也是十年後……

沒想到她竟然打贏了古德韃魯法。

坦白講，我本來以為芙蘭妹妹會在半準決賽落敗。因為就連我，都不敢說一定能打贏那樣的對手。

她的成長速度快到堪稱異常。我看過很多天賦異稟的冒險者，但像芙蘭妹妹這樣迅速成長的冒險者還是第一個。

一定是對進化的渴望造成的效果吧。黑貓族所具有的……幾乎可說是種族特性的對進化的渴求，驅使她投身於一場場的戰鬥。

再來就是師父，一定是那把不可思議的魔劍，為芙蘭妹妹指引了明路。

就我看來，師父本身也得到了大幅強化。自劍身內部散發的龐大魔力，絕對不容小覷。不只如此，技能等方面也一定有經過強化。

就拿古德韃魯法那場對戰來說，我親眼看到了幾次光憑芙蘭妹妹的力量不可能達到的神奇現象。時空魔術、雷鳴魔術、詠唱捨棄加上連續發動魔術。最後甚至來了個聞所未聞、前所未見的黑貓族的進化。

特別令我驚訝的是，她還用了物理攻擊無效。不過也是因為我以前對付過擁有物理攻擊無效的對手才能察覺。

她在那場攻防當中輕易擋下了古德韃魯法的斧頭。無論能夠張開多強大的障壁，都不可能像那樣僅憑一隻手臂就擋下攻擊。我怎麼想都認為她擁有物理攻擊無效，或是類似的技能。

雖然這項技能效果強大又難以對付，但也不是完全無縫可鑽。我看出發動物理無效時，芙蘭妹妹的魔力大幅降低。也就是說發動這項技能需要相當多的魔力。只要從這點下手，要破解應該不難。

「話雖如此，也沒辦法輕鬆取勝就是了……」

雖然不知道到哪裡為止是芙蘭妹妹的力量，從哪裡開始又是師父的力量，總之要對付他們倆勢必得做好心理準備。

周圍其他觀賞芙蘭妹妹比賽的貴族們開始議論紛紛了。

「那個小姑娘真是凶猛。是冒險者嗎？」

「不不，她可是獸人啊。想必是獸人國的臣民吧。」

「話說回來，功夫真是了得。務必希望她能為我國效力。」

「別想偷跑喔。」

「憑那姣好的外貌，用途多得是——」

「唔呵呵，一定要讓她到老夫身邊來——」

好吧，可想而知。芙蘭妹妹實力高強但年紀還小，乍看會以為很好騙，這些爛人貴族會以為能讓她乖乖就範也是無可厚非。

也許我應該給他們一點教訓？

「務必想請她加入我的近衛師團——」

「讓她擔任我女兒的護衛——」

不過其中也有一些聽起來比較正常的邀約，怎麼做才好呢？話又說回來，真沒想到當年那個小娃娃能成長到這種地步……

其實，我以前就見過芙蘭妹妹了。我說的可不是亞壘沙那次喔。是更久以前，十幾年前的事了。

那天，有一對黑貓族的夫妻來拜訪我。

他們直到幾年前都還在我經營的孤兒院生活，後來出去闖盪成為了冒險者。之後因為孩子出生了，就特地抱來讓我看看。

夫妻的名字是季南與芙拉梅爾。我從這對黑貓族的少年少女還小的時候，就在照顧他們了。

我很高興季南他們來看我，因為兩人當初是跟我撕破臉了才從孤兒院出走。

可是，那次是我不對。

都怪我在他們倆說想成為冒險者摸索進化之路時否定他們的希望。就我看來，兩人並沒有作為冒險者的天分。

魔力太低，武器天賦也只有凡人水準。而且因為自幼就看到像我這樣強悍的冒險者，導致他們有點低估冒險者的工作難度。冒險者這一行沒簡單到光靠獸人的體能就能混得下去，我怎麼看都覺得兩人將來一定會死在地下城。可是，我也不該在那時候不容分說地強迫他們聽話。

應該有其他勸說或是面對他們的方式才對。所以，當他們抱著剛出生取名叫芙蘭的孩子來給我看時，我真的很高興。

對，他們倆的孩子名字叫芙蘭。年齡也正好相同。

可是，我以為她已經死了。我一聽說季南他們的死訊就立刻趕去，但芙蘭妹妹已經不見了蹤影。

所以，我在亞壘沙遇見芙蘭妹妹時，一開始完全沒發現她是誰。想都沒想過她會是那時的小寶寶。

只是聽了名字又看到長相，我就立刻想起來了。因為她跟芙拉梅爾小時候長得一模一樣。

起初我本來想說出自己跟芙蘭妹妹的雙親認識，保護她的安全。可是，芙蘭妹妹已經作為冒險者自食其力了，沒能保護好季南與芙拉梅爾的我沒那個資格。

所以我決定不跟芙蘭妹妹相認，改用另一種方法守護她。

我硬是跟著芙蘭妹妹去處理委託，又用模擬戰鍛鍊她，全都是為了這個原因。我甚至想過視需要可以擺出師傅的架子，花點時間鍛鍊她。只是原來她已經有個師父，不需要我就是了。

但還是有一些事情，是只有我能辦到的。

就是成為一堵高牆。

芙蘭妹妹一定會成為留名青史的冒險者。但也許有一天她會過於相信自己的實力，害自己摔跤受傷。

當那一天到來，為了能夠告訴芙蘭妹妹「人外有人，妳還不夠成熟」，我必須永遠當一堵高牆。這就是我能為她做的。

唉——好久沒有鍛鍊到險些送命了呢。但也多虧於此，十年來鞭技第一次升級。雖然對我這個半精靈來說五十歲還稱得上年輕，但可能是精靈的血統所致，我最近比較少硬撐了。當然技能的等級也封頂，不再上升了。但這幾個月來卻有好幾項技能連連升級。

說到底，訂下一個目標逼自己努力才是最好的鍛鍊法。

如今我也當上了長年作為目標的神鞭士，我要用這份力量打贏芙蘭妹妹。因為這正是我鍛鍊自己的目的。

而今天，我與芙蘭妹妹在擂台上相對而立。

多麼燦爛的笑容啊。面對我，沒有任何畏怯或退縮。一心只想著獲勝。

「我不會手下留情的。」

「嗯！」

這下看來，是真的得搏命一戰了。

看了昨天的戰況讓我知道，芙蘭妹妹的速度已經比我快了。不只如此，打倒了古德韃魯法的那招黑雷，也會一擊奪走我的性命。

如今進化過的芙蘭妹妹，就是這麼強悍。

可是，正因為如此，我更是非贏不可，這樣才能成為芙蘭妹妹面前的高牆。為此我不能只是險勝，必須要贏得壓倒性的勝利。

必須在游刃有餘的狀態下贏得勝利，對她說：「妳還有待精進！」

為此我也得付出某種程度的代價才行。

「比賽，開始——！」

「六角龍捲。」

比賽一宣布開始，芙蘭妹妹就使出了多種魔術。

我看師父一定也有施展魔術。分明只聽見風魔術的詠唱，卻同時也有雷鳴魔術一起飛來。龍捲風與電擊一齊往我撲來。八成是打算用風魔術封住我的鞭子，再用雷鳴魔術使我全身麻痺吧。

呵呵，真會動腦筋。不過，就這點小伎倆可是阻止不了現在的我喔。我一口氣解放匯聚已久的魔力，發動我能使用的最強鞭聖技。我感覺到大量魔力被急速吸去。如果這招被她撐過，坦白講我就得做好認輸的心理準備了。

「絕招．昆沙門墮地！」

憑著連我自己都無法完全捕捉的速度，鞭子在賽場內到處亂跳。

芙蘭妹妹施展的魔術已經被打散了。

鞭子就這樣不斷地痛打芙蘭妹妹。由於速度過快，芙蘭妹妹似乎也沒完全掌握到鞭子的動作。

我就知道她擁有物理攻擊無效。明明感覺得到攻擊打中了，芙蘭妹妹卻顯得完全沒受到傷害。就連被威力大到一擊就能把高等食人魔打成絞肉的攻擊連續擊中也不痛不癢。

即使如此，我還是不停地揮鞭。因為芙蘭妹妹的魔力顯而易見地正在減少。

就這樣一口氣扳倒她！

只是這招鞭聖技雖然厲害，但有一個缺點，就是會明顯地削減鞭子的耐久值。長時間持續使用必定會毀了我的鞭子。

雖然是長年陪伴我的愛鞭，但無可奈何。就算要失去這條鞭子，我也非贏不可。決賽要用什麼鞭子之後再考慮就是了。

在我的視線前方，芙蘭妹妹的身影消失了。

「來了。」

她用時空魔術做了傳送。但是只要事先知道，就可以設法因應。

我用最快速度離開原位。緊接著，我看到傳送過來的芙蘭妹妹追丟了我，顯得大驚失色。

然而，芙蘭妹妹沒有放棄。她眼中的鬥志毫無一絲動搖。

可能是併用了魔術與技能，她用快得嚇人的速度穿越鞭擊風暴往我殺來。

好快！超出了我的預測。真不愧是芙蘭妹妹！

「喝啊啊！」

鏗————！

我沒能躲掉劃來的劍尖，被她逼得使用了元素寵愛。這個距離對芙蘭妹妹大大有利，情況不妙。

「吁！」

嗚！與芙蘭妹妹同樣身纏黑雷的劍已經揮到眼前了！躲不掉！

「唔啊啊啊啊！」

＊

只差幾公分，我的劍刃迫近阿曼達的眼前——被彈開了。

『呃啊！』

「嗚呃……？」

阿曼達持續對擂台全域施展的廣範圍隨機攻擊，我們一直用物理攻擊無效抵擋到現在，導致魔力已經嚴重枯竭。

沒有魔力，物理攻擊無效當然就不會發動。

『嘎啊！』

我的劍身無法讓突然從旁來襲的衝擊失效，從中斷開變成了碎塊。

然後跟同樣遭受鞭子痛打的芙蘭，一起被打飛撞上結界。

「呃呼！」

讓劍身再生——不，現在更要緊的是芙蘭！

我感覺到溫熱的液體——芙蘭的血灑在我的劍身上。明明只有一瞬間挨了攻擊，真不知道到底被打了幾下？芙蘭全身上下劃滿不像被鞭笞的深深撕裂傷。

雖然無法再使用物理攻擊無效，但餘下的魔力還夠用上幾次恢復術。

『恢復術！』

一定要趕上啊！只要不是當場死亡，就還能設法挽回！

然而我的願望落空，被時光搖籃把時間倒轉回去的芙蘭映入我的眼簾。

「比賽開始才過了十秒！勝負竟然已經分曉——！究竟發生了什麼事！」

聽到主播口沫橫飛地放聲大叫，我才發現比賽到現在僅僅過了十秒。

「芙蘭選手才剛施展魔術，下一刻事情就發生了！嚇人的撞擊聲響徹四下，魔術被炸飛了！接著展開的攻防速度實在太快，我搞不清楚是怎麼回事！」

剛才那記攻擊要是能打中，我本來有自信能贏的。但阿曼達的鞭子遠比我們所想像的更快、更強力。

「然而兩者的攻防有多驚心動魄，看看擂台就一目瞭然！很明顯地擂台大半區域都被打成了碎塊，不留原形！短短十秒就變成這樣！」

主播說得對，擂台的慘狀令人不忍卒睹。一半以上都被打碎到不留痕跡，殘餘的部分也傷痕累累。可以清楚看出阿曼達使用的武技有多嚇人。

「……我輸了？」

『嗯。』

芙蘭一副還不太能跟上狀況的神情站起來，撿起了我。

畢竟從頭到尾她都無法還手，大概一點實際感受也沒有吧。

「這麼快？」

她輕聲低喃，環顧四周。

『是啊。』

芙蘭還在發愣時，阿曼達過來了。

「芙蘭妹妹！妳還好嗎？」

氣喘吁吁的。身為A級冒險者的阿曼達，竟然只不過是施展了一招鞭技就喘不過氣來？從阿曼達身上感覺到的魔力已降到一半以下。

但阿曼達也不管自己氣力消耗得多嚴重，忙著在芙蘭身上又拍又摸，問她：「有沒有受傷？」「有沒有哪裡會痛？」

畢竟阿曼達很喜歡小孩，一定是真的迫於無奈才會把芙蘭打個半死。神情當中甚至透露出一種悲痛。

為了安慰這樣的阿曼達，芙蘭做出有點像廣播體操的動作證明自己很好。這才終於讓阿曼達放下心來。

「芙蘭妹妹，妳變強了好多喔。剛才我差點就要輸了。不過，目前還是我比妳厲害。」

「嗯。」

「話是這麼說，但鞭子也被我搞成這樣了。」

阿曼達手裡的鞭子從中斷開，碎成片狀飛散了一地。像阿曼達這種層次的冒險者使用的鞭子，竟然被用到變成這樣。可見得剛才那招有多威猛。

也是啦，畢竟是用一發就能把擂台打出大洞的威力連續攻擊個幾十次嘛。芙蘭要是用我施展那種招式，我的耐久值大概也會在轉眼間歸零吧。

這怎麼看都不可能修好了。死在鞭下的芙蘭，則因為時光搖籃的效果而恢復到最佳狀態。我與防具都被徹底修復到比賽前的狀態。

但是，這種效果只適用於死亡的選手，勝利的一方仍然保持獲勝時的狀態。當然，武具也不會被修好。

阿曼達為了打贏芙蘭，不惜捨棄愛用的武器。大概這就表示她真心認同芙蘭的實力吧。

「看過半準決賽我就知道了。芙蘭妹妹，妳現在用起武器來比我更厲害。而且，妳還有那種速度與攻擊力。用一般方法跟妳交手一定會吃虧。」

那一場比賽就讓她看穿了這麼多啊。

「另外還有一件事。這也是我在半準決賽看出來的，芙蘭妹妹妳是不是擁有物理攻擊無效，或者是類似的能力？」

「呃——」

「啊，不用告訴我沒關係。不過，假如是這樣的話，妳跟科爾伯特的那場對戰就說得通了。只是，妳不能長期依賴這種超乎尋常的力量。縱容自己長期使用下去，總有一天會自尋毀滅的。」

也就是說每一件事她都安排好了？她是刻意迴避近身戰，從遠距離不斷攻擊我們，要讓我們耗盡魔力。原來從開始到最後都是照阿曼達的作戰進行。

我不認為我們的戰鬥力輸她，但是在洞察力與比賽戰略上卻一敗塗地。

可惡啊！只能說真不愧是經驗豐富的A級冒險者吧。

「我服輸了……」

「別這麼沮喪嘛。」

「我做的修行還不夠多。」

「芙蘭妹妹……」

看到芙蘭緊握我的劍柄低垂著頭，阿曼達顯得不知所措。阿曼達似乎誤以為芙蘭心情正在難過。

才怪，芙蘭最好是有那麼纖細。

「但是，下一場季軍賽，我一定會贏！」

她的確覺得遺憾，心情也很失落。但她輸了會反省敗因，當成下一場比賽的原動力而不是只會沮喪。

該說她態度樂觀，還是積極進取呢？總之芙蘭就這方面來說，個性是很適合當個戰士。

況且我看得出來，芙蘭她很開心。雖然阿曼達並非她的師傅或老師，但看到大前輩仍然是一堵難以跨越的高牆一定讓她很高興。我也不是不能體會這種心情，這會讓人覺得自己沒選錯作為目標的高山。

「加油！」

阿曼達像是鬆了一口氣，為芙蘭加油打氣。芙蘭也用笑容做回應。

「阿曼達也是，要拿冠軍。」

阿曼達不可能會否定這句話。

「嗯，我向妳保證！」

她把手繞過來抓緊芙蘭的肩膀，表情充滿幹勁地點了點頭。

「嗳，芙蘭妹妹，妳接下來有事嗎？我如果能跟芙蘭妹妹來場誓師大會的話，任何對手來我都不怕……」

「我要看下一場比賽，然後睡覺。」

「這樣啊……真可惜，但好吧。」

不只是阿曼達覺得遺憾，芙蘭也顯得滿遺憾的。但她應該很清楚自己的狀態。即使身體不覺得疲勞，精神疲勞還是有的，休息不能少。

但是，我們也需要下一個比賽對手的資訊。

我們決定留下來看比賽。只是不是在觀眾席，而是到豪華包廂觀賞。

其實是我們跟主辦單位拜託看看，結果人家幫我們準備了觀戰用的包廂。

阿曼達本來很想跟我們一起，但被主辦單位抓去討論明天的決賽了。所以其實根本就沒那閒工夫辦什麼誓師大會。可憐啊。

從包廂可以居高臨下俯視擂台。

「看得好清楚。」

『就是啊。』

芙蘭興奮雀躍地等候弗倫德對費爾姆斯的比賽開始。這可是兩大強者的對決，我也很期待。

觀眾給予入場選手的聲援比芙蘭她們登場時更熱烈。

兩人都很受歡迎，但似乎是身為現任冒險者的弗倫德人氣高一點？

當觀眾的熱烈情緒達到最高潮時，比賽宣布開始。

第二場比賽跟我們那場正好相反，演變成長時間的激鬥。

弗倫德射出的無數寶劍被費爾姆斯躲開，費爾姆斯的絲線又被劍切斷。

隨著寶劍與絲線在結界內四處衝撞上演驚心動魄的場面，看起來像是攻擊次數較多的費爾姆斯逐漸取得優勢，豈料——

弗倫德同時召喚的近百把魔劍在賽場內狂亂起舞，轉眼間就扭轉了戰局。

費爾姆斯雖也一邊用絲線纏住飛劍，一邊試著尋找反敗為勝的途徑，但似乎還是弗倫德的群劍壓力略勝一籌。

狂舞的刀光劍影將費爾姆斯逼入絕境，最後刺穿了他的身軀。

『季軍賽的對手確定是費爾姆斯了啊。』

雖然兩人都是強敵，但我也的確稍微鬆了口氣。因為弗倫德能夠複製碰過的魔劍，我有點不敢想像如果我被這傢伙碰到會發生什麼狀況。

『不過費爾姆斯也不好對付就是了。』

「絲線很厲害。」

不知道還能怎麼形容，真令人焦急。我們講到絲線這種武器完全是外行，只知道很厲害，卻無法完全理解對手施展的技巧。

「可是，我不會輸的。」

『我也沒打算認輸，一定要活用今天學到的教訓戰勝他。』

「嗯！」

＊

烏魯木特的後巷裡。

在這夜幕覆蓋的場所，一名女性像是被逼到走投無路般吼叫：

「可惡！可惡，可惡！要不是那個臭丫頭來攪局……！」

一名作魔術師打扮的年輕女性，發出滿懷嗟怨的怒罵聲。

原本應該是個美女，無奈凹陷的臉頰與濃重的黑眼圈糟蹋了她的美貌。

在黑暗中步履蹣跚的模樣，恍若四處徬徨的死靈。

「……該怎麼做……該怎麼做才好……怎樣才能得到那位大人的原諒……」

女子表情顯得心急如焚，嘴裡唸唸有詞。

「還沒完……！我不會在這種地方完蛋……！」

然後，女子的眼中透露出決心。

是那種做好最壞打算將要鋌而走險的人，所具有的陰鬱決心的色彩。

「那個臭丫頭的劍！只要能得到它……！」

＊

「今天一樣又是萬里晴空！是最適合武鬥大賽的好日子！本日的第一場比賽，由準決賽遺憾落敗的兩位選手爭奪季軍寶座！」

今天是最後一次聽這個主播妙語如珠的旁白了。一想到這個，就覺得好像有點依依不捨。該怎麼說呢？就像是慶典活動即將結束的感覺？

（師父，怎麼了？）

『沒有，只是覺得今天打完就沒了。』

（我要拿出全部實力。）

『說得好。』

（嗯！）

芙蘭臉上沒有半點落寞之情，幹勁十足地點頭。不像我還帶點雜念，她只看得見眼前即將與自己比試的費爾姆斯。

嗯——真可靠。

「從西邊登場的，是讓各位選手如臨大敵的C級冒險者，恐怕也是本屆大賽最爆紅的一位參賽者！儘管她那嬌小可愛的外貌是博得人氣的原因之一，但可別被她騙了！藏而不露的銳利獠牙，連A級冒險者都能咬死！今天是否又會讓我們見識到深暗雷電的威力呢～！」

這種盛大歡呼也是最後一次聽了。本來以為觀眾想看的是決賽，沒想到對芙蘭的加油聲浪也很熱情。

看來這場比賽也是眾所矚目。

好了，來看看費爾姆斯的狀態吧。前兩天重逢時，他說過目標是準決賽吧？現在目標算是達成了，會不會變得比較鬆懈？

「唔，他來了。」

芙蘭的視線前方，一位精瘦的男性出現在競技場上。

只要看上一眼，再不想承認也看得出來。

『很遺憾，他看起來好得很。』

慢慢往擂台走來的費爾姆斯，對芙蘭露出自然不做作的笑容。一點都感覺不出緊張的情緒。

但我看得出來，費爾姆斯絕對沒有半點鬆懈。

因為我一面對費爾姆斯，就感受到一股可怕的威懾壓力。

抱歉我形容得比較老套，要比喻的話大概就像白浪滔滔的大河吧。深不見底，波濤滾滾而落落大方。這個對手大意不得，光看一眼就讓人心生警惕。

不愧是擁有大賽三連霸紀錄，經驗老到的前A級冒險者。

（不遺憾。）

『對啦，對妳來說是這樣。』

如果費爾姆斯不是處於最佳狀態，她才會覺得遺憾。

「東邊是獵龍者費爾姆斯登場！雖說已經退出江湖，但實力不見衰退！遺憾的是已經在準決賽敗退，但往年的堅強實力猶存！」

費爾姆斯還是一樣裝備輕便。上下兩件看起來就只是白襯衫與黑長褲。要形容的話，差不多就像脫了西裝外套、變得比較休閒的管家？好吧，其實只是遠遠看起來像是這樣，衣服用的可是龍族素材，湊近一看也會看出內裡用鱗片做了補強。

「您好，一陣子沒見了。」

「嗯。」

「如果我說萬萬沒想到會在這裡與您對峙，會不會冒犯到您？」

「我也有一樣的想法。」

「哈哈哈，所以是彼此彼此了。」

因為我們本來以為會是羅伊斯晉級。不過就比賽看起來，費爾姆斯的實力是貨真價實。

最可怕的是，他將會使出操絲這種未知的武術。可以想像一定會運用前所未見的招式，以及無從想像的戰術來對付我們。

不只如此，我們的戰鬥經驗也大不如他。

能力值高過他的我們如果會輸，必定是敗在這一點上。實際上我們與阿曼達對決時，也是敗給了開場冷不防捨身放大絕這種違背常理的戰法。我們如果經驗再豐富一點，說不定也能破解那一招。

「一個是仍有成長空間的新生代最有潛力選手，一個是歷練老成的前A級冒險者！比賽究竟會鹿死誰手！」

「是我。」

「不不，是我才對。」

芙蘭舉起了劍，費爾姆斯也隨之輕輕舉起雙手。乍看之下像是赤手空拳，但他可是操線師。我想他應該會用這個架式將絲線擲向我們，操作著施展攻擊。

我試著鑑定費爾姆斯的雙手手套。看過至今的戰鬥其實就知道了，那雙皮手套裡其實藏有絲線。

名稱：王鯨鬚戰絲

攻擊力：100～489　保有魔力：500　耐久值：500

魔力傳導率：C～A

技能：時空屬性、閃光屬性、大海屬性、冰雪屬性

名稱：食龍蜘蛛戰絲
攻擊力：55～455　保有魔力：300　耐久值：700
魔力傳導率：D～B＋
技能：火焰屬性、砂塵屬性、大地屬性、暴風屬性、熔鐵屬性、雷鳴屬性

屬性種類多到驚人。難道是可以用不同絲線改變屬性？還有，攻擊力高低大概是取決於絲線的長度或粗細吧。

「好，雙方似乎都準備好了！」

芙蘭與費爾姆斯的視線互相交纏。

「那麼，季軍賽現在開始──！」

比賽一開始的瞬間，我們施放了早已準備好的魔術。

「雷霆電壓。」

『強風險象。』

『炫火波浪。』

『酸性猛毒。』

對付阿曼達時開場放魔術沒有成功。但我們認為這招對費爾姆斯會奏效。

雷鳴魔術是期望透過絲線讓他觸電。風魔術是單純覺得可以把它們吹散，火焰魔術則是也許

能將其燒燬。具有腐蝕效果的毒素魔術，當然也是想破壞絲線。

事實上，我們施放的魔術的確摧毀了一開場就丟過來的絲線，抵禦了攻擊。

然而接著射出的絲線，輕輕鬆鬆就打散了我們的魔術。

我看出絲線上有濃密的魔力流動。

看來只靠魔術還是不可能扳倒對手。

『我看還是得接近他才行。』

「嗯。」

既然費爾姆斯不把牽制用的魔術當一回事，拉開距離戰鬥就對他有利。

反過來說，假如雙方相隔了幾百公尺，以魔術進行遠距離砲擊應該很有效。但是以擂台這點小距離，而且又是被結界封鎖的戰場，能夠全方位變幻自如展開攻勢的絲線要棘手得多了。

既然如此，就用絲線想必比較難以運用的近身戰決勝負。

這是我們下的決定。

我們沒裝備物理攻擊無效。因為經過與阿曼達的對決，我們已經領教過攻擊頻率高的對手的危險性。

（先接近他再說。）

『沒錯。』

為此必須鑽過那堆絲線才行。換言之，我們需要比費爾姆斯的絲線更快的速度。

「閃華迅雷！」

「唔！」

身纏黑雷的芙蘭一口氣加速，逼近費爾姆斯。

看到芙蘭急遽加速，費爾姆斯輕呼了一聲。

費爾姆斯應該也有看古德韃魯法那場比賽，並且把芙蘭當時施展的閃華迅雷記在腦子裡。但是從觀眾席看見，跟眼前實際體會恐怕是兩回事。

現在的芙蘭就是如此之快。

費爾姆斯操縱目前為止最多的絲線想迎擊，但我們不會停下來。

而且躲開絲線的方法，可不是只能神速閃避。

（師父，執行作戰！）

『好！次元轉移！』

『短距跳躍。』

作戰的前提是傳送位置會被猜中。

我們事先料到這點，所以併用次元轉移消除傳送後的破綻。這種時空魔術可以穿透任何魔術加以防禦。儘管發動時間僅有數秒，但夠用來彌補傳送後的破綻了。

果不其然，我們一傳送到費爾姆斯的正上方就被來自四面的整束絲線襲擊，好像早就知道我們會來似的。

但是這些絲線都直接穿透芙蘭，沒能捉住她。

「唔！果然會用時空魔術……！是次元轉移嗎！」

才用一次就被看穿了！想必是本來就對時空魔術有所了解吧。老練的冒險者果然難對付！

「喝啊啊啊！」

芙蘭把我舉至大上段位置劈砍下去。

然而，費爾姆斯似乎連被靠近時的狀況都演練過了。

密布於老人周圍的絲線結界，化解並阻止了我的攻擊。即使每一根絲線並不堅韌，經過魔力強化的絲線幾十根搓成一條仍然能減緩衝擊力，連劍都擋得下來。

而且對付絲線這種未知的武器，也使得我們無法活用技能等級高過對手的優勢。縱然芙蘭會用劍王術，也不可能徹底看穿前所未見的攻擊。

『但是，我們的攻勢現在才要開始！』

芙蘭以閃華迅雷纏繞己身的黑雷，也傳導給我的劍身了。只要砍中對手就能用黑雷進行電擊，造成傷害。

當然，黑雷也沿著與我接觸的絲線飛去。黑雷就這樣透過絲線擊中費爾姆斯——但事情不如我所料。

「沒用的。」

「唔！」

想不到流入絲線的黑雷，竟然還沒搆到費爾姆斯，威力就被抵消殆盡了。看來應該是用大量絲線讓黑雷分流散開了。

芙蘭一邊掃掉反擊射來的絲線，一邊繼續揮劍砍去。但是，果然還是被絲線結界擋下斬擊，黑雷也分散到空中或地面去了。

沒想到竟然會被破解得這麼徹底！

（再來一次！）

『次元轉移。』

『短距跳躍。』

『創造複數分身！』

我們再次於傳送後斬向對手。

不過，這次我們先變出分身，嘗試擾亂對手。雖然分身大概會被瞬殺，但無所謂。跟幻影不同，分身是有實體的，費爾姆斯想必也不能視若無睹。

以前看到自己的分身被打倒會讓我心裡不太舒服，但最近可能是漸漸習慣了，看了也不覺得有怎樣。在地下城嘗試的時候也是這樣。

然而創造出來的三個分身，卻呈現不同於我們想像的外形。

「嗯？」

『咦？』

名稱：分身

攻擊力：１００　保有魔力：５０　耐久值：１００

魔力傳導率：Ｃ

原以為會創造出如同我生前模樣的分身，結果卻是跟現在的我一模一樣的劍。感覺就像我的維妙維肖的複製品。

不過雖然出乎預料，但似乎還是成功引開了費爾姆斯的注意。我看見他的視線轉向了周圍突然出現的劍。

現在就先不管分身為什麼會是劍的外形了，晚點再驗證就好。

『去吧！』

我使用念動力，讓這些複製品急速飛向費爾姆斯。目的不是要砍傷他，所以與其說是飛去不如說是墜落更貼切。

費爾姆斯不敢大意，用絲線橫掃這些複製品。

耐久值瞬間扣光，劍消失了。但已成功引開了費爾姆斯的注意。

費爾姆斯與身懷操劍功夫的弗倫德交手之後落敗，對我們來說運氣很好。這似乎讓他不必要地過度提防那些複製品。有那麼一個瞬間，費爾姆斯的意識幾乎都放在複製品上而不是我們。

「吁！」

『看招！』

這是閃華迅雷與複數魔術並用，本日最快的一招攻擊。芙蘭用次元轉移穿過費爾姆斯的絲線結界，直線衝過最短距離。

費爾姆斯再厲害也沒能完全反應過來。我們沒錯失這個瞬間，發動了攻擊。

「怎麼會！」

費爾姆斯轉身閃躲沒被直接打中，但手臂微微濺血。傷口不深，但我可是發動了魔毒牙。不過費爾姆斯擁有異常狀態抗性，傷害量不值得期待就是。

用魔毒牙的目的不是打傷費爾姆斯，只是期望盡可能讓他分心。因為操縱這麼多的絲線，應該會需要相當高度的專注力。

「喝啊啊！」

芙蘭沒錯過此一良機，乘勝追擊。這個距離果然對芙蘭有利，每當我的劍刃閃過，都會在費爾姆斯身上留下不淺的傷口。費爾姆斯往後跳開，似乎想拉開距離。不想打近身戰嗎？

我就知道從這種距離可以找出活路——

『等等，芙蘭！』

「唔！」

說時遲那時快，芙蘭正想追著費爾姆斯向前衝，腳下忽然如噴泉般射出了絲線。奔竄的絲線如觸手般扭動，襲向芙蘭想纏住她。看樣子是用絲線設置了類似陷阱的機關，只要碰到特定的絲線就會啟動。想必是為近身戰做的防備吧，我們就這樣上鉤了。

是因為用陷阱感知在前一刻察覺到，才沒被直接擊中。但是，今後恐怕需要更多一層的戒備了。費爾姆斯的陷阱設置技能等級很高，啟動用的絲線又細得不容易看見。

而且趁著我們閃避的空檔，距離又被拉開了。

都用上了會削減生命力的閃華迅雷，還使用多次很吃魔力的時空魔術，搞半天竟然只傷了他那麼一點！

絲線這玩意兒比想像中棘手多了！

「再來一次！」

『好！』

我們頻繁使用次元轉移進行高速衝刺。費爾姆斯當然也試著拉開距離，但是遇到了一個阻力。

『小漆！』

「嘎嚕嚕！」

「什……！」

小漆從費爾姆斯的影子裡探出頭來，咬住了他的腳踝。

小漆再厲害也不可能連連躲開無數的絲線。於是我們這次的作戰是讓牠潛藏於影子裡，等到機會來臨才讓牠攻擊。費爾姆斯應該也知道小漆的情報，但可能是之前牠一直匿跡潛形的關係，讓他忘了小漆的存在。

芙蘭想趁機攻擊，豈料費爾姆斯的防禦超乎想像地難纏。

「啊嗚！」

「小漆！」

意想不到的是，小漆的臉孔霎時被割得傷痕累累，噴出大量鮮血。看來是事先設下了隱形絲線，把小漆的臉劃花了。即使是小漆這樣的狼，也因為眼球被割瞎而痛得鬆口。

『小漆！逃進影子裡！』

「咕嗚……」

閃避能力強但防禦力偏低的小漆，對付費爾姆斯太吃力了。一根絲線就能把牠傷成那樣，看來這次都別讓小漆直接攻擊他比較好。

「哼！」

眼看芙蘭仍然緊追不放，費爾姆斯可能是想攔阻她，右手振臂一揮。霎時間絲線壁壘一口氣迫近而來。

（師父！）

『知道！』

我們趕緊用傳送躲過絲線攻擊，然後順勢衝向費爾姆斯——又急忙跳離原位。

「呃嗚！」

『什麼時候設置的陷阱！』

跟剛才完全一樣。地面不知何時設置了絲線，一碰到的瞬間就撲向芙蘭。

也就是說費爾姆斯沒有攻擊動作的左手，並不是就這麼擺著不動。

仔細一瞧，不同於大動作揮來揮去的右手，左手只有手指不停地做出細微動作。我也不是全部都看懂，但既然陷阱感知不斷做出強烈反應，那隻左手應該是在設置陷阱等機關。

『真棘手……！連絲線一起攻擊好了！』

（嗯！）

不是躲避絲線，而是連絲線一起燒掉了事。

「煉獄爆烈。」

『煉獄爆烈！』

『煉獄爆烈！』

『煉獄爆烈！』

我們往一處集中施放火焰魔術。高密度的火柱互相交纏，形成一道地獄烈火襲向費爾姆斯。就是模仿播報員小姐在那次對付巫妖時，用過的魔術集中一點運用法。雖然還稱不上技術純熟，但至少已經能靠加成作用強化威力以提升穿透力。

凶惡的火焰大蛇一如我們的期待，一邊把碰到的絲線燒成灰一邊向前飛衝。

繼續飛過去就能打個正著！

「呼喔喔！」

然而，費爾姆斯用一種驚人的方法阻擋了這招。我們也料到他會用整束絲線連續撞向火焰嘗試減弱火勢。但令人震驚的是，接著他竟然自己衝向了火焰。

「嗨咿呀——！」

然後，毫不遲疑地筆直伸出他的右手。

就算說威力稍有減弱，這可是火焰魔術四發交纏的超強猛火耶！難道他想拿手臂當犧牲，來個玉石俱焚？

然而把我們的驚愕拋在一邊，費爾姆斯的拳頭輕輕鬆鬆就撲滅了火焰。

仔細一瞧，那隻手上纏繞了好幾層的絲線，變得就像手套或臂鎧一樣。費爾姆斯原本就具有高等級火焰抗性，又用附加了強效火焰抗性的魔絲纏在手上，想必獲得了超乎想像的火焰抗性。

「我的綽號可是獵龍者，對龍族吐息自然做好了完善對策。」

有道理。經他這麼一說，這招魔術的確跟龍的吐息沒兩樣。對於習慣與龍交手的費爾姆斯來說，這種攻擊當然很容易應付了。

既然如此，那就用風。我們如此心想，開始施展風魔術。

「風刃術。」

『龍捲騎槍。』

『強風險象。』

『六角龍捲。』

但是不出所料，又被費爾姆斯輕鬆破解了。他一面把遍布四周的絲線變成網狀減弱風勢，一面又用絲線壁壘把風誘導到遠離費爾姆斯的方向。

仔細想想，也有的龍會用翅膀颳起暴風，或是吐出狂風氣息。這大概也是費爾姆斯慣於應付的攻擊吧。

火與風都被防住了。其餘魔術等級高到有可能對費爾姆斯生效的，就只有雷鳴魔術與時空魔術了。

『先試時空魔術。』

話雖如此，時空魔術幾乎沒有可用來攻擊的法術。唯一可能有效的，就是名為次元劍的法術。問題是它的射程非常短，是近戰專用的法術。

我們連續傳送抓住破綻接近費爾姆斯，然後使出了次元劍。

次元劍是一種會穿透物體，只砍開目標位置的法術。雖然能夠貫穿所有防御，但範圍極小射程又短，施放之後還不能變更設定的範圍，所以對手只要動一下就會打偏，是使用上相當需要技巧的法術。

但費爾姆斯屬於待在原位攔截攻擊的類型，我本來有十成把握能打中……

「這招我已經看過了。」

「嘖！」

『挖土術！』

「這也在我的預料之內。」

不愧是歷練老成的前冒險者，似乎只瞧一眼就看穿了次元劍的效果。被他輕輕鬆鬆躲掉了。

我想設法妨礙費爾姆斯的行動，在他跳開躲避的落地位置用土魔術挖了陷坑，但他卻在腳下拉起大量絲線做出立足處，悠然自得地站在洞穴上。

「再來換我了！」

『不妙！』

「唔，絲線好礙事！」

遍布擂台各處的絲線一齊像蛇一樣抬頭，潮水般地襲來。細線互相纏繞，化為長槍從四面八方突刺過來。要是被打中，威力恐怕強到可以刺穿鐵甲。

但真正棘手的不是高威力的絲線長槍，而是隱藏在長槍中悄悄逼近的細線。它們再細也是帶有費爾姆斯魔力的絲線，要剁掉一兩條手臂不是問題。而且隱密性又高得離譜。

目前還能用障壁擋掉，但一刻都大意不得。

『芙蘭，拖得越久只會對我們越不利。那傢伙的絲線完全沒減少，我看最好當成只要有魔力就能不斷地變出來。』

（嗯！知道了。）

我們明明已經燒掉、砍斷或毀掉了相當多的絲線，費爾姆斯操縱的絲線卻完全不見減少。不知是魔絲生成還是絲線裝備的效果，總之就是能夠重新變出絲線。而且好像連切斷離手的絲線也能操縱，結界內的絲線越多，費爾姆斯的攻擊似乎越是千變萬化。

（師父，我要用雷鳴魔術。）

『好。』

雷鳴魔術是會被分散沒錯，但應該也有個極限。我們打算施展雷霆電壓完全無法比擬的超大雷擊，連同絲線防護一併炸爛。

雖然黑雷招來也有可能造成傷害，但用了那招之後覺醒會自動解除，是最後手段。況且那招的威力太過集中，攻擊範圍不是很大。

這時用範圍廣大，讓人無處可逃的攻擊會更有效。

『雷神之鎚！』

8級雷鳴魔術，雷神之鎚。這是高威力的中範圍魔術。雖然範圍說不上大，但用在這個大小的擂台上足夠涵蓋全域了。

「唔！」

『連絲線一併炸飛！』

擂台上空描繪出巨大的魔法陣，從中降下足以覆蓋整個擂台的特大號雷擊。它將會像雷神揮動的鐵鎚那樣，把萬物擊潰壓扁。

芙蘭具有雷鳴抗性，而我可以使用次元轉移，只有費爾姆斯會被雷鳴燒成焦炭。本來應該是這樣的……

「……！」

『真的假的啊！』

我們看見了令人無法置信的光景，不禁發出今天不知是第幾次的驚叫。

超高密度的雷電一碰到細線的瞬間，居然一口氣紛亂四散，轉眼間消失得不留痕跡。

『那可是高階的雷鳴魔術耶！』

「這是專門用來對付雷龍的結界，可沒那麼簡單就能打破喔。」

所以連雷鳴魔術對策也萬無一失就對了！還拿雷龍來跟我們比，我哪知道牠有多厲害啊！

但是，龍族應該是什麼屬性都有。也就是說，魔術對他幾乎都不管用嗎？

「千絲海嘯！」

芙蘭失去攻擊手段，不禁在片刻之間停下了腳步。抓住這破綻，費爾姆斯操縱的絲線恰如巨大海浪，化作高牆往我們當頭壓來。

該用傳送逃走嗎？還是用魔術或劍技打穿？

（我要衝破它！）

『了解。次元劍！』

見我們一刻也沒停下來，用時空魔術穿越絲線壁壘來到面前，費爾姆斯面露驚訝的表情。雖然比傳送難控制，但用這招法術不會留下破綻。

費爾姆斯看到芙蘭從眼前倏然出現的洞口一躍而出，立刻想拉開距離，但已經來不及了。

「喝啊啊啊！」

芙蘭揮劍橫掃，深深切開了費爾姆斯的胴體。

但異常的觸感讓我不禁叫出聲來。輕薄乾燥的手感，完全不像是砍到了人體。

『這是……！』

「唔？」

『化形嗎！』

費爾姆斯身上噴出大量的血液——錯了，是無數的絲線。想不到我們砍中的竟是絲線做成的人偶。它精緻到用魔力偽裝氣息，還披起了幻影般的外皮。沒想到竟然能用絲線壁壘遮住我們視野的一瞬間工夫，做出如此精巧的替身。

我們砍開來襲的絲線，探尋氣息。費爾姆斯在——背後！

咻咻！

費爾姆斯從我們正後方倏然現身，手中生出絲線纏住芙蘭的脖子。儘管只是幾根絲線，讓費爾姆斯操縱起來要砍下人的腦袋易如反掌。

「啊！」

芙蘭頭也不回地當場蹲下躲開絲線，同時急忙反手握住我。然後動作流暢地把我從右腋下往後刺去。

「什麼！」

我以為是一記完全攻其不備的反擊，豈料費爾姆斯身子一扭就躲開了。反而還順勢一轉身，用像是揮出反手拳的動作再度將絲線扔向芙蘭。

「嗯！」

芙蘭利用轉身向前的動作掃開這些絲線，進一步踏向對手。然而，費爾姆斯可不是省油的燈，竟已神不知鬼不覺地在腳邊設下絲線，芙蘭踩到絲線，動作被阻礙了短短一瞬間。幸好有障壁阻擋傷害，否則通常來講腳底已經開花了。

芙蘭單手將我一挺刺去，但費爾姆斯用凌波舞者般的上半身後仰姿勢有驚無險地躲掉。不過，就不信你還能有下一步動作。芙蘭即刻對準胴體劈砍過去。

他試著直接往後倒下，但這記攻擊他別想躲。

可是，就在我陷入對手胴體的下一刻，費爾姆斯的身體做出了不合常理的動作。他居然維持著上半身後仰的姿勢，冷不防地往右邊跳去。四肢看起來也沒使力，毫無前兆地，就這麼高速往側面滑開了。

仔細一瞧，他身上纏著絲線。大概是用絲線把自己往右邊拉了吧。

『但是，確實有砍中一劍。』

「嗯！」

儘管沒能把他劈成兩半，但我感覺得出來有傷及內臟。雖然屬性劍・雷鳴被絲線無效化了，斬擊可是有突破防禦。

「嘎哈……百絲血帶。」

『喂喂，絲線這玩意兒到底是有多萬能啦。』

費爾姆斯操縱絲線，把不斷噴血的胴體一圈圈捆起來。雖然似乎不能在戰鬥中縫合，但最起碼可以堵住傷口暫時止血。

費爾姆斯擁有痛覺無效。只要做了止血，對戰鬥就不會有太大影響。而且今天費爾姆斯裝備的不是毒素無效手環，是生命力回復手環。不用多久的工夫傷口就會癒合了。

然而，費爾姆斯也許是重新體認到近身戰的危險性了，大動作跳躍拉開了距離。

「果然有一套。」

「你才是！」

就在芙蘭雙腳使力準備再次接近費爾姆斯時，狀況發生了。

「我要用這個距離穩定地削減妳的體力。」

費爾姆斯讓魔力匯聚於雙手的手指。費爾姆斯運用絲線的方式，經常是透過絲網讓魔力薄薄地遍布整座擂台。今天是他頭一次把魔力集中到這麼小的一點上。

『大招要來了！』

「嗯！」

「萬絲操操！四元之陣！」

費爾姆斯手臂在胸前擺出交叉架式，接著往左右兩邊猛地一揮。只見遍布擂台的所有絲線一齊蠢動，接二連三地往芙蘭飛來。豈止如此，每條絲線似乎都分別附加了地水火風四種屬性之一。纏上各色魔力的絲線，看上去簡直像是奔流不息的彩虹。

每一擊都具備下級魔術般威力的絲線，把空間擠得水洩不通地狂亂飛舞。

我們只能不停地躲避攻擊，但實在不可能全數抵擋。

「嗚啊！」

『恢復術！』

「喝啊啊！」

『短距跳躍！』

有時用魔術焚燒，有時以劍砍開，又用上回復魔術與傳送，勉強抵擋接連而來的攻擊。雖然躲過了致命傷，但我們的魔力每分每秒都在流失。

然而，魔力即將見底的不只有我們。

施展規模這麼浩蕩的大招，費爾姆斯的魔力消耗也很激烈。

應該解除閃華迅雷，採用持久戰術嗎？絲線每一擊的威力似乎不算太強，只要一面療傷一面閃躲攻擊，費爾姆斯應該會比我們先用盡力氣。

就在這時，狀況生變了。

「啊嗚！」

『怎……！大恢復術！』

芙蘭的腳忽然被砍出了一道極深的傷口。我立刻幫她療傷，但接著又受到手臂差點被砍斷的重傷。

「發生什——嗚啊！」

『大、大恢復術！』

發、發生什麼事了？而且障壁都沒起反應。也就是說，是無視於障壁的攻擊嗎？

我不知道其中藏了什麼機關，只知道這種謎樣的攻擊很危險！

『次元轉移！』

我使用時空魔術，一心只想離開原處。沒想到卻發生了令人無法置信的現象。

「嗚唔！」

『恢、恢復術！』

芙蘭的臉頰被割出了淺淺的傷口。我不會看錯，她的臉頰確實被割傷了。我們正在使用次元轉移耶？已經不是穿過障壁那麼簡單的事了！

我想看穿攻擊的原理，把探知能力開到最大對四周提高戒備。

結果我感應到，有幾條線穿透我們往四面張開的障壁或其他絲線襲向我們。

看來這些絲線具有與我的次元劍相近的特性。

這時我想起了剛才鑑定過的絲線效果。

原來是王鯨戰絲的時空屬性啊！看來對絲線附加時空屬性，可以讓它獲得穿透物質與無視防禦的效果。

「障壁沒用。」

『是啊。』

在四面八方被無數絲線包圍的狀態下，要持續躲過時空屬性的絲線是不可能的事。次元轉移也不具意義。

看他沒有在我們轉移之後立刻發動攻擊，也許要在一瞬間內生成這種絲線並不容易。但我也有可能猜錯。

萬一就這樣慢慢被時空屬性絲線團團包圍呢？我們將會毫無防禦手段，只能等著被碎屍萬段。碰上時空屬性絲線，傳送可能做了也是白做。

沒時間慢慢猶豫了。

（師父！我要使出殺手鐧！）

『好，一決勝負吧！』

既然時間經過越久對我們越不利，唯一的路就是把一切賭在下一次攻擊上。

我們一面設法撐過費爾姆斯變得更激烈的攻勢，一面專心一意地精煉魔力。多虧劍王術提升了接招技巧，還在地下城鍛鍊過察知系技能，才能讓我們自始至終免於遭受致命傷。

芙蘭的氣力被削減，我的魔力也毫不客氣地不斷流失。即使如此，我們還是繼續累積力量。

再怎麼樣零零星星地攻擊費爾姆斯，都收不到效果。只會被絲線結界擋掉。費爾姆斯的絲線原本就有超高強度，又以極高的魔力傳導率見長。而這些絲線搓成一束，更是進一步提升了強度。然後這些絲線層層遍布各處，碰上任何攻擊都有辦法應付。

堪稱絲線結界，或者是城牆。

既然如此，就只能施展任何防禦都無法徹底擋下，不把遍布四周的結界當一回事的超大威力攻擊了。

『芙蘭！』

（師父，準備好了？）

『嗯，讓妳久等了。』

聽我這麼說，芙蘭儘管全身是傷仍面露洋溢鬥志的笑容。此時的芙蘭散發的可怕氣勢，連費爾姆斯看了都不禁略為提高戒備。

如果這招還不能收拾掉他，我們就輸定了。但是，能夠毫無保留盡情攻擊或許讓芙蘭忘了勝負。能跟如此強手交戰的幸運，以及能夠使出渾身解數的爽快感與亢奮感全部融為一體，提高了芙蘭的鬥志。

『小漆，你可以去躲起來了。』

（嗷。）

（那麼，我要出手嘍？）

『好，上吧！』

於是我解放了精煉完成的魔力，發動了那招魔術。

『喝啊啊啊！阿澄雷神！』

這項法術由於實在太難控制，施放的瞬間會無暇旁顧。

我是將並列思考技能開到最大又將所有計算資源全用來控制魔術，才能勉強施展而不至於讓魔術失控。

不過，這也是理所當然。

我準備施放的是最高階級的雷鳴魔術。是技能等級升到Ｍａｘ所學會的，這世上最強的雷鳴魔術。

龐大過度的魔力從我體內流出，魔術就此完成。

嘎吼喔喔喔吼喔喔喔喔喔喔吼喔喔——！

宛如雷龍自天界降臨地表，伴隨著恰如神龍咆哮的轟然巨響，威猛白雷劈打在擂台上。

讓人懷疑這是否還能算在魔術的範疇內，正可謂超越自然災害的光景。

這就是阿澄雷神，雷鳴魔術的巔峰。

魔力的消耗更是龐大，就算將雷鳴魔術練到爐火純青，我仍然懷疑有任何人類能使用這招法術。我看不是魔力不足，就是大腦被燒燬吧？至少芙蘭就沒辦法將這招法術運用自如。魔力可以用我的沒關係，但輸出控制太不穩定沒辦法發揮十全力量。而且還多了一個嚴重頭痛弄到她動彈不得。目前要在戰鬥中使用恐怕是不可能的。

「嗚呃啊啊！」

費爾姆斯的聲音開始顯露出焦躁。一看，他引以為傲的絲線結界瞬間起火燃燒，無法完全分散的雷電啪滋啪滋地引發了放電現象。我是覺得費爾姆斯的絲線竟能一瞬間接下這招魔術已經很驚人了……

「黑雷招來！」

但緊接著芙蘭射出的黑雷砲彈也命中了。絲線結界被阿澄雷神咬破，早已千瘡百孔。其實光靠阿澄雷神繼續進攻就能扳倒他了，他已經不剩半點餘力能用來抵擋黑雷。

「嗚唔呃啊啊啊啊啊啊……………──」

白黑雙雷互相交融，終於吞沒了費爾姆斯。

比使用黑雷對付古德韃魯法之後多出了數倍的衝擊，把我們再次震飛出去。芙蘭像樹葉一樣被吹上半空，全身狠狠撞上結界嘔出鮮血。

「嘎哈！」

『長距跳躍！』

我勉強集中意識，發動了長距離傳送。

傳送位置為擂台的高空遠處。

「……嗚……恢復術！」

『妳沒事吧？』

「還過……得去。」

自爆傷害太嚴重了。我就知道不該在那麼狹小的結界裡使出那招。

我們一邊自然墜落一邊俯視擂台，可以看到結界內發出黑白混雜的亮光。由於雷電還在激烈地四處翻騰，完全看不見結界內的狀況。

（好險。）

『的確。要是待在結界裡，我們可能會先死。』

在對付古德韃魯法之前，我們已經想過能不能使用阿澄雷神與黑雷招來的組合技，但覺得在封閉空間內會波及到自己就放棄了。

然而在對付古德韃魯法時看到小漆可以逃出結界，我們才想到可以用傳送逃到結界外面。後來我們查過比賽規定，得知只要不碰到地面，逃出結界並不會被判定為出界落敗。

退避到結界外，還可以反過來用結界保護我們不受波及。

我本來是這麼以為的——

「師父！你看！」

『真的假的啊！結界要被……！』

我看到視野下方的結界正在膨脹，就好像看著一顆氣球即將漲破。結界外側有電流在啪滋啪滋作響。怎麼看起來好像不太妙？

（師父，能不能想想辦法？）

『要我想辦法……不，等等喔。次元門！』

我連接了結界的內外空間。在結界內無處可去瘋狂打轉的雷電與暴風，從我在結界頂部開啟的時空洞口以迅猛得嚇人的速度向外噴出。

然而，這樣還是沒能阻止結界繼續膨脹。雖然膨脹速度多少變慢了一點……看來是晚了一步。

然後我們擔心的狀況成真了。

轟轟轟嗡嗡嗡——————！

結界由內向外爆開來了。

伴隨著震破大氣的爆炸聲，暴風往觀眾席猛烈吹襲。

「呀啊啊啊！」

「咿咿咿咿！」

「救、救命啊！」

這才叫真正的地獄呻吟。來不及逃生的觀眾們唯一能做的，就是抓住椅子不放。

不過唯一值得慶幸的是結界是往上方爆開，使得雷電全數往上空釋放，沒對觀眾席造成危害。暴風也大半都吹向上空，吹襲觀眾席的風力頂多只有颱風級。不過風還是相當大，如果是小孩的話已經被吹走了。

後來我們才聽說，這時候的光景看起來簡直像一棵光之巨樹從競技場拔地而起。大概是升向天際的那好幾道雷電給人這種印象吧。

一時消失的結界隨即用魔道具重新張開，碎瓦砂礫什麼的好像也沒有造成太大災害。照這樣看來，應該不會發生我們原本擔心的那種死傷者無數的嚴重慘劇。

『剛、剛才真是危險。』

「嗯，要反省。」

她大概也覺得太過火了。

『好吧，現在還是想想怎麼落地最要緊。』

「師父還有餘力嗎？」

『魔力幾乎都用光了，頂多只能在落地的前一刻用念動減少墜落的力道。』

「這樣就夠了。」

我的魔力即將見底，無法再用念動慢慢降落。芙蘭的覺醒也已經解除，幾乎沒剩下多少魔力。

就在即將狠狠撞上新張開的結界的前一刻，我們用念動與風魔術在短短一瞬間內讓墜落減速，芙蘭這才終於降落站在結界上面。還好沒事。雖然多少吃了點衝擊波，但似乎只有稍微弄痛手腳而已。

「呼……」

『好，來看看費爾姆斯怎麼樣了吧。』

總不可能還活著吧？

從結界上方往正下方一看，原本那個擂台已經消失得了無痕跡。應該說一大塊地面都不見了，開出一個深入地底的撞擊坑。

簡直像是開一輛工程重機，把結界內部的地面整塊挖了起來似的。

「這是……現在這個狀況是～！我的天啊！這是人類的能耐嗎？我長年擔任大賽主播，還是第一次遇到這麼令我震驚的狀況！雖然只有一瞬間，但結界竟然被人從內部打破了～！」

哦哦，真是主播的好榜樣！觀眾都還驚魂未定，主播卻第一個鎮定下來開始講解賽況了。

「而且，這也是我第一次看到這麼悽慘的場面！誰能想像到這竟是年僅十二歲的少女造成的狀況～！」

觀眾席的狀況一團亂。有人在哭，有人在發呆，有人不知道發生了什麼事情只想逃走，完全是一片混亂。大家唯一相同的地方就是髮型都被風吹得亂七八糟。

不過，聽到主播的聲音似乎終於讓他們回過神來了。觀眾席逐漸恢復平靜。他們的視線全都朝向擂台。

恢復冷靜之後，接著一定很想知道發生了什麼事，比賽結果又是如何吧。

「哇——大家看看大洞的中央！費爾姆斯選手在時光搖籃的效果下復活了～！看來厲害如獵龍者也撐不過這場天雷！季軍賽確定由名不虛立的雷電高手，新生代力量黑雷姬芙蘭獲勝～！」

好啊————！

主播一宣布贏家之後，觀眾席發出祝福般的盛大歡呼。

觀眾膽子會不會太大了一點？剛才差點被我們的攻擊打死，現在竟然開始給予芙蘭熱烈的喝采。好吧，總比引來大家恐懼的目光來得好。或許大家把這當成刺激感十足的娛樂設施了吧。

『總之先下到地面再說吧。』

「嗯。小漆。」

「嗷！」

可能是因為在戰鬥中沒有表現機會，至少想趁現在幫點忙吧，小漆從影子裡一躍而出，幹勁十足地迅速趴到地上。芙蘭騎到小漆背上。

看到芙蘭騎著巨狼馳騁於天空，觀眾更加熱情澎湃了。而且小漆聽到歡呼還得意忘形起來，開始在結界周圍繞圈奔馳。而這又引來了觀眾更多的喝采。

好吧，畢竟看起來真的很帥。

『芙蘭，跟大家揮揮手吧。』

「嗯？這樣？」

芙蘭照我說的隨便一揮手，頓時引發一片如雷的歡呼。簡直跟偶像明星的演唱會沒兩樣。

「芙蘭小妹妹～！」

「黑雷姬小姐——！」

「做我的妹妹吧！」

還真的跟偶像一樣受歡迎。嗯嗯，誰教我家芙蘭這麼可愛呢？但是，休想收她做妹妹。是說擂台都沒了，我們該降落到哪裡才好？雖然是我們自己把它炸掉的。

『話又說回來，這下決賽會變成什麼狀況？』

三小時後，我擔心的狀況成真了。

芙蘭與費爾姆斯的對決結束後，決賽臨時延後了一段時間才開打。

本來是一小時後就會舉行決賽……但為了填平我們炸出的大洞並修復擂台，似乎耗費了相當多的時間。

我們居高臨下，俯視大地魔術師與矮人工匠等人員全體出動，按部就班把擂台修好的模樣。

話雖如此，我們並不是飛在空中。

「就快開始了吧。」

「嗯。」

「妳還在吃啊？」

「偶還奧茲。」

「好啦，知道了知道了。妳愛吃多少就吃多少。」

我們又被叫到獸王的貴賓室了。本來是想打聲招呼就立刻告辭的……

誰知道可能是他們發現可以用食物吸引芙蘭，貴賓室裡準備了豪華的自助餐。聽到他們說愛吃多少都沒關係，芙蘭當然無法抗拒誘惑。

芙蘭就這樣徹底中了獸王等人的奸計，答應跟他們一起在貴賓室看決賽。好啦，其實也不會怎樣。反正獸王似乎是個明理人，而且已經知道他不是壞人了。

再說，他們這樣做好像是為了芙蘭著想。

芙蘭如今是轟動一時的人物。特別是對於獸人族來說，她的價值並不局限於高強的實力。

畢竟她明明身為一般認為不能進化的黑貓族，卻成功達成了進化。

在這會場裡的所有獸人，一定都很想跟芙蘭聊聊。前幾天是因為還有比賽所有大家都很安分，但現在排名已經確定了。視情況而定，其他獸人甚至可能紛紛跑來圍堵芙蘭。

其中說不定會有些傢伙仗著貴族階級高了點，就對芙蘭做出逾矩的行為。不管在哪個國家或世界，總是少不了一些白痴笨蛋。

那麼如果獸王跟芙蘭待在一起呢？

總不至於還有人笨到敢在君王面前亂來吧。會濫用權力的人，總是不敢反抗比自己更大的威權。

而獸王想必也不只是欣賞芙蘭。芙蘭是達成進化的黑貓族，獸王應該明白她有多大的利用價值。我想他不會樂意讓一些白痴貴族搞得芙蘭對獸人國抱持反感。

反過來說，跟芙蘭打好關係也有可能讓別人覺得：「獸王陛下果然英明！」反正對我們來說也大有好處，現在就多少讓他利用一下吧。

我不知道芙蘭考慮得有多深，總之她身為全世界唯一能夠進化的黑貓族，一定會受人矚目。視情況而定說不定還會被捲入一些麻煩。

但我們還是決定在武鬥大賽公然進化引人注目，是因為芙蘭希望如此。只要這場大賽的消息傳出去，也許能改善世人對黑貓族的態度。

就是因為這樣，她才會不怕引人注目，當著眾人面前使用了覺醒。為的就是盡可能提升黑貓族的地位。儘管這麼一來有可能導致她被國家或貴族盯上，但是一旦得知她與獸王交好，或許可以嚇阻各國不敢輕舉妄動。所以趁現在結交獸王這個人脈不是件壞事。

「幫妳拿來了。」

「嗯，謝謝。」

不知為何古德韃魯法把芙蘭伺候得服服貼貼的。

他跑去廚房幫芙蘭拿她說想再吃一點的烤肉，又幫小漆準備了生肉，簡直跟隨從沒兩樣。

問他為什麼，他說芙蘭既是十始族又贏過了他，不能有所怠慢。還有，黑貓族的琪亞拉這個師傅曾經把他操得很慘，所以讓他自覺有點不擅長應付黑貓族。似乎是因為這樣，才會無法回絕芙蘭的請求。

芙蘭他們正在大快朵頤時，獸王對他們說：

「喂，選手要進場了。」

「嗯。」

芙蘭裝滿了一大盤肉類料理，端著走到獸王旁邊的沙發坐下。這好像也是特地替芙蘭搬來的，而且還是專為芙蘭的嬌小個頭準備的小沙發。

才在奇怪獸王哪裡會這麼貼心，結果好像是羅伊斯準備的。當我聽到他為此跑遍了烏魯木特的每家商店時，心裡真是過意不去。

悠閒地坐在沙發上的獸王與芙蘭，靜觀阿曼達與弗倫德同時在擂台上登場。他們倆一定等比賽開始等很久了吧。抱歉，都是我們害的。

哦喔喔哦哦哦喔喔喔喔喔喔喔——！

果然大受歡迎。

歡聲雷動得太過強烈，巨大的石砌競技場像是發生地震般天搖地動。就連芙蘭他們待在設置了隔音魔道具的貴賓室裡，都被這轟然巨響弄得耳朵忍不住平貼頭頂。

芙蘭按住貓耳的模樣很可愛，但讓獸王他們來做就只是肉麻了。

在這陣歡呼聲中，主播開始用這次聽完就沒了的好口才介紹選手。

「好，從西邊登場的是鬼子母神阿曼達！有消息指出她在準決賽失去了武器，不知道這次會讓我們看到什麼樣的戰鬥！臉上依舊浮現大膽無畏的笑容！這麼英挺帥氣，難怪聽說她的粉絲是女性多於男性！」

看樣子阿曼達的鞭子是真的修不好了，腰上掛著的鞭子不是準決賽那一條。雖然也是夠強力的魔法武器，但比起準決賽用過的鞭子恐怕遜色許多。她得用那把武器與弗倫德較勁啊……

「好，自東邊現身的則是百劍弗倫德！人稱最接近S級的冒險者！相較於對戰對手阿曼達，他的臉上不曾透露半點感情。這次是否也會維持著面無表情結束比賽，讓我們拭目以待——！」

弗倫德與阿曼達，都不慌不忙地走到擂台中央。

兩人都是A級冒險者，應該互相認識吧。可以看到他們態度輕鬆地交談。只是由於歡呼聲太大，似乎連實況大螢幕都接收不到他們的聲音。

雙方看起來沒有半點鬆懈。

即使彼此認識，像他們那樣的人想必也不會輕敵。反而看起來像是鬥志更加高漲。

然後，雙方退到開始線，決賽終於開打了。

「喵！」

「喲！有一套！」

芙蘭與獸王暫停吃飯，看比賽看得專心。可見戰況有多激烈。

阿曼達一面拉開距離一面專心發動遠距離攻擊。暴風魔術狂颳猛掃，鞭子往弗倫德招呼過

去。

被鞭子與魔術削刮一通，好不容易修好的擂台又快變成一堆瓦礫了。

阿曼達似乎刻意讓風魔術捲起這些瓦礫，以提升威力。不愧是風魔術的專家。

相較之下，弗倫德則是一面投擲變出的刀劍，一面伺機縮短距離。他再怎麼擅長遠距離戰鬥，碰上阿曼達恐怕還是要吃虧吧。

開始之後過了大約十分鐘，比賽出現了巨變。

阿曼達毫無預警地施展了大招想一決勝負。看來是與弗倫德擲出的刀劍對打的過程，導致鞭子的耐久力已經降低太多。

一定是判斷無法再繼續打下去了吧。

她施展鞭技，期望一招扭轉戰局。

「祕傳・韋駄天絕殺！」

不是打倒過我們的那招。

她把鞭子靠在腰側，就像居合斬那樣手臂一揮。

才剛看到招式發動的瞬間，弗倫德的右臂已經猛地飛了出去。那想必是神速的一擊，即使從這麼遠的位置看去還是連一點影子都捕捉不到。看到事情發生才知道是阿曼達做了些動作，但完全無法判斷是何種攻擊。

然而，阿曼達看起來很不甘心。

「嘖……可惜沒砍下腦袋！」

「就差一點。」

看來阿曼達要的是弗倫德的項上人頭，只是被他於千鈞一髮之際躲掉了。

能對那種攻擊做出反應，便足以讓我感受到我們與他之間的實力差距。這一幕讓我痛切理解到我們只是獲得了強大攻擊力，基礎部分還沒達到那種領域。

「我不會手下留情。」

「我會讓你知道我就算沒了武器也還能打！」

沒錯，阿曼達失去了武器。剛才那大招一發動完畢，鞭子就斷開彈飛了。如果換成平常那條鞭子，戰況也許會有所不同。

只可惜備用的武器，似乎無法讓她使出全力。

到頭來，失去鞭子的阿曼達儘管奮力抵抗，最後還是成了弗倫德的手下敗將。

「唔……竟然輸給一個面癱男……」

「改日再以最佳狀態過招。」

「站在超過一千名參賽者頂點的，是百劍弗倫德——！讓我們見識到了人稱最接近S級的實力～！」

芙蘭眼神肅然，看著接受主播宣揚勝利的弗倫德。

『真是武功高強。』

（嗯！不過，我總有一天會超越他們。弗倫德也是，阿曼達也是。）

『說得對。』

一旁的獸王也目光銳利地俯視著擂台。完全是肉食野獸盯上獵物的眼神。看得出來在他的體內，近似殺氣的鬥魂在沸騰燃燒。

「冠軍是弗倫德啊……真想跟他過過招。」

「陛下，請自重。」

「利格大人，您可別不容分說就忽然襲擊人家喔。」

「我知道啦！你們把我當成什麼了？」

「戰鬥狂？」

「打鬥成癮？」

「唔……」

乍看之下高傲自負的獸王利格迪斯，似乎也贏不過洛希與羅伊斯這兩個監督人。被最令他沒輒的洛希他們倆聯合起來口頭攻擊，讓獸王快快不樂地閉嘴。

「好了，等一下就是頒獎典禮了。妳也去準備上台吧。」

被羅伊斯這麼一說，我才想起還有這件事。芙蘭是季軍得主，必須出席頒獎典禮。問題在於怎樣才能讓芙蘭乖乖撐完枯燥無趣的頒獎典禮。

好吧，最慘我用念動讓芙蘭擺出站著的姿勢也就是了。

『芙蘭，妳要打瞌睡可以，但是不能打呼喔。』

「嗯？」

『最起碼走到台上的時候保持清醒就好，拜託了。』

這場武鬥大賽的過程，真的讓我們獲益良多。

最大的收穫當然是芙蘭的進化了。要不是來到這裡，我們絕對連進化的線索都還沒掌握到。

而且，我們也知道了替全體族人解咒的條件，其他黑貓族也終於有機會進化了。這對芙蘭來說也許才是最大的收穫。

因為芙蘭的最終目的，就是提升黑貓族的地位，不讓族人繼續遭人輕視。

除此之外，我們在戰鬥方面也累積了各種經驗。特別是能夠在沒有生命危險的狀態下與強者交手實在機會難得。雖然輸給阿曼達很不甘心，但從敗戰獲得的經驗更是彌足珍貴。多虧於此，我們得知了自己的弱點、強項並研發出新戰術，戰果輝煌。

簡單一句話，只要碰上關乎性命、真正重要的戰鬥時別打輸就好。

與獸王建立起關係，以及打聽到黑貓族的祕辛也都稱得上是收穫。

對我來說還有一項重大成就，就是芙蘭的綽號。能得到黑雷姬這個帥氣綽號讓我高興死了。終於可以跟魔劍少女這個俗氣綽號說再見了。

『喂，芙蘭！醒醒啊！』

「唔……我沒有睡著喔……」

『再忍耐一下就好了。看，輪到妳嘍。』

「嗯……」

慘了，芙蘭已經完全是一副睡眼惺忪的樣子。但總不能連走上頒獎台都要我用念動幫忙吧。妳要撐下去啊！

『有豪華獎勵等著妳喔！』

「嗯，還沒吃過的新口味咖哩。」

『典禮結束我就煮給妳吃，再撐一下。』

一聽到我提起獎勵，芙蘭的眼睛閃出一道光彩。看來食欲又再一次勝過了睡眠欲。而且還是她最愛吃的咖哩，效果十分顯著。雖然大概不用幾分鐘就又會打瞌睡了，但最起碼能撐過頒獎過程吧。

「呃——芙蘭小姐？黑貓族的芙蘭小姐！請上台領獎。」

『好啦，加油。』

「嗯。」

芙蘭被工作人員叫到台上，由聽說是烏魯木特領主的貴族頒發動章。我還是頭一次見到這個城鎮的領主。

就我們所聽說的，這座城鎮的行政事務實質上由迪亞斯一手掌握，領主基本上只是擺好看的。還說不愛強出頭反而成了他的一種美德，就是個看起來滿懦弱、體格偏瘦的男子。

動章上刻有烏魯木特的紋章，以及第三名的文字。十萬G的獎金似乎會在日後另行發放。

「妳在比賽中表現傑出。」

「嗯。」

芙蘭講話口氣如常，但照著我的指示優雅地行了一禮。看到芙蘭發揮宮廷禮儀技能優美高雅地行禮，現場群眾一陣譁然。好吧，她看起來的確不像是很懂禮儀的樣子。

頒獎典禮結束後。

我們再次前去拜訪獸王，地點在獸王等人住宿的旅店。他們住在鎮上最高級的飯店，把一整層樓都包了下來。

其實冒險者公會也找我們過去，但芙蘭說什麼都要去見獸王，拗不過她。

獸王住宿的旅店門口，被一群逗留的獸人擠得門庭若市。

我們豎起耳朵偷聽，得知那些人好像是來向獸王請安的獸人國貴族或是他們的隨從。但獸王嫌這些事麻煩，讓他們吃了閉門羹。

他們遭到這種對待卻沒有火氣，好像是因為早就料到了。獸王在國內對人好像也都是這種態度。所以這些人只是抱著可能見到面的希望，來碰碰運氣罷了。再來也有可能是自己國內的君王來到當地卻視而不見說出去不好聽，所以只是形式上來會個面。

而他們畢竟是獸人，全都知道芙蘭這號人物。

芙蘭只不過是出現在旅店門口，就引起眾人一陣交頭接耳。然後很明顯地全都盯著芙蘭看。很快地我們就被他們團團包圍了。

但沒有人過來跟芙蘭攀談，因為小漆變回了大型尺寸嚇唬他們。看到一頭巨大野狼發出微微低吼，似乎讓眾人不免裹足不前。

芙蘭趁機穿過獸人之間，進了飯店。小漆確定芙蘭已經走進飯店大門，就潛入影子裡消失了。

我們沒有事先約好就跑來，本來以為今天可能見不到獸王，但一報上名字對方就放行了。獸王他們似乎已經跟飯店人員說過，如果芙蘭來了就通報一聲。沒想到這個男人這麼守約定。

「嗨，這麼快就來啦。」

獸王慵懶地躺在豪華皮沙發上，迎接芙蘭的到來。出外時配戴的防具已經卸下，一身白襯衫搭配長褲的居家服。不過衣服上還是有金線刺繡什麼的，看起來不像是便宜貨。

話又說回來，這男的還真是相貌出眾。就連這種姿勢，讓獸王來擺看上去簡直像是英勇雄獅悠然伏臥，實在不可思議。這大概也是獸王的威嚴氣度所致吧。

然而，芙蘭對這個好男人的魅力絲毫不感興趣，走到他眼前一如平常地開口：

「跟我講琪亞拉的事。」

對對，芙蘭就應該是這樣！

「知道啦，妳先坐下。」

「嗯。」

芙蘭在獸王的面前落座，洛希立刻端茶過來。

在這段時間當中，獸王坐起來若有所思地慢慢撫摸下巴。看來是在考慮該從何講起。

「首先，我想先聊聊前任獸王，也就是我老爸。」

「好。」

芙蘭稍微端正一下坐姿，傾聽獸王說話。

前任獸王凡賽斯・那羅希摩是個猜疑心重，以負面意義受到家臣畏懼的王。

是有成功進化為金獅子，但據說是借助其他王族的力量才勉強達成條件。前任獸王戰鬥才能平平，也缺乏軍事才能。獸王說他的個人武力，在歷代獸王當中屬於最低水平。

可能是因為才智平庸又生性多疑的關係，他畏懼那些比自己強大的人物，動輒排擠同族或家臣。

利格迪斯即位為王之前獸人國的軍事力量衰退，部分責任必須歸咎於前任君王的愚昧行徑。

而這種近乎被害妄想的猜疑心演變到最後，就成了對黑貓族的迫害。其實凡賽斯即位前的歷代獸王，早已對黑貓族漸漸失去興趣，幾乎都對他們不加干涉。

但凡賽斯卻命令藍貓族加強對黑貓族的奴役，要求他們監視人在國外的黑貓族。至於說到這麼做的目的，原來是害怕黑貓族有一天會達成進化，威脅到他的地位。

同樣是十始族，又都是貓科。或許是這兩點讓他無法視若無睹吧？

「然而，老爸終究只是個沒本事的膽小鬼。明明畏懼黑貓族卻只敢奴役你們，不敢有進一步動作。」

如果真的心存畏懼，把黑貓族趕盡殺絕才能除去後患。但凡賽斯沒有這麼做。

這樣做會不會觸怒神明？再怎麼說好歹也都是獸人族，把他們斬草除根會不會惹禍上身？萬一倖存者跑來找自己尋仇怎麼辦？好像是有著這些顧慮，才不敢一不做二不休。

「不過也多虧於此，琪亞拉婆婆才能幸免於難啦。」

國外的藍貓族向凡賽斯王通報了琪亞拉的消息，於是他命令部下將琪亞拉捉拿回國。最主要的理由是不敢下手殺她，但也是因為琪亞拉還有其他用途。

其中一項用途，就是對黑貓族的恫嚇。前任獸王似乎是想讓黑貓族認清他們再厲害也沒那能耐反抗獸王王室，好藉此剝奪黑貓族的抗爭意志。

另一個理由是，可以對其他種族主張黑貓族的強大戰士服從於自己。大概是想藉此宣揚獸王王室的威勢吧。

再來就跟獸王以前告訴過我們的一樣了。

「琪亞拉婆婆被當時的獸王拿其他黑貓族要脅，只得就範成為他的奴隸。」

後來當她被安排到水肥處理設施當奴工時，發生了外國召喚士的入侵王宮騷動，她就這樣跟獸王、古德韃魯法以及羅伊斯結下了緣分。

琪亞拉雖然長期被奴役，但本人的內心似乎完全沒屈服。反而還說除了臭氣熏天之外其實比在地下城等處戰鬥輕鬆多了，不覺得有多辛苦。

黑貓族原本就是奴隸人口較多的種族，大概是比其他種族更能吃苦耐勞吧。就像芙蘭一開始住進廉價旅店的單人房時，也感動成那樣。

「我們認識琪亞拉婆婆後，對黑貓族的境遇產生了疑問。我們都覺得奇怪，為什麼他們同樣也是獸人族卻如此遭人輕視，淪為奴隸……」

獸王他們得知琪亞拉的實力後，再也無法把黑貓族當成下等種族。
獸王為了找到問題的答案而查閱往年的史冊，理解了黑貓族犯下的罪行與種族的現況。
最後，他似乎認為黑貓族受到的待遇不公。黑貓族的確犯過大罪，但奴役他們就說不過去了。因為那些罪行早已由神明給予了應有的懲罰。
他甚至認為當今獸王王室應該幫助黑貓族，共同償還罪過。
但當今獸王王室卻出於一己之私而糟蹋了這個機會。利格迪斯說他得知過去的紀錄已被毀棄時，傻眼到話都說不出來。
「萬萬沒想到，居然連我們獸王王室都沒留下黑貓族的解咒方法。不，其實原本是有傳承下來的，但我那白痴老爸竟然把文獻都銷毀了。」
「我知道方法。」
「什麼？真的嗎！」
「嗯。」
見芙蘭點了個頭，獸王突然低頭拜託她。他動作過猛，還把桌子撞得發出一聲悶響。
「拜託！可以把方法告訴我嗎？報酬隨便妳開！」
「報酬就免了。」
「這樣好嗎？這不是妳辛苦得來的情報嗎？」
「無所謂。但我希望你向黑貓族公開這些方法。」
芙蘭也向利格迪斯低頭拜託。我們才想拜託他幫忙呢。

聽到芙蘭這麼說，獸王用很有擔當的表情接下這個擔子。他笑著說豈止獸人國，他要運用商人等人脈讓全世界都知道這個消息。

「我還要讓冒險者公會也出一份力。進行得順利的話，消息會傳遍世界每個角落。」

「真的？」

「當然了，我好歹也是S級冒險者好嗎？」

獸王如此說道，挺起胸膛。他似乎以為芙蘭聽了會大吃一驚，但芙蘭嘴裡冒出的卻是疑問：

「國王怎麼會當冒險者？」

「嗄？這還用說嗎，當然是為了鍛鍊自己啊。」

聽起來目的並非政治力量，只是單純想提升戰鬥力而已。

「其實呢，也是因為我受夠了老爸那套做法。所以我就率領著在琪亞拉婆婆底下修行的夥伴們成為冒險者鍛鍊自己，四處尋求支持，幹掉老爸坐上王位啦。」

愛耍酷的利格迪斯一定不會願意承認，但我覺得他不惜背負殺父惡名也要篡奪王位，怎麼想都是為了琪亞拉……為了黑貓族。

「謝謝你。」

芙蘭明白了這點，深深低頭致謝。

「免啦免啦。我那樣做是為了我自己，被感謝只會害我渾身發癢！」

「嗯，知道了。」

芙蘭嘴上這樣說，卻繼續低頭跟他道謝。

「嘖！好了啦，妳走吧！我可是很忙的！」

看芙蘭進房間時他那副樣子，怎麼想都閒得很。不過，繼續待下去的確太打擾人家了，還是告辭吧。

『芙蘭，我們走吧。』

「嗯。」

而且接下來還得去一趟冒險者公會才行。

「那我走了。」

「好！改天見啊！」

見芙蘭輕輕舉個手道別，獸王繼續坐在沙發上揮揮手回應。雖然態度隨便到不像是個國王，但或許也是這樣才會博得不擅長應付禮儀規範的獸人們支持吧。

我們向獸王告別後，直接前往冒險者公會。

這裡跟公會近在咫尺。比起從旅店走到公會的時間，我們與迪亞斯會面前的等候時間反而還更長。

「嗨，芙蘭妳好啊。恭喜妳贏得季軍。」

「唔。」

「呵呵呵，看來這對妳來說不算恭維吧？」

一走進公會會長辦公室的瞬間，迪亞斯立刻用促狹的語氣恭喜我們。我看這老頭是故意的吧。

「……因為我輸給阿曼達了。」

「通常來講，C級冒險者能贏得季軍早就不知道得意成什麼樣子了吧？」

迪亞斯聳聳肩，臉上卻笑得很賊。他應該也知道芙蘭為人不會自鳴得意。

照常理來想，C級冒險者能打倒A級冒險者進入前三名根本是奇蹟。換作是別人一定會得意忘形到處炫耀。但芙蘭這人比較特別，迪亞斯也了解她的為人。

芙蘭表情悵然失意地開口：

「我也打不贏獸王。」

「用不著跟那種超人比吧……就連我也不是他的對手啊。」

「總有一天要贏過他。」

「總覺得妳是說認真的，很嚇人耶。」

芙蘭當然是說認真的啊。不過在贏過S級之前，得先變強到能贏過阿曼達或弗倫德才行就是了。

「其實這次得知妳的比賽結果，本來想幫妳升到B級的……結果沒辦法。」

「才剛升上C級又要升級？」

『會不會太急躁了一點？』

再說，武鬥大賽的結果能作為評價標準嗎？作為戰士的話我能理解，但應該不能用來判斷作為冒險者優秀與否吧？

「不不，妳純粹以戰鬥力而論都已經贏過A級冒險者了耶。至少單論戰鬥力的話，妳已經超出C級水準太多了吧？」

『好吧，是這樣沒錯……再問一下，後來為什麼不行？』

如果就像迪亞斯說的戰鬥力沒問題，那應該是少了其他的什麼吧。

「其他分部長一直拿話反駁我。」

「其他分部長？」

「嗯，我們用遠距通話的魔道具討論這件事。」

據他所說，第一個問題似乎是芙蘭的年齡。

「說什麼沒有前例，一堆人都在介意無聊小事，搞得我煩死了。其他比較多的說法就是這次是武鬥大賽，不能用來判定作為冒險者的實力。」

「原來如此。」

我就知道是卡在這裡。在武鬥大賽按照比賽規定打得再厲害，也無法判斷作為冒險者夠不夠優秀。這點我倒是可以接受。

我覺得冒險者的實力，其實很重視單純戰鬥力以外的要素。講得白一點，就算戰鬥力稍低，只要能看穿並完美解除所有陷阱，又具備豐富的魔獸或魔法知識，能夠隨時保持冷靜與思考彈性，這人無庸置疑就是一位優秀的冒險者。

話雖如此，我們畢竟是打贏了A級，給個B級資格似乎也不為過。因為再怎麼說戰鬥力還是最重要的因素。

「還有，也有人認為妳已經破例升太多級了。提出這種看法的人認為，過度厚待單獨一名冒險者會引來其他人的不滿聲浪。」

好吧，這我也不是不能理解。畢竟芙蘭除了升上C級時之外，全都是破例升格。而且就連升上C級的時候，都還是請迪亞斯挑選的委託。

「再來就是有人提出疑問，擔心妳領隊戰鬥的經驗不足。」

「什麼意思？」

「當上B級冒險者之後，出事時可能會需要率領其他冒險者一同戰鬥。舉凡亂竄災難、天災、高等魔獸來襲；發生這些狀況時，經常會需要B級冒險者發揮指揮官的作用。」

『這芙蘭就辦不到了。』

「嗯，辦不到。好麻煩。」

「我想也是～只有這個意見我也同意。」

就個性來說，芙蘭絕對辦不到。沒經驗又省話的隊長，簡直糟透了。

「最後還有人說，芙蘭的態度不適合升上B級。畢竟B級冒險者有時候還得接受貴族的委託嘛。」

「是喔？」

「是啊，基本上接不接委託是冒險者的自由，但有時候遇到當地權貴或是王族的委託，也有可能推不掉。這時候公會就會介紹沒有失敗風險、實力堅強的高手。」

『也就是B級冒險者吧。』

A級冒險者人數少，又是最高戰力，可能不適合隨便派去執行委託。這麼一來，B級冒險者就成了派遣人選。但是如果這個冒險者的態度不友善呢？也有可能會觸怒貴族。

「雖然看妳在頒獎典禮上的表現，我覺得不用擔心就是了。」

因為我們有宮廷禮儀技能嘛。只有講話口氣改不了，但只要堅持扮演省話一姊或許可以勉強過關？不，我看沒辦法。

「所以嘍，妳的階級繼續維持在C。對不起喔。」

「嗯，沒關係。」

『這也是沒辦法的。』

更何況十二歲就升上B級也太史無前例了。

芙蘭會腳踏實地累積點數提升階級的。這也是一種修煉。

「為了設法向妳報恩，我本來很想幫妳升級的。」

「報恩？」

迪亞斯罕見地用嚴肅的表情注視著芙蘭。

「是啊。我能得知琪亞拉的下落都是託妳的福，這是無庸置疑的事。要不是妳在我跟獸王之間居中協調，我到現在還在怨恨、懷疑獸王王室呢。」

說完，迪亞斯深深低頭致謝。

「謝謝妳，我對妳心懷感激。」

我好像還是頭一次看到迪亞斯態度這麼真誠呢。大概是真的很感謝芙蘭吧。

「這下與露米娜大人的盟約也履行了，總算放下肩上的重擔啦。」

這句話提醒了我。不知道露米娜的立場會變成怎樣？如今大家知道琪亞拉平安無事，而且聽說露米娜為了幫芙蘭進化而失去了大部分力量。又說在消耗的力量恢復之前，會對地下城造成影響。不會因為失去利用價值，就被討伐吧？

『對了，地下城現在怎麼樣了？』

「這個嘛，由於露米娜大人失去了力量，出現的魔獸變少了很多。再這樣下去，階級可能會降一級。」

『這、這樣啊。』

「對不起。」

對我們來說遇見露米娜是幸運，但這次的事對於以地下城為營運主軸的烏魯木特來說恐怕是一大打擊。假如我是迪亞斯，一定會忍不住抱怨個一兩句。然而，迪亞斯只是笑著搖搖頭。

「按照原本的計畫，露米娜大人還考慮過獻上自己的生命呢。」

為了幫助不知何時會現身的黑貓族同胞進化，露米娜原本打算自己變成邪人讓同胞討伐。迪亞斯並不清楚細節，但露米娜似乎告訴過他這件事需要搏命。

「考慮到這點，地下城難度降低算不上什麼大麻煩啦。」

『可是，從地下城獲得的素材還有魔石都會變少耶。』

「那方面的收入是會減少沒錯。但是，也可以說現在的地下城更適合用來栽培低階冒險者。如果能吸引這方面的更多人潮，也可以帶動城鎮的商業發展。」

沒想到連這麼困難的問題都考慮過了，看起來再怎麼玩世不恭也還是公會會長。不過，只要影響不大我就放心了。萬一這件事導致烏魯木特城市經濟蕭條衰退的話，芙蘭也會內疚的。

「好了，聊了這麼久，最後來談委託的事吧。」

『就是你之前說的，交給C級冒險者負責的指名委託嗎？』

「沒錯。」

我記得當初提起那種委託是為了保護芙蘭不受獸王威脅。但是如今，我們已經知道獸王不是敵人。委託這個任務似乎不再有意義。

「其實我已經把委託妳辦事的消息通知了其他公會，現在沒辦法取消了。」

『那委託內容怎麼辦？』

「問題就在這裡。所以呢，我想了一下，你們要不要去獸人國看看？如果是公會委託的話可以省去不少麻煩的出入境審查，到了那邊有什麼事還可以拜託公會。」

「去獸人國，要做什麼？」

「確認下落不明的冒險者的安危嘍。自從她有一天突然失蹤之後，到現在還有人在尋找她的下落，想知道她的近況。」

也就是說迪亞斯想知道琪亞拉現在過得如何，所以要我們跑一趟獸人國。盜用公會資源的本事真是一流。

「嗯……」

『沒什麼不好啊。』

獸人國正如其名，聽說就是獸人的國度。換言之就是獸耳天堂。一定要去一探究竟。

「可是，還要參加拍賣會。」

『妳說在王都舉辦的那個啊。可是那個又不是非參加不可，我看還是以獸人國為優先吧。』

（去拍賣會的話，也許能買到好品質的魔石。）

看來她是為了我才想去拍賣會。

『但是，也有可能買不到。再說去了獸人國，說不定也能找到新奇的魔石啊。我的事妳不用操心啦。』

「可是……」

芙蘭聽了還是猶豫不決，神情似乎被迪亞斯看出來了。

「怎麼了嗎？妳好像有點猶豫不決？」

「我想參加六月在王都舉辦的拍賣會。」

「原來如此。不過，那個還要一個多月才會舉辦，你們去獸人國解決委託就回來的話，我想三個星期就夠了。」

『他都這麼說了耶。』

「──嗯。那好吧，我去獸人國。」

芙蘭其實想去獸人國想得不得了，這下沒事需要擔心，高興地大大點了個頭。

「哈哈哈，真高興妳願意答應下來。再來就是──」

叩叩。

「我來打擾嘍？哎呀～這不是芙蘭妹妹嗎～」

「艾爾莎。」

艾爾莎走進辦公室來。上次才剛被阿曼達徹底打垮，現在看起來狀況卻好到不行。反而肌膚還變得更有光澤，活力四射。

「艾爾莎，辛苦你了。那麼，有問出什麼了嗎？」

「有，問出了不少呢。他們一整個憔悴不堪，有問必答呢。」

「怎麼回事？」

「就是妳幫忙逮捕的索拉斯的部下，還有賽爾迪歐的同夥。我請艾爾莎負責盤問工作，不過這下看來……」

由艾爾莎盤問嫌犯？還有艾爾莎這副像是吸飽了精氣的笑臉……對了，記得那個盜賊好像就只有一張臉長得還能看……真是大快人心。

「我從那些傢伙口中問出有趣的情報嘍。」

在地下城內跑來襲擊芙蘭的賽爾迪歐與索拉斯，很明顯是接受了某人的命令。再加上他們背上插著謎樣魔劍，還有能夠協助逃獄等等的組織勢力，對手想必不是正派人士。

「果不其然，他們好像是聽從亞修特納侯爵家的命令行事喔。」

亞修特納侯爵？沒聽過。只是，記得之前說過賽爾迪歐繼承了侯爵家的血統。當時提到的侯爵家，應該就是亞修特納家了吧。

「有問出他們為何想搶芙蘭的劍了嗎？」

「這個也問出來了。」

「我想知道。」

「可是理由很爛喔。侯爵家似乎命令他們四處尋找神劍的下落。再爛好歹也是A級冒險者嘛？那種身分地位的人總有辦法挖出公會的機密資訊。可是，賽爾迪歐不是精神失常了嗎？他們說就是因為這樣，他才會變得對像是魔劍的東西異常執著。自己把人弄成神經病又管不住，真是笑死人了。」

「自己把人弄成神經病？」

「為了任意操縱賽爾迪歐，他們好像給他下了不少魔藥之類的危險藥物。而且就是亞修特納侯爵本人下的指示。那個隊伍乍看之下像是由賽爾迪歐當隊長，其實是男性盜賊與女性魔術師在背地裡操控。不過好像沒辦法要他幹嘛就幹嘛，所以只是讓判斷力變差以便操縱而已。」

但是說半天，他們還是沒能完全控制住賽爾迪歐，反而還因為下藥的關係導致行為輕微失控。然後，不知道他是怎麼解釋尋找神劍這項命令的，連普通魔劍都開始搶。的確是只能乾笑了。

豈止如此，來到鎮上的目的好像還是因為手邊魔藥所剩不多，想做補充。令我意外的是，主原料居然是鎮上地下城裡出沒的瘟疫螞蝗的毒囊。索拉斯大概就是負責採辦原料吧。結果卻落網使得犯罪情事曝光，真是蠢到家了。

艾爾莎再度離開去盤問賽爾迪歐的隨從之後，迪亞斯又跟我們道了一次謝。

「哎——真的很謝謝你們。這下很多問題都得到解決了，可望一口氣掃蕩冒險者公會裡的人渣！」

「什麼意思？」

「這幾個傢伙正是克蘭澤爾冒險者公會的毒瘤！而你們幫忙除掉了他們！我當然感激不盡了！」

竟然被叫成毒瘤，賽爾迪歐還真是討人嫌啊——

「你們鑑定過賽爾迪歐嗎？」

『鑑定過啦。』

「那麼，你們看到他的技能了嗎？應該有看到異性好感與異性誘引這兩項技能吧？」

經他這麼一說……我看那兩項技能在戰鬥時應該派不上用場，對芙蘭好像也無效所以就忽略了。

「他用那兩項技能哄騙了幾名女性公會會長，私下要求對方升他為A級。好像有些公會會長被他甜言蜜語騙感情，就這樣上當了。」

『就這樣認可他的A級資格了？』

「哎，大概就是養小白臉的感覺吧。曾經還有個老婆婆迷戀比自己年輕了足足四十歲的小夥子，搞到公會差點倒閉呢。」

那還真是……可是，光靠這樣就能升上A級嗎？

「再來就是家裡施加的壓力、龐大的賄款、升上A級之後的利益交換等等，無所不用其極地買通了許多公會會長。」

「公會這樣撐得下去嗎？」

『怎麼越聽越令人擔心？』

冒險者公會意外地還滿不像話的。

「這我只能跟你們說聲抱歉了。公會會長說到底也只是凡人，難免良莠淆雜啊。」

『這我不是不能理解……』

就像在地球，有些政治家或警務人員也會貪贓枉法。不如說掌握權力的人更容易受到各種誘惑。

「我早就想找機會把他拉下A級的位子，所以派人監視等著他鬧出醜聞。」

『可是，他不是成天都在搞恐嚇勒索那一套嗎？那不算醜聞嗎？』

「這次是他找錯了對象，但平常都是不違法的。雖然多少有點強迫性質，但他總是會付錢，也從來沒有冒險者事後檢舉他。」

『咦？為什麼？大家武器被搶走了都願意吃悶虧嗎？』

假如對芙蘭做過的恐嚇勒索是日常行為，被賽爾迪歐等人搶走魔劍的被害者應該人數不少吧？

「那是因為你們實力高強，又一直是秉持著『高官權貴？要來就來啊！』的態度。但通常C級以下的冒險者，碰上一個又是A級冒險者又是子爵，背後有侯爵撐腰而且惡名昭彰的危險對手，你們覺得他們敢站起來反抗嗎？」

好吧，說得也是，搞不好還會惹來殺身之禍。也許他們會覺得只是武器被搶走算不錯了。

「還有一個難辦的問題是，賽爾迪歐已經完全被弄到精神失常了。有一種魔道具可以用來揭穿犯罪者的罪行，但當事人如果沒有犯罪意識就不會起反應。」

原來如此，這件魔道具對賽爾迪歐一定沒起反應吧。那傢伙是認真地以為自己的行為符合正義。

『你是說侯爵只為了這種目的，就指示部下對親生兒子下魔藥嗎？』

「貴族多得是這種人。再說能夠讓A級冒險者成為自己的傀儡，我覺得好處很大喔。因為這就表示通常來說對冒險者公會不具有命令權的侯爵家，可以透過賽爾迪歐對冒險者發號施令。獲得的戰力無可估計。」

大概就是說無論多惹人嫌，還是有很多冒險者會聽從A級的命令吧。

『如果是這樣，何必一定要搞到魔藥成癮，直接對賽爾迪歐下令不就得了？』

「我不認為賽爾迪歐在弄到A級身分之後，還會乖乖聽從家裡的命令。既然如此，你不覺得直接餵魔藥控制比較省事嗎？」

有夠黑心！泯滅人性！我就知道貴族的世界還是少涉入為妙！

「更何況賽爾迪歐其實是妾室之子，對亞修特納侯爵來說大概只是一枚棋子吧。說不定他還樂得藉機擺脫家族內爭的導火線呢。」

嗯——雖然難以接受，但最起碼聽懂了。

「這下亞修特納侯爵家的立場可能會變得有點尷尬喔。」

「為什麼？」

庶子引起騷動或許算得上醜聞，但有嚴重到會動搖侯爵家的地位嗎？

從客觀角度來看，不過就是家裡有人嗑藥又對平民動粗，並且在地下城裡跟冒險者鬧糾紛罷了。對那些大貴族來說，這點小事好像總有辦法壓得下來。

「不，重點在於他們在尋找神劍。神劍可是一把就能擊退大軍的兵器喔，一旦侯爵家私自尋找神劍的消息曝光，無可避免地就是涉嫌叛國。如果只是賽爾迪歐作為一個冒險者獨自尋覓神劍的話，還有辦法自圓其說。」

「是這樣喔？」

「高階冒險者尋求神劍不是理所當然嗎？這是任何一名冒險者都有的夢想。賽爾迪歐作為冒險者尋求神劍，這件事本身不算什麼大問題。」

總覺得好像在玩文字遊戲，但大概身分立場的差別還是不能忽視吧。只要宣稱賽爾迪歐找尋神劍是個人目的與侯爵家無關，似乎就能當成冒險者個人的想法。雖然外人大概還是會起疑就是。

然而，假如查到最後原來是亞修特納侯爵家下的命令，事情就頓時變得有蹊蹺了。

「哦？這可有意思了。」

迪亞斯本來正在瀏覽艾爾莎留下來的文件，忽然叫出聲來。然後，他把其中一張拿給我們。不同於其他文件是紙張，這份是以耐用的羊皮紙寫成。

「這個姑且可以當成他們尋找神劍的證據吧。」

「這是？」

「說是亞修特納侯爵家掌握到的神劍相關消息，就寫在這份羊皮紙上。」

咦？真的假的？那非看不可！

我請芙蘭移動位置，好讓我看見迪亞斯拿著的紙。上面的確寫著神劍的名稱，有些甚至還寫出了外觀的特徵。

只是，上面記載的名字跟露米娜給我們看的那份清單有些出入。也許這份清單才是最新資訊？少了始神劍．阿爾法、狂神劍．巴薩克、煌炎劍．伊格尼斯、大地劍．蓋亞與魔王劍．迪亞伯洛斯的名字。

「嗯……」

「怎麼了，芙蘭？」

芙蘭向迪亞斯詢問清單上為何少了阿爾法等五把劍的名字，結果他說可能是因為這幾把目前所在地明確，所以沒被列入搜尋的對象。

這麼有名啊？我們只對魔王劍．迪亞伯洛斯略知一二。

這把神劍的所在地，應該是我們在錫德蘭海國騷動中結識的福特王子與薩蒂雅公主的祖國菲利亞斯王國。目前只知道它能役使惡魔，但力量似乎強大到能夠讓這個小國長期抵禦軍事大國雷鐸斯王國的侵略。

迪亞斯將其餘四把的下落告訴了我們。

驚人的事實是，煌炎劍．伊格尼斯與大地劍．蓋亞，目前似乎都為S級冒險者所有。也許是本人已經夠強大無敵了，再持有神劍的話達到S級也很合理吧？

他說伊格尼斯的持有者目前在格爾迪西亞大陸日以繼夜地戰鬥，被世人譽為英雄。

蓋亞的持有者正在雲遊四方，不知去向。但據說每隔幾個月就會忽然在附近的公會現身，出售旅途中獵得的高階魔獸素材。說是去年還有人在獸人國所在的庫洛姆大陸見到他。

阿爾法與巴薩克，據說是將北方布羅丁大陸一分為二的兩個巨大王國各擁一把。說是這兩個大國雖然互相仇視，但持有的神劍成了牽制力量，使得雙方數百年來沒爆發過大型戰爭。

這是因為神劍之間萬一爆發衝突，兩國都會死傷慘重。

事實上，大約三百年前就曾經有當時的神劍之主在戰場上展開激鬥，造成大量人命傷亡的事件，犧牲者多達萬人。不只如此，作為戰場的地點當年是一座大森林，災難後卻成了草木不生的荒地，至今仍未恢復生機。

『太可怕了，這兩把劍有什麼樣的能力？』

「阿爾法的能力很有名啊，可以對裝備者賦予半神化技能。」

「技能的效果是？」

「或許可以說成讓使用者變成超越者的力量吧？」

「超越者？」

『只知道聽起來很厲害……』

但有點不太容易想像。

「這個嘛，差不多就是全能力值上升、體能強化以及持有技能的等級上升嘍。」

『嗯——感覺普普。』

「好像沒有很厲害。」

實在不覺得這樣能稱為兵器。

「是啊，在所有神劍當中或許是效果最不起眼的一把。但也是公認最可怕的一把。它能讓裝備者全能力值增加十倍，眼觀萬里，並具備看穿任何隱蔽的感覺能力。耳朵能聽見全國的所有對話，技能全部達到最高等級。你們聽了作何感想？」

還作何感想……當然是強到誇張啊。全能力值上升十倍，還得到神級肉體，並將裝備者本身的才能提升到最大極限。那當然堪稱神劍了。

「還留下了軼事說，它一劍砍殺百名士兵，兩劍砍倒城牆，三劍就山崩地裂了呢。」

『聽起來很假，但對神劍來說搞不好只是小意思？』

「而且阿爾法的可怕之處在於它的效果維持時間。這種將使用者變成無敵超人的強大力量，竟然可以持續使用半日以上。對敵人來說根本是惡夢一場。」

讓這種怪物大發神威個半天？都能消滅一個國家了吧？最起碼一兩座大都市絕對會從地表上消失。

而能夠跟這個始神劍．阿爾法並駕齊驅的什麼狂神劍．巴薩克，想必也是一樣可怕吧。

「巴薩克的能力跟阿爾法很像，就是能力值上升、身體功能強化與技能上升。強化率據說還高於阿爾法。」

『咦？高於阿爾法？那不就是巴薩克比較厲害嗎？』

「只看力量的話。可是呢，巴薩克會讓使用者確定暴衝。任何人用了巴薩克都會開始不分敵我大開殺戒，而且最後要賠上性命。」

『天啊——那也太危險了。但就算是這樣，把裝備者一個人送進敵區不就得了？』

雖然這樣違背人道，但省時省力。把裝備者當成人肉炸彈，發動自殺攻擊就行了。

「哈哈，沒這麼簡單。等到順利殲滅了所有敵人，然後呢？」

『然後？去把劍撿回來？誰接近使用者都會被攻擊喔。』

「要怎麼撿回來不就沒事了？」

『那還用說嗎？等那人暴衝結束後，再去把劍收回來就好啦。』

既然說最後一定會死亡，從屍體身上把神劍收走就是了。

「對啊。可是，敵國也會有同樣的想法吧。而且，誰也不能保證一定能比敵國先把劍收回來。」

說得也是，有道理。一個弄不好說不定敵國的回收小隊會先搶到魔劍。

「還不只是這樣。一般認為巴薩克的效果也能持續半日以上。據說很久以前曾經發生一場事件，有個巴薩克的使用者摧毀了敵國首都之後回頭襲擊自己的國家，把大都市毀滅殆盡。我想沒人敢隨意發動那種效果的。我看除非真被逼到不惜跟敵人同歸於盡，否則不會積極去使用吧？」

看來這個叫巴薩克的魔劍，簡直是被當成了核武一樣。也就是說一旦使用，自己這邊也會陷入險境？

「正因為如此，擁有阿爾法的那個國家，也不敢把對手逼入絕境。」

所以那個大陸是兩大神劍僵持不下了。沒事還是別靠近為妙。

不過話說回來，這下我明白阿爾法、巴薩克、迪亞伯洛斯、蓋亞與伊格尼斯這五把劍不在蒐集候補清單裡的原因了。東西在國家或S級冒險者手裡，的確是無法覬覦。強取豪奪或花錢收購都沒用。

『所以才想找還沒被發現的神劍啊。』

「也是啦，無論哪個國家的確都在尋求神劍。只是不知道他們是如何得到這麼多情報……」

的確，不只是外形的描述，有的劍連能力相關資訊都記載在上面。

戰騎劍．查理奧特

有消息指出外型為指揮杖型。具有創造出形狀大小各異的魔像，加以操縱的效果。魔像為金屬製，具有飛天與發射光線的功能。一則軼事描述在加雷利亞戰役，本劍呼喚出一千具大小如人類頭部的小型魔像同時開砲，瞬間燒燬了百艘規模的船團。

最後確認存在地點為卡普爾大陸。

智慧劍．基路伯

一般認為本劍已不復存在，然而如果有望撿拾殘骸，務必設法撿拾。效果細節不明。

以技能進行調查後，得知劍身刻有四翼天使的圖樣。此外，本劍毀滅的地點很有可能在目前的克蘭澤爾王國境內。

探神劍・勘探者

外型為單片眼鏡。有種說法認為本劍具有高度探查探知能力，能夠掌握大陸各地的所有情報，然而詳細能力不明。

最後確認存在地點為吉耳巴多大陸。

獄門劍・赫爾

細節不明。僅有一例指出五百年前有人於庫洛姆大陸使用本劍。目前該地點已成為毫無生命氣息的不毛之地，一般推測此劍具有操控毒素的力量。

暴龍劍・林德沃姆

除了形狀如一般的劍之外，細節不明。

月影劍・銀輝

據聞使用者可獲得反彈任何攻擊之力量。

原來除了查理奧特之外幾乎都是細節不明啊。就連查理奧特這把，也好像沒查到目前的下落。

「真讓人感興趣，有滿多連我也不知道的情報。不過話說回來，他們連已經被摧毀的神劍都要撿，難道是想正式展開研究嗎？」

『研究這個能收到什麼成果嗎？』

「不曉得耶，他們大概是判斷有嘗試的價值，但是瞞著宮廷就不太應該了吧？」

或許不到觸犯國法的地步，但瞞著政府暗中進行武器研究，難免會被認為有叛國嫌疑。

「這下拿到很好的證據了。」

迪亞斯邊說邊滿意地笑。表情超邪惡的，感覺會帶壞芙蘭。

『看來迪亞斯還有事要忙，我們該走了。』

「好。」

「啊哈哈，抱歉喔。一有新消息我再通知你們。」

「嗯。」

我們就這樣與迪亞斯他們告別，離開公會。

才一出門，就有一群怪人好像早就在埋伏似的靠近過來。不，我看他們根本就是等著堵芙蘭。

讓我來形容他們有多怪；四名來者全都穿著包頭的灰色長袍，看不清楚長相。手裡拿著疙疙瘩瘩的木杖，怎麼看都像是一群魔術師。

而且還是童話故事裡出現的那種最典型的魔術師。老套到這種地步，會讓我明明置身魔術存在的世界卻懷疑自己看到Cosplay集團。

「幹嘛？」

芙蘭稍微擺出架式後，四人迅速往左右兩邊退開，把木杖高舉朝天。接著，一名男子從魔術師們之間走上前來。

不同於另外四人不起眼的造型，只有這個人身穿金邊紫袍，手拿前端鑲嵌寶石的奢華手杖。而且也不怕露臉，顯然一副高高在上的嘴臉，是個五官端正的藍髮討厭帥哥。一看就不是什麼好東西。不，我可不是在說帥哥都不是好東西喔？真的啦。

「我們等妳很久了，芙蘭大人！」

「嗯？你是誰？」

「我的名字是古拉格馬，是愛沃斯魔術師公會的幹部。」

古拉格馬故作優雅地行禮，看起來還真是風度翩翩啊。但是魔術師公會這個名詞，我還是頭一次聽到。就是由魔術師組成的公會嗎？

還有，我可不覺得芙蘭有做了什麼事要讓這些傢伙稱呼一聲大人……

「在下有幸拜見您那些精采絕倫的比賽。」

「嗯。」

「您在比賽當中施展的那些大規模魔術！我古拉格馬，感動到都不禁熱淚縱橫了！」

好吧，看在魔術師眼裡，或許是連發高階魔術、技藝精湛的比賽吧。像阿澄雷神還是我施展的，看起來一定像是無詠唱發動。

但我知道這人講話言不由衷。大概是想用演技掩飾過去吧，但卻隱藏不住自己散發的強烈惡意與敵意等情緒。

「大魔術師芙蘭大人。」

「嗯？我不是魔術師。」

可能是當成一種尊稱吧。不過仔細想想，芙蘭有好一陣子沒轉職了。她現在一定多出了很多選擇。

古拉格馬對芙蘭的低語充耳不聞，從懷裡拿出一個像是小盒子的東西。然後他打開小盒子，在芙蘭面前單膝跪下高舉小盒子像是給她過目。

配合他的動作，灰袍魔術師們將高舉的木杖指向斜前方，移動到包圍我們的位置。看起來像是某種可疑的儀式。雖然沒有要使用魔術的跡象，但只要這些傢伙有任何可疑舉動，我就用念動把他們轟飛。

盒子裡有塊像是徽章的東西，散發出極強的魔力。而且帶有恐怖不祥的氣息。

「請收下此物。」

「這是？」

「此乃第一位階徽章，是我們愛沃斯魔術師公會贈送給大魔術師芙蘭大人的禮物。」

「位階？」

位階又是什麼意思？我搞不太懂，只看到古拉格馬拿著盒子逼近過來要她收下。

（師父？）

『絕對不可以拿喔。』

他們還是沒有要使用魔術的跡象。但光看古拉格馬以及四人組散發的敵意，就不覺得這會是什麼正常的行為。

「來來，請收下此物。這是您這位大魔術師實至名歸的證明。」

「嗯，我不要。」

「為、為什麼不要！」

「感覺很可疑。」

「別這麼說嘛！還請拿起來瞧瞧。」

「不用了。」

「不不，對我們來說——」

「夠了，到此為止。」

「來、來者何人！」

正在猶豫是否該動手讓不肯放棄的古拉格馬閉嘴時，一個人影岔進了芙蘭與古拉格馬之間。

「愛沃斯那邊還是同一套手法啊。」

「費爾姆斯？」

「嗨，昨天才剛見過面呢。」

與芙蘭上演過一場激鬥的前A級冒險者操線師費爾姆斯現身，擋在芙蘭的面前為她解圍。他神色自若，站在芙蘭與古拉格馬的中間。臉上帶著笑容卻莫名地有魄力，看得出來古拉格馬被他震懾住了。

「你這是做什麼！區區一個冒險者別來攪局！我們現在正在舉行重要的儀式！」

「我就是來阻撓你們的這種荒謬儀式的。」

「怎麼回事？」

「您現在看到的這些，是這幾個傢伙慣用的手法。」

我聽了大吃一驚，原來現在做的這些竟是愛沃斯魔術師公會的正式入團儀式。他說這枚徽章施加了與對手強制締結契約的法術，收下之後經過簡單儀式就能讓簡易契約成立。

「締結的是魔術性契約，非常難解決。是不至於變成奴隸，但是會被視為類似的存在。」

「可是，誰會上這種當？」

就連我們看了都認為明顯可疑，其他魔術師應該也會拒絕吧。從戰鬥力來看，這幾個傢伙沒多大本事。

「這就是他們的下流之處，他們只會對有天分的孩童等等耍這種手段。芙蘭小姐畢竟外表還是年幼，他們大概以為隨便都能騙倒您吧。」

再說一般的孩子都不敢跟魔術師公會這種組織敵對，不會想用強硬手段解決問題。換言之，就是儀式已經完成的既成事實，以及組織施加的壓力。然後再油嘴滑舌地哄騙一番，就能讓小孩子任由組織掌控？行徑惡劣也要有個限度吧。

「不過在這麼多魔術師公會當中，只有愛沃斯魔術師公會這麼不擇手段就是了。他們是近似於地下組織的集團，想必是看到芙蘭小姐的實力，就來耍手段想把您拉進組織吧。」

被芙蘭定睛注視，古拉格馬焦急地開始找藉口：

「芙、芙蘭大人！那人不過是野蠻又低等的區區冒險者，我們則和您一樣是萬中選一的魔術師！您認為哪個才值得信任！」

「嗯？當然是費爾姆斯。你們感覺很噁心。」

「什……這、這臭丫頭……！跟妳客氣就騎到我頭上來了……」

嗚哇──小癟三一個！當小癟三可以當到這麼好笑的地步！

『總之先抓起來再說吧。』

「嗯。」

我才剛跟芙蘭商量好，又有新狀況了。

「給我上！」

先是聽到女性的尖銳嗓子響起，接著周圍的魔術師們一齊有了動作。

「唔。」

這些人竟各自掏出短劍，衝過來襲擊芙蘭。

「你、你們這是做什麼！」

看古拉格馬驚訝成這樣，看樣子不是這傢伙下的令。我看是唯一一個原地不動的魔術師在發號施令吧。作戰方式大概是讓其餘三人發動攻擊，自己則趁機詠唱魔術。

只是，不但手法笨拙至極，實力也太廢了。魔術以外的技能等級都很低，劍術更是學都沒學過。真的就只有外行人的身手。

「呼！吁！呵！」

「嗚！」

「喔！」

「呃！」

大概就連芙蘭也覺得攻擊這麼弱的小角色過意不去吧。她只是輕輕敲擊這些人握著匕首的手，打掉他們的武器而已。雖然光是這樣對這些男人來說恐怕也像是被人用鐵棍打在手上一樣痛，但我覺得他們應該感謝芙蘭下手這麼客氣。

「喝！」

「呀啊！」

急著繼續詠唱的最後一人，也挨了前踢華麗地飛上半空。

「可……可惡啊！」

長袍掀起讓我們看到了她的長相。

「嗯？有點眼熟？」

『賽爾迪歐的同夥啦。』

以長袍遮臉的，原來是賽爾迪歐隊上的女魔術師。還以為她早就逃出烏魯木特了，想不到竟然還沒學乖想偷襲芙蘭。

「該死的……臭丫頭！」

不知道是不是嗑了魔藥，看她那眼神像是神智已經失常，一副被逼得走投無路的神情。她按住挨踢的肚子搖搖晃晃地站起來，步履蹣跚地走向芙蘭面前。

「只要有妳的劍……只要有了它……！」

看樣子果然是失去了正常的判斷力。

「妳要的是我的劍？」

「對！反正妳的實力還不就是靠那把劍！否則一個黑貓族的小丫頭，怎麼可能這麼厲害！只要有了它，只要能得到它！要逃離這裡還是要跟那位大人求饒，都不會是問題！」

芙蘭露出難以言喻的表情。大概是既氣憤這個女人想找她下手，又可憐這個人已經瀕臨瘋狂了吧。

「所以，所以把妳的劍給我！」

妳說給就給啊？想得——

『不，等等喔。芙蘭。』

（嗯？什麼事？）

『把我拿給那女的。』

（什麼意思？）

我告訴芙蘭我想做個小實驗。芙蘭明白了我的意思後，開口說道：

「沒資格裝備這把劍的人裝備它，會被詛咒而死喔。妳不在乎嗎？」

「啊哈哈哈哈！說什麼蠢話！我看妳是不想把劍給我吧？要撒謊也得撒得再聰明點！」

其實芙蘭可以靠實力把這女的打跑，根本不用撒謊。看來她連理解這點的多餘精神都沒了，只是不斷地用沒剩多少人性的神情喊著把劍交出來。

「知道了，給妳。」

「從一開始就該這麼做了！好！快點拿來！」

芙蘭把我連同劍鞘一起扔給女子。

女子眉開眼笑地接住我，二話不說就拔出來看。

「嘰嘻嘻嘻，這下我也可以……」

啊，她想裝備我。我能夠清楚地感覺到，有人想把我裝備起來。

然後，我感到自己的體內有某種東西在蠢動。

「啊……嗚啊啊啊……」

女子忽然不由自主地發出呻吟。不知她究竟看見了什麼，兩眼瞪大，浮現明顯的恐懼之色。

「啊伊啊啊啊啊嘎嘎啊啊啊啊嘎……」

女子開始全身痙攣，呻吟變成了慘叫。單純的痛覺或驚愕情緒絕不可能讓人發得出這種聲音，與普通慘叫有著明顯區隔，是那種真正可怖到會直接傷害聽者精神的叫喊聲。

「啊啊啊啊啊啊啊啊嘎嘎嘎嘎嘎嘎——」

突然之間，女子握著劍開始發出令聽者背脊結凍的恐怖尖叫，引來了四周的好奇目光。

但是，離她更近的一些人似乎感受到了強烈恐懼。我想是因為他們剛才聽到芙蘭對女子說過了死亡詛咒的事。如今眼前上演恰似詛咒降臨的光景，別說一般民眾，就連冒險者們都臉色蒼白地旁觀女子的下場。

大概過了幾秒鐘的時間吧？

「饒、饒了我吧！饒了我——嘔噗啪！」

女子最後發出這聲大喊，隨即從眼睛、耳朵與嘴巴噴出大量鮮血，當場撲倒在地。

咚。

「——」

令人耳朵刺痛的寂靜降臨四下。

「嗯，她沒資格。」

只有芙蘭一個人舉止如常。芙蘭輕快地走到女子身邊，把握柄擦拭了好幾遍後將我撿回來。緊接著，聽起來近乎慘叫的群眾喧嘩一齊響起。畢竟有個女人光天化日橫死於路上，怪不得他們。

話又說回來，神明的天譴下得可真狠啊。女神說過不知情的狀況下試著裝備會被雷劈，但關於知情卻故意裝備的傢伙只說過用命來償還。看女人的那種反應，會不會是被神明在腦子裡做了什麼？明明不是我親自下手，卻還是覺得心裡留下了陰影。

『對了，不知道其他魔術師怎麼了？』

完全把他們給忘了。現在想起來看看周圍，發現費爾姆斯已經幫忙把他們抓起來了。男子們被絲線捆住，無法動彈只能扭動掙扎。

「好了，要怎麼處置他們呢？」

「怎麼辦？」

「我個人覺得不如交給冒險者公會處理。」

「是嗎？」

「是的，畢竟對付的是組織。如果是為了像您這樣實力高強的冒險者，公會想必也會不遺餘力的。」

既然費爾姆斯都這麼說了，就交給冒險者公會或許沒關係？如果由我們把這些傢伙拖到魔術師公會，再嚴懲其他魔術師，然後——這樣一件件處理下來，時間再多都不夠用。

「就由我來把他們帶去公會如何？」

「那就拜託你了。」

「那麼，我帶他們過去了。」

費爾姆斯把還在趾高氣揚地要求放人的古拉格馬，以及喊著他們只是拿錢辦事的魔術師們全部一起拖走。但是，沒走兩步芙蘭就叫住了他。

「啊，等一下。」

「怎麼了？」

「嗯，得懲罰他們一下。」

於是，芙蘭先給每個魔術師肚子一拳讓他們痛得叫不出來，才把人交給冒險者公會。

我本來就知道拜託迪亞斯與艾爾莎一定可以讓事情得到妥善處理，沒想到迪亞斯聽了芙蘭與費爾姆斯的解釋，高興得不得了。

「總算可以趁這個機會，光明正大地搞垮那個邪門的魔術師公會了！我要讓他們為了膽敢槓上冒險者公會付出代價！」

我們就這樣看著迪亞斯在一旁手舞足蹈，把魔術師們交給他的部下處置。

芙蘭對費爾姆斯低頭致謝。

「費爾姆斯，謝謝你。」

「不會不會，我也有過類似的經驗，可以理解。」

「你也差點上魔術師公會的當？」

「應該說是曾經引起他們的注意，留下了許多不愉快的回憶吧。」

費爾姆斯似乎也在年輕時拿過武鬥大賽冠軍，像芙蘭一樣被各種來頭的人盯上。像是各地的魔術師公會或傭兵公會、貴族、富商外加神祕組織；費爾姆斯說他也曾經受過各種勢力勸誘，有時還有人想以武力逼他屈從。

「所以我有點無法坐視不管。」

「你以前是怎麼應付他們的？」

「就是一直避而不見。我浪跡天涯，不讓他們抓到把柄。」

也許這就是最好的辦法了？況且只要走過不留下痕跡，也不用擔心被他們追上。

「不過到了最後，還是讓迪亞斯幫了我一把就是。」

「迪亞斯幫你？」

「是的。也是因為我倆年歲相近，我與他就是從那時候結為朋友的。當時他已經當上公會會長，因此我拜託他幫過不少忙。我請他把我說成他的親信，藉此躲避各個勢力的勸誘。」

如果是公會會長的心腹，一些微不足道的小貴族是請不動他的。最起碼應該比自己一個人左閃右躲來得輕鬆。

「照芙蘭小姐的情況，想必比我當時更引人注目，我想可能會有一些相當難纏的人物找上您。如果只是想恐嚇勒索的犯罪組織的話擊潰他們就是了，但是應付貴族那種階級有時會演變成國際問題，真的很難辦。」

總覺得語氣聽起來充滿了真實心聲。講得好像深有所感似的。

「個人經驗？」

「哈哈哈，是啊。我跟外國貴族起過一點小糾紛，曾經弄到被那個國家指名通緝。」

「只是拒絕成為家臣而已？」

行徑會不會太蠻橫了一點？

「哎，應該說對方有些過於趾高氣揚嗎？總之就是態度不好，雙方起了口角之後包括家主與家臣在內，大概有五十人被我……」

「殺了？」

芙蘭，妳幹嘛露出有點期待的眼神？

「沒有沒有，只是被我送進醫院而已。」

「什麼嘛。」

「也沒什麼，只是那位人士是王族的親戚罷了。」

還沒什麼咧！不是一句也沒什麼就結束了吧！難怪對方的國家要生氣了。光是為了顧全面子就不能便宜了事。

「那你是怎麼解決的？」

「就只是把派來的追兵全部抓起來，直接去找那個國家的國王談判罷了。只不過我是選在夜深人靜的時候去拜見國王就是了。」

那不就是威脅嗎？就算本人實力再怎麼高強，這種事有可能辦得到嗎？

「也是因為對方是小小一個弱國的國王，這種辦法才行得通。畢竟他們國內最強的戰士都還是不如我。假如對手換成克蘭澤爾王國那種水準的國家，我也只能選擇潛逃了。」

看來對方真的是個小國。

「芙蘭小姐也是，遇到麻煩時不要衝動，可以找人求救。公會或是阿曼達閣下都行。妳們不是處得很好嗎？」

「嗯。可是為什麼是阿曼達？」

「哎呀，您不知道嗎？由她拉拔長大的孤兒當中有相當多人成為冒險者嶄露頭角，一般都認為只要她認真起來，一句話就可以召集到足以毀滅小國的戰力。」

阿曼達的人脈比我們想像的強大太多了！

「阿曼達好厲害。」

「不用憑恃武力，光是她的人脈就能形成巨大力量了。畢竟大家都說只要阿曼達閣下眼睛盯著，就夠讓雷鐸斯王國不敢對克蘭澤爾王國出手了。」

也是，聽說阿曼達幾十年來都在各地經辦孤兒院事業。雖不知道阿曼達施行什麼樣的教育方針，但孩子們崇拜她而立志成為冒險者是很合理的事。而且，只要接受過阿曼達的任何一點鍛鍊，基礎就打穩了。這樣的孩子們或許是很有可能成為冒險者做出一番成就。

「不過您還有獸人國當後盾，我想應該不用擔心。」

「獸人國當後盾？」

「嗯？您不是為獸人國效力嗎？」

「不是。」

「看您跟獸王一同觀賞決賽，我還以為您隸屬於獸人國……不過，原來是這樣啊。看來獸王閣下很欣賞您。」

「是嗎？」

「是啊，他一定是故意讓眾人看見您和他在一起，好藉此牽制其他國家的行動。而且從我獸人朋友的反應看起來，芙蘭小姐在獸人之間似乎相當受歡迎。只要表現得與您關係良好，也能成為對獸人族群的宣傳。不過我想他應該也是覺得如果有機會，能把您拉攏進獸人國當然更好。」

這或許有可能。趁現在賣芙蘭一個人情也許會讓她日後再請獸王幫忙，最後慢慢成為獸人國的一分子也不是什麼奇怪的事。為了提高芙蘭最後加入獸人國的機率，他一定想了不少方法。

但我又覺得獸王不會想這麼多細枝末節的事，也許是羅伊斯或洛希給的建議。

觀賞決賽時我就想過，既然目前是互惠互利的關係，能利用的部分就讓我們利用一下吧。

「哎呀，聊得有點久了。我該走了。」

「謝謝。」

「下次再訪巴博拉時，請務必到我的店裡坐坐。店裡目前正在開發咖哩衍生的新菜色。」

「我會期待的。」

「是，敬請期待。」

費爾姆斯說完，優雅行禮後就離去了。真是個從頭到尾都值得依靠的帥氣男子漢！要命，費爾姆斯太有型了。建議迪亞斯最好吃喝拉撒睡都拿人家當榜樣。

迪亞斯應該不至於猜中我的心思，但他這時對芙蘭說：

「哇——麻煩真的很愛找上妳耶。總之妳現在已經引人注目了，我想今後還會有更多問題來煩妳喔。雖然以公會的立場來說很有幫助就是。」

『我們也不是自願被捲進這些麻煩啊。』

「哈哈哈，那是當然。不過我可以跟你們保證，類似的事情一定還會再發生。」

「我該怎麼辦？」

「嗯，態度很正確。剛才我已經說過，我想請妳跑一趟獸人國。妳不如就提早動身吧，這樣至少這個國家的白痴笨蛋就動不了妳了。」

『不是，我們也想啊，可是其他大陸是說去就能去的嗎？』

還要安排搭船，而且難道不用辦理入境或出境許可嗎？

「出入國境方面公會已經下達許可了，不用擔心。妳一接受指定委託，公會卡就可以代替許可證使用。」

原來公會卡還有這麼方便的功能啊。

「各地關卡會用魔道具進行審查，但妳只要出示公會卡就能通關了。」

「謝謝。」

『這樣的話，再來就只剩怎麼搭船了。』

「嗯——這個就比較難了。到巴博拉找船應該最快，但他們也沒有定期船班。」

『那麼，其他人要去獸人國都是怎麼去的？』

「一般冒險者的話，大多都是擔任商船護衛同行吧。」

『我想也是。』

可是芙蘭在這點上比較吃虧，或者應該說不擅長。別人無論如何就是會從外表看輕她。換成叫我從兒童冒險者或沉著穩重的大叔冒險者裡兩個選一個，我大概也會僱用後者擔任護衛。

之前能夠在達斯搭到前往巴博拉的船，是因為我們結識了福特王子與薩蒂雅公主，又適逢沙路托圖謀不軌。我們有辦法不靠門路擠進商船的護衛隊嗎？不，等等，要門路的話我們有。

『拜託露西爾商會看看好了。』

「喔喔，對耶。」

我們跟這個商會，從還在錫德蘭海國的時候就很有緣。他們在巴博拉也是數一數二的大商會，有可能會派遣商船前往庫洛姆大陸。

「不用吧，我覺得要找護衛委託不是問題。商人是這世上消息最靈通的族群，我看芙蘭妳的名字八成已經在巴博拉的商人們之間傳開了吧。」

「那麼，要找商船護衛委託不難？」

「搞不好人家還搶著要妳呢。應該說，與其四處打聽有沒有開往獸人國的船提出護衛委託，你們不是有個更厲害的門路嗎？」

「嗯？」

『是啊，有是有啦。』

芙蘭還沒跟上狀況，但我當然早就想過了。迪亞斯說的門路，想也知道是獸王。

但是，有幾點讓我有所顧慮。

首先，我不知道能不能讓他給這麼多方便。總覺得好像欠他太多人情了。

其次，是獸王可能要過一陣子才會回國。畢竟他是君王，到哪都會被設宴款待，接受款待也算在公務之內。照他的個性也有可能直接跳過，但我不認為有羅伊斯他們跟著還會讓他耍任性。這樣想來，可能要等很久才會返回獸人國。

既然這樣，我覺得不如尋找直達獸人國的船比較快。

然而，迪亞斯似乎不這麼想。

「第一點現在再來顧慮也沒意義了吧？反正你們想見琪亞拉還是要請獸王幫忙。」

『好吧，是沒錯。』

「然後，關於你擔心會一路走走停停，我覺得不會喔。」

『為什麼？』

「其實他們來到這裡的一路上，幾乎都沒公布行程。雖然進入鎮上時為了擺門面而坐了馬車，但除此之外好像都是作為冒險者低調行動喔。」

原來是這樣啊，那趕起路程來一定很快。只是要請S與A級冒險者的隊伍讓我們同行，感覺滿尷尬的耶。

再說，現在又多了一件事讓我擔心，就是我的真面目會不會穿幫。獸人天生就有敏銳直覺，對方又是高階冒險者。長時間跟他們相處，會不會讓我真面目曝光？

「這就只能請你自己想辦法了。」

『唉，也是啦。』

再說，人家也不見得會帶我們一起回去。也許還是只請獸王介紹船隻就好，別跟他們同行才是最好的選擇？

「先去拜託獸王看看再說。」

『也是，去問問看好了。』

「替我向獸王閣下問聲好。」

「嗯。」

我們在迪亞斯的目送下，直接前往獸王住宿的旅店。雖然已是日落時分，我想趕在今天內先談談看。因為獸王那人是急性子，我怕他會說沒其他事了就忽然離開烏魯木特。

問題是這麼晚了，不知道人員會不會幫我們轉達。畢竟是相當高檔的飯店，而且怎麼說也有王族正在住宿，總不能硬闖吧。

不過，看來是我白操心了。我們到了旅店一報上名字，人員立刻就去幫我們轉達了。看來獸王要旅店將我們當成最優先訪客的指示還有效。

「嗨，芙蘭小妹妹，又見面了。怎麼啦？」

進了房間，獸王舉起一隻手大方地跟芙蘭打招呼。光看這樣的話，就只像個態度有點輕浮的大叔。不過整個人還是一樣威風凜凜就是。

「找我有事嗎？」

「嗯。我要去獸人國，正在找船。」

「喔喔！這麼快就要來我的國家啊！那跟我們一起回去最快啦！」

喂喂，也太好講話了吧。好歹也是王族的微服私行，隨便讓一個外人同行妥當嗎？才剛這麼想，羅伊斯果然開口勸諫了。

只是，聽起來並不是不願意讓芙蘭同行。

「利格大人，您忘記回國之前還得前往克蘭澤爾王都了嗎？人都來到了外國，說什麼也不能不跟國內王族致意。」

「唔，一定要嗎？」

「當然了。」

果然還是有這些王族的公務得處理。我們雖然也打算前往王都，不過離拍賣會開始還有一段時間，跟他們一起去王都實在不方便。雖然如果芙蘭請獸王僱用她當護衛，他應該會答應就是。

「那我要怎麼帶小妹妹回國啊？」

「不需要由我們特地帶她去吧？她可是贏過古德的傑出冒險者，不用我們照顧的。」

羅伊斯對芙蘭的評價一下子變得好高啊。不過畢竟她打贏了古德韃魯法，這也是理所當然。

「好吧，你說的是沒錯。」

「更何況她一開始就說了，她想搭船。」

「啊——好像是說過？」

「真是，雖說她與公主殿下年紀相近，我明白您對她特別關心就是。」

「公主殿下？」

「是啊。我有個十五歲的女兒，看到小妹妹就忍不住想起她啊～」

難怪獸王對芙蘭這麼好。看來是芙蘭與女兒年紀相近，讓他把兩人聯想在一塊了。

「我也贊成請芙蘭小姐蒞臨獸人國。師傅一定也會很高興的。」

「是吧？」

「況且在各方面也很有利用價值。」

竟然當著芙蘭的面說她有利用價值！不過，我看他是故意這麼說的吧。羅伊斯的言外之意是：「妳如果來到我國，我們在政治方面會有很多地方用到妳，妳無所謂嗎？」

羅伊斯是獸王的親信，想也知道不可能擺著芙蘭這個進化過的黑貓族不用。芙蘭對獸人想必能發揮難以估計的影響力，身為國家統治階級有這種想法很合理。

但他至少還好心地告訴芙蘭，妳不喜歡的話就別來。原來不只是知性型男，還是貼心型男啊！我看一定桃花緣不斷吧！真討厭！

「我不喜歡的話自己會逃走。」

「哈哈哈哈，小妹妹要是認真起來啊，不是我親自出馬恐怕還追不上喔！」

「唉，那就這樣吧。反正也不是要妳成為家臣，那就建立互惠關係吧。能讓國民看到一次芙蘭小姐與獸王相處融洽的模樣，就綽綽有餘了。」

好吧，這點小事只是舉手之勞。更何況芙蘭很喜歡獸王，說相處融洽不算撒謊。只不過是彼此真的處得很好，兜兜轉轉到最後提升了獸王的形象罷了。

「那麼，這個給妳。」

「這是？」

羅伊斯拿了一小片金屬給芙蘭，上面刻有像是紋章的圖案。圖案十分精細，想偽造恐怕不容易。

「這是身分證，上面刻有利格大人與我的名字。有了它，開往獸人國的船必定會給妳特別待遇。目前我國應該有幾艘商船在巴博拉進出，我想妳只要出示這張身分證就能順利乘船了。」

「真的？」

「嗯。商船應該會升起與這張身分證有著相同紋章的旗幟，一看就知道了。」

沒想到商量的結果完全符合我的期望。難道羅伊斯是看穿了芙蘭的心思，故意趁機賣她一個人情？不過就算是這樣，也無所謂啦。

總而言之，這下就去得了獸人國了。

據羅伊斯所說，巴博拉與獸人國之間的航線有為數眾多的商船往來。他告訴我們每三天至少會有一艘出港。尤其是在獸人國紋章上高掛王冠記號的船舶是王室直屬商船，只要出示這張身分證就能以貴賓待遇乘船。

這張身分證真是超乎想像的無往不利。

「而且我能確定，妳的名字與長相在獸人國商人之間已經人盡皆知了。大概也用不到身分證，妳說一聲對方就一定會讓妳上船。」

好吧，只要一定有船搭就都沒差啦。除此之外，還有一件事非得先問清楚不可，就是關於神級鍛造師的詳細情報。

「還有一件事，神級鍛造師在獸人國的什麼地方？」

「嗯——這個妳只要到了我國內就知道啦。」

「我會先指示國內替妳寫一封介紹信。雖然就算有介紹信，也不見得能見到那人就是了。」

「不過，妳如果跟那人處得來的話記得幫我們美言幾句，讓他接些我們的工作啊。」

他們說那人崇尚自由，即使是國王的委託也照推不誤。

「嗯，好。」

「加油啊，什麼事情都是。」

「師傅目前暫時住在王城，建議妳可以先前往獸人王都。」

我們從獸王的房間告辭時，已經完全入夜了。唉——武鬥大賽明明都打完了，今天一整天卻莫名地忙碌。

不過，羅伊斯給了我們身分證，這下就有辦法前往獸人國了。出發前還有什麼待辦事項嗎？

『對了，得去見格爾斯老先生才行。』

之前聽說他會在武鬥大賽之前回來，不知道是否已經回到烏魯木特來了？格爾斯老先生的熟人說過，看到他回來會通知我們一聲……

『總之先去鍛造鋪看看吧。』

「嗯！」

之前大賽正在進行，他也許只是不好意思來打擾我們。現在太陽才剛下山，不太可能這麼早就上床睡覺吧。是不是應該帶個伴手禮過去？

我們半路上到酒館買了最烈的酒，因為說到矮人就想到酒。本來擔心人家不會賣給芙蘭，幸好酒館老闆認得芙蘭的長相，沒刁難她。芙蘭跟老闆握手後甚至還得到折扣。

我們一手拿著酒瓶，到與格爾斯熟識的鍛造師傑魯多的店裡拜訪看看。

「嗨，小妹妹！恭喜妳獲獎！」

「嗯，謝謝。」

他說他也有到競技場看我們比賽。我們把伴手禮拿給他，他眉開眼笑地請我們進去。我們買的時候沒想太多，結果這酒好像還滿高級的。我們問到格爾斯現在怎麼樣了，但得到的答案是還沒回到烏魯木特。

「說也奇怪，跟格爾斯一起去巴博拉參與重建工作的幾個人都已經回來了。」

「只有格爾斯還沒回來？」

「是啊。也許是在巴博拉接下了只有他做得來的工作吧。」

「這樣啊。」

「話雖如此，他明明說過會在武鬥大賽開始前回來，照那傢伙的個性怎麼會臨時失約又不聯絡……」

沒辦法，只好回巴博拉找他了。我們一旦去了獸人國，就不知道要過多久才能再見到他。想問的事情都問完了，正想打道回府時，傑魯多熱切地挽留芙蘭。

「關、關於妳那把劍……」

傑魯多的視線定定地盯著我。眼神跟他第一次看到芙蘭的黑貓系列時一樣。

這也沒辦法，他有來看武鬥大賽的話，會聽到主播魔劍魔劍地喊我喊個沒完。況且只要是優秀的鍛造師，一眼就會看出我是魔劍了。

「一、一下下就好，可以借我看看嗎？」

（師父？）

『好吧，一下下的話。但是，要跟他說絕對不可以裝備喔，很危險喔。』

「好，給你。」

「嗯，謝謝啦。」

「不過，如果裝備它會受詛咒而死。」

「嗄？」

「它上面有詛咒，我以外的人裝備它會死。」

聽到這句話，傑魯多往我伸過來的手頓時停住了。臉上浮現出明顯的恐懼。也是啦，一般來說沒人會想碰裝備了就會死掉的劍。就像即使有人說這種毒藥碰到不會怎樣，只要不吃下去就沒事，也沒人會想碰碰看。兩件事是一樣的。

不是我要自誇，他也明白我跟一般魔劍有著明顯區別。正因為如此，他才會相信芙蘭所說的死亡詛咒是事實。

「碰、碰到不會怎樣吧？」

「碰到沒關係。」

「這、這樣啊……」

大概是自己開口說要看的，不好意思又作罷吧。傑魯多露出下定決心的神情，握住了我的劍柄。

不過一旦下定決心，畢竟本身是個本領了得的鍛造師，立刻表情嚴肅地端詳我的劍身與劍格等處。

「嗯——感覺得到驚人的魔力。還有這劍身的精雕細琢，再加上這種金屬的配方……」

他喃喃自語著一些事情。

「小妹妹，問妳這把魔劍是哪來的會有麻煩嗎？」

「哪來的？」

「對。就是製作者是誰，或者是發現它的地點。」

身為鍛造師果然會好奇這些問題。可是，我也不知道我的製作者是誰。發現地點也是，該說哪個地方才好？魔狼平原？可是，我不確定能不能老實告訴他。

「不太清楚。」

結果只能回答得四平八穩。

「這樣啊……我本來在想，用的會不會是山銅合金……」

「山銅？是用它做的？」

「不，不知道。我只是因為這把劍用的是我不知道的金屬，就在思考這個可能性。妳等我一下。」

傑魯多說完，開始在鍛造場角落的櫃子上翻翻找找。然後拿著一本有點汙損的書過來。

「這是我在武鬥大賽期間弄到手的，是過去一名鍛造師的手札。」

說是大賽期間會有眾多商人聚集到鎮上，很適合挖寶。

「這可是神級鍛造師的徒孫留下的手札喔。其中就有提到山銅，說是神級鍛造師使用過的金屬。我不知道那是什麼樣的東西，但據說是唯一能耐受神級鍛造師加工技術的金屬。」

想不到還有這種傳說中的金屬。但不是我要自卑，我覺得我不是那種金屬做的。

說來懊惱，我可以說是一天到晚折斷或缺損。雖然多虧再生能力讓我總是能煥然一新，但傳說中的金屬應該沒這麼軟吧。

「不過我不知道的金屬大概隨便數都一堆，這個可能性不高。但是，這把劍該說氣宇不凡嗎？有著不可思議的存在感。我想至少是一流的魔道具。」

氣宇不凡是吧？真會說話！就是說啊，我這把劍怎麼說就是天生氣質難自棄嘛？雖然比不上神劍，但搞不好真的是出於神級鍛造師之手哩。

『才怪，最好是。』

「嗯？」

『沒什麼。』

後來傑魯多央求著想再多研究我一下，芙蘭安撫了他半天才回到旅店，但還不能吃飽飯洗洗睡。我想起有件事情得先做過驗證。

『那麼，要開始嘍。』

「嗯。」

我在房間裡發動了創造複數分身。

以往這麼做，創造出來的分身會是我穿著布衣的人類版本——

『果然還是劍。』

「嗯，好多師父。」

用創造複數分身變出的我的分身，依然呈現劍的外形。

這是為什麼？

後來我在創造時改變腦中浮現的影像再發動一次，發現只要加強心中的印象，也可以創造出人形分身。而且也能同時創造出劍與人，可以說戰略上變得更具變化性了。

不過，人類外形的分身也出現了變化。該說是長相與體型等等有點不對嗎？還是應該說一樣都是我，但又不是我？姑且就說成與我神似，只有著些微差異的兄弟好了。

會是能夠創造劍形分身的代價嗎？不過算了，反正我早就下定決心作為一把劍活下去，如今對人類外形已經沒有留戀。況且這樣在能力上也變得更為有用，什麼問題都沒有！

『可是，我的分身怎麼會忽然變成劍？』
「嗯……」
糟糕，已經到想睡覺的時間了啊。
『抱歉抱歉，今天就先試到這裡吧。』
「……嗯。」
『不過，我們已經到處打過招呼，也做好準備了。差不多可以動身了吧？』
「嗯。去獸人國……」
『不知道會是什麼樣的地方喔。』
「……呼嚕——」
『哈哈，芙蘭晚安。辛苦妳了。』

啟程當天的早上。
我們來到地下城的最深處——與露米娜話別。
「終於要出發了啊。這段時間吾過得很開心。」
「嗯……」
「今天地表天氣放晴對吧？在這麼適合遠行的日子，怎麼哭喪著臉呢？」
雖然不是就此永別，但難免還是會離情依依。她對芙蘭來說是很特別的存在。
「就如吾前兩天說過的，多虧有妳才讓吾得知琪亞拉的下落。吾很感謝妳。」

「我也是有妳幫助，才能進化。」

『就是說啊。而且還因為這樣，反而害妳力量減弱了不是嗎？我們才應該跟妳道謝。』

「既然如此，就當作是彼此彼此吧，呵呵。」

露米娜說著笑了起來。但芙蘭的神情仍然鬱鬱寡歡。

「又不是今生永別了，妳若能笑著上路，吾也比較安心。」

「嗯……」

「真是，拿妳這孩子沒辦法。」

露米娜離開座位站到芙蘭的面前，伸出雙臂輕柔地將芙蘭擁入懷中。擁抱的動作很溫柔，就像讓芙蘭依偎在她的臂彎裡。芙蘭就這樣把臉埋進露米娜的胸前，緊緊抓住她不放。

不知道就這樣過了多久。最後露米娜拍了拍芙蘭的背，芙蘭也慢慢離開露米娜的懷抱。

稀奇的是，她的臉蛋有點泛紅，看得出來是害羞了。

「對不起。」

「呵哈哈，妳真可愛。覺得寂寞了隨時可以過來，不嫌棄的話再讓吾抱抱妳吧。」

「嗯。」

芙蘭的不安神情已經消失。這本來應該是我的職責，但我無論如何就是沒有這種母性的包容力。好像很不甘心，又好像肅然起敬，感覺真不可思議。

「那麼，我們出發了。」

「好，路上小心。」

在面帶笑容的露米娜目送下，我們離開地下城。於傳送的前一刻，芙蘭低語了一句：

「掰掰。」

大概不是特別對誰說，只是忍不住脫口而出吧。

『以後一定要再來。』

「嗯。」

『到時候要讓她看到妳有所成長的模樣。』

「嗯！」

跟露米娜告別後過了一小時，我們在烏魯木特的城門前，被滿滿的人群包圍。

「芙蘭妹妹！隨時都可以再過來喔，我一定歡迎妳！」

頭一個找我們說話的是艾爾莎。他猛地抱住芙蘭，哭得唏哩嘩啦的。喂，芙蘭，小心他的鼻水！芙蘭都快被他在厚實的胸膛上壓扁了，但沒有掙扎。反而還把小手伸到艾爾莎的背後，拍拍他的背安撫他。

「嗚嗚……芙蘭妹妹，謝謝妳。」

明明位置關係跟露米娜一樣，感覺卻天差地別。

「嗯。」

「這是餞別的禮物，妳帶著吧。」

艾爾莎說著，拿了一個籃子給她。裡面裝了差不多十瓶液體。

「藥水？」

「這是我特別調配的美白美容液，睡前妳就把它擦在身上，肌膚會變得光滑又有彈性喲。芙蘭妹妹是真～的很強悍，而且又帥氣，但既然是女孩子就不可以疏於把自己變可愛，知道嗎？」

「？」

艾爾莎，你這話說得對極了。芙蘭是天生的美人胚子，但都怪我這個監護人疏忽，害她都不碰那些漂亮衣服或化妝品什麼的。你給的這些東西太有用了，而且足足有十瓶，短期之內不怕沒得用。今天晚上我就開始叫她擦。

「把這個擦在身上？」

「對，倒一點點在手心裡，就像幫肌膚按摩那樣仔細塗抹。」

「為什麼？」

「別問了，現在不懂沒關係。可是，等到妳再大一點，遇見好對象時自然就會明白了。」

「？我懂了……？」

芙蘭一臉懵懂地點頭。

但話又說回來，芙蘭要談戀愛？等等，給我等一下，艾爾莎你等一下。芙蘭才十二歲耶？什麼談戀愛，太早了吧？應該還早吧？就是太早了啦！

可是，本來就已經宇宙無敵可愛的芙蘭，要是擦了這種美容液又變得更可愛的話呢？到時候芙蘭就是可愛漂亮外加美麗動人了耶？一定會有各種男人（鬣狗）來跟她搭訕。

在他們當中假如有個超級大帥哥，讓芙蘭看了一見鍾情的話呢？如果那傢伙是個只有一張臉能看的人渣敗類，我偷偷一劍把他做掉就行了。可是萬一內在也是個爽朗正直的青年呢？到時候我該怎麼辦？要是那混帳值得我把芙蘭託付給他的話呢？

不不，還是不行。光靠長相與個性是保護不了芙蘭的。至少實力得高過裝備了我的芙蘭才行。還有，財力必須雄厚到能養活芙蘭一輩子，個性要真誠不能花心，還要有夠強的行動力實現芙蘭的所有任性要求，否則我不准！

「那、那個，芙蘭妹妹，妳背上的劍在格格打顫耶，要不要緊啊？那不是有著可怕詛咒的魔劍嗎？」

（師父？）

糟糕，我想像到有點忘我。好像在無意識當中發動念動了。

『沒、沒有，沒什麼。記得跟艾爾莎說謝謝。』

算、算了，反正那是很久以後的事嘛？應該說搞不好一輩子都不會發生嘛？現在就別想太多了。總之美容液我們收下了，能讓芙蘭變得更可愛是好事。

「嗯，沒事。這個謝謝你。」

「用完了就回來找我喲，我再幫妳準備。」

艾爾莎把話說完後，換成迪亞斯與奧勒爾兩個老人家來找芙蘭說話。

「嗨嗨，真是個適合啟程的好日子啊。」

「小妹妹，祝妳一路順風。」

兩人都低頭請芙蘭代替他們向琪亞拉致意。本來以為他們會請芙蘭捎信，結果好像沒什麼要托她帶的。

「這就免了，雖然那段回憶對我們來說恍如昨日，但她可就不一定了。」

「多年以前認識的沒擔當的冒險者，她八成早就忘了吧？」

兩人說話的表情顯得有些寂寞，但像是很能接受事實。似乎是因為這樣，才不請芙蘭捎信。

的確，對琪亞拉來說兩人只是年輕時萍水相逢的對象。誰也不知道她還記不記得幾十年前的舊日邂逅。

「所以，跟她提到我們時輕鬆聊聊就可以了。就說很久以前跟她一起冒險過的兩個老頭很懷念那段時光。」

「我們不重要，妳幫我們看看她現在過得怎樣比較要緊。」

「嗯，知道了。」

接著換阿曼達來抱住芙蘭。後面還站著弗倫德、費爾姆斯與科爾伯特他們。

「芙蘭妹妹～竟然又要說再見了～姊姊好寂寞喔～～」

又來了一個痛哭的傢伙。雖然反應跟艾爾莎很像，但眼淚鼻涕把美女臉蛋都哭花了。不像艾爾莎擁有美顏等技能，女子力還比較——算了，還是別說了。就當艾爾莎是特殊人種吧。

「別了。」

弗倫德真是言簡意賅啊。在巴博拉見到他的時候我就在想，他這種個性跟芙蘭還真有點像。話又說回來，真沒想到他也會來為芙蘭送行。

「我說弗倫德大爺，你也太惜字如金了吧？」

科爾伯特傻眼地說。

「芙蘭小妹，弗倫德大爺他平常就是這副調調，妳別放在心上。」
「沒事。」
「哈哈，也是啦，畢竟你們都是同個調調。再說，大爺他向來欣賞強悍的冒險者，好像對妳也另眼相看喔。」
「是啊。」
「嗯。」
「後會有期。」
「好。」
「……天啊，這個組合也太狂了吧。」
科爾伯特神情驚懼地喃喃自語。的確如果就這兩個人對話，光是想像都教人發毛。但不知為何，我也覺得他們似乎可以溝通得來。
「芙蘭小姐，您接著是否準備前往巴博拉？」
「嗯。」
芙蘭肯定費爾姆斯的詢問後，他拿了一張像是票券的東西給芙蘭。上面寫著龍膳屋的店名。
「這是我們店裡的優待券，請收下。請務必造訪我們餐廳。」
喔喔，這可真令人高興。芙蘭之前吃龍膳屋的餐點也說好吃。
「謝謝。」
「小妹妹，我會再去重新鍛鍊自己。下次不會再輸給妳了。」

吧。

「正合我意。」

在芙蘭講話的時候一直抱著她的阿曼達，這時總算放開她了。

「我也去獸人國好了。」

阿曼達，妳在亞壘沙跟我們道別時也說過一樣的話耶？可是，我想妳應該去不了其他大陸吧。

「不成。」

「實在不行。」

「不行啦。」

男子三人組也異口同聲地勸阻阿曼達。阿曼達吵著說至少要陪芙蘭一起到巴博拉，但她好像不趕快回亞壘沙不行了。弗倫德他們直接把她拖走。

「芙蘭妹妹——以後再見了——！」

阿曼達到最後都不失本色啊。

接著輪到獸王他們來找芙蘭說話了。

「小妹妹，妳如果遇到我的女兒，就跟她好好相處吧。她那丫頭雖然有點野，但不是個壞女孩啦。」

那是無所謂……但是被獸王這樣的人說成野丫頭，到底是有多野啊？我開始有點擔心了。

後來，羅伊斯、古德韃魯法與洛希依次來向芙蘭道別。最後藍貓族的傑弗米特也來了，向芙蘭尋求握手。

「給妳添了很多麻煩。」

「嗯。」

「我已經決定成為獸王大人的近侍，請大人重新鍛鍊我了。下次我至少會逼妳用上進化。」

我看傑弗米特還有成長的空間，被獸王鍛鍊之後說不定真的會變強。

「我與藍貓族，都將從這一刻重新出發。我一定會在獸王大人底下重獲新生。」

傑弗米特的臉上，浮現出強忍著某種情感的表情。一定是想起了那些遭到獸王肅清的夥伴吧。我覺得這個重情重義的男人就算對方心術不正，恐怕也捨不下曾經朝夕與共的夥伴。

但是芙蘭沒提及此事，只是緊緊回握他的手。

「我會期待的。」

「好，我絕不會辜負妳的期待。」

傑弗米特是藍貓族的有力人士。如果能由他來統率藍貓族，奴隸商人的人數一定會減少。芙蘭緊緊握住傑弗米特的手，上下甩動了好幾次。可見她是真的對傑弗米特寄予厚望。

「那麼，我走了。」

「改日再會了。」

「嗯。」

芙蘭鬆開傑弗米特的手，跳坐到小漆的背上。

「小漆。」

「嗷嗚！」

然後，她對著特地來送行的人們揮手說再見。

「改天……見？」

「改天見嘍～！」

「芙蘭妹妹——改天見！」

讓艾爾莎與阿曼達的大嗓門為我們送行，小漆開始向外奔馳。在其他朋友的大聲歡送下，我們就這樣從烏魯木特啟程出發了。

終章

『每次踏上旅程時都講一遍，但這座城鎮也一樣是個好地方呢。』

「嗯。」

「嗷。」

與露米娜相識，芙蘭奇蹟似的得到進化。現在回想起來，我仍然覺得這場邂逅實在堪稱奇蹟。只要有任何一個環節出錯，整件事情可能會有截然不同的結果。

而且遇見了露米娜與依妮娜她們，也應該讓芙蘭初次接觸到了同族的溫情。雖然與父母親有所區別，但也是系出同源的同胞情誼。對這份牽絆的感觸，似乎加強了她想提升黑貓族地位的決心。而且她還對露米娜這位長輩表現出撒嬌般的態度。該怎麼說呢？我覺得這次也讓我看到了芙蘭符合年紀的可愛一面。

我們在武鬥大賽學到了很多，像是心理戰術、適性與容易疏忽之處。這次讓我重新體會到，戰鬥勝負絕不會只取決於能力值的差距。反過來說，這場武鬥大賽也讓我們了解到自己的強項。

除此之外，我們也理解到人外有人的道理。憑我們現在的實力，假如在戰場上與拿出真本事的弗倫德或阿曼達廝殺，問我能不能贏的話答案是ＮＯ。我們缺乏的能力太多了。

不過也因為如此，才更振奮了我們強化自我的決心。

「明年也要參加。」

『說得對，下次一定要拿冠軍。』

「嗯！」

然後以獸王為首，我們認識了許多獸人。

關於黑貓族與藍貓族的問題，也看見了解決的眉目。不，與其說是解決，不如說已經想到辦法可以狠狠教訓藍貓族了？哎，總之可以期望今後事情會往好方向發展。不是全丟給獸王與傑弗米特去解決，我們也打算思考自己能做的事，在過程中提供協助。

『下一站是獸人國。這下厲害了，我們可是要搭船去其他大陸呢。』

「是什麼樣的地方？」

『天曉得，我也不清楚。』

也許查查資料就知道了，但故意不做事前調查就跑去或許也很有意思。

『黑貓族的琪亞拉啊……』

她是獸王等人的師傅，又是迪亞斯、奧勒爾與露米娜的故交。聽人家說，她年輕時像極了芙蘭。我可是真心喜歡芙蘭喔，無論是她的個性，還是她戰鬥成癮的性情。可是，聽到琪亞拉跟芙蘭很像，我為什麼覺得心裡有點不安？

『……不知道會是什麼樣的人。』

「好期待。」

『希望我們跟她合得來。不，我說真的。』

「嗯！」

好，不知道下次又會有什麼樣的相遇與離別？但願我們即將前往的地方，能為芙蘭帶來成長與喜悅。

"I became the sword by transmigrating"
Story by Yuu Tanaka, Illustration by Llo

後記

大家好。

我是獸耳愛好者棚架ユウ。

我想應該沒有讀者是新朋友，但如果有哪位讀者說：「咦？我現在看這第六集是第一次接觸這個系列耶？」可以的話請您先把前五集看完，再來看第六集。我想這樣閱讀起來會更有樂趣。

不過話說回來，又到了後記啊……坦白講，我最不會寫後記了。我不知道該寫些什麼，每次都是換湯不換藥的老套內容。

我總是會最後掙扎一下，稍微調整頁數或是什麼的盡量逃避寫後記，但這次失敗了。

想不到居然得寫上整整三頁……

我遇到危機了。到底該寫什麼才好啊——！

好，這下就混掉不少行數了。謝謝大家看我演這場鬧劇。

可是，這真的很難耶。不是有些作家老師會用後記玩些有趣橋段嗎？例如主角或配角在後記一來一往，或是作者本人跟主角閒扯淡。

不如我也讓師父、芙蘭與作者的化身在後記登場，聊些打破第四面牆的話題好了？

只是，我沒那個膽耶～不會破壞世界觀嗎？不會引起各位讀者的反感嗎？我會擔心這些有的沒的。

所以，那些能寫出有趣後記的作家，我真的超尊敬的，崇拜到不行。

實際上，比起寫同樣分量的極短篇，寫後記會花掉我大約十倍的時間。真的，這麼點分量就用掉我一整天了。

好吧，反正都寫這麼多了，就來試一下看看好了？

「來來來，為了混行數而莫名其妙就開始了，作者與芙蘭的即興對談～！耶～拍拍手～」

「嗯。」

「我說芙蘭啊，我們雙方是第一次像這樣見面，但妳真的好可愛喔！」

「……」

「嗯？芙蘭，妳怎麼了？」

「你讓我感覺很不舒服……不准靠近我，不准跟我說話。」

「怎、怎麼個不舒服法……？」

「你跟師父吃魔石的時候有點像。」

「不不，我沒有那樣一副爽歪歪的樣子吧？啊！難道是我散發的氣質暴露了我對獸耳的愛好……？雖說看到貓耳就在眼前，的確是讓我有點小興奮……」

「吵死了，不准過來。」
「好嘛好嘛，戒心別這麼重嘛。妳看，我就只是個無害的文字工作者啊～」
「……哼。」
「嗚哇——！」

非常抱歉，我再也不敢了。好吧，如果哪天又缺題材的話也許會再來一次，但我會盡量避免的。所以請原諒我吧。

最後讓我致上謝詞。
編輯I氏，謝謝您提供的各種建議。
這次又為本書繪製了精美封面的るろお老師，獸王真是帥呆了。
每次都為卷末提供超可愛漫畫的丸山老師，您竟然能夠用我胡亂提出的原案畫出內容豐富到這種地步的漫畫，只能說太尊敬了。
平時只看時代小說，但因為是兒子的作品所以勉強讀讀的父親，以及當我腦袋快要爆炸時陪我轉換心情的熟人朋友們，謝謝你們。
然後是參與本作出版的所有相關人士，還有支持我的各位讀者，我對大家致上萬分謝意。
謝謝各位讀到最後。我們第七集再見了。

特別獻稿
芙蘭與天職
原案／棚架ユウ
漫畫／丸山朝ヲ
我有時候會想像，
ガャ
ガャ
假如芙蘭沒有成為冒險者的話，
會從事什麼樣的職業，度過什麼樣的生活？
嗯——比方說…
活用敏捷身手與戰鬥力，成為暗殺者…？
殺
…嗯——我可以想像她很快就會不服命令，
將來遲早直接把雇主幹掉…
還是活用料理技能成為廚師？
好滋味
美味…
…行不通，我看她會自己做一份吃掉一份。
ドーンッ

少擋路，滾開!!
老子我正忙著搞定蜂蜜採集委託咧！
廢貓族的門外漢跑來公會是想玩冒險者家家酒嗎？
ドガジャァア
找死啊!?
我是冒險者芙蘭，
有意見嗎？
呵呵…我看啊，
冒險者才是她的唯一選擇。
真是越做越有架勢了……
竟然笨到敢去找芙蘭妹妹的碴，修理費幫你記在帳上喔！

國家圖書館出版品預行編目資料

轉生就是劍/棚架ユウ作；可倫譯. -- 初版. -- 臺北市：臺灣角川股份有限公司, 2023.05-
冊；　公分. -- (Kadokawa fantastic novels)
譯自：　生したら　でした
ISBN 978-626-352-527-6(第6冊：平裝)

861.57　　112003765

Kadokawa
Fantastic
Novels

轉生就是劍 6

（原著名：転生したら剣でした 6）

2023年5月10日　初版第1刷發行

作　　者：棚架ユウ
插　　畫：るろお
譯　　者：可倫

發 行 人：岩崎剛人
總 編 輯：蔡佩芬
副總編輯：朱哲成
美術設計：莊捷寧
印　　務：李明修（主任）、張加恩（主任）、張凱棋

發 行 所：台灣角川股份有限公司
地　　址：104台北市中山區松江路223號3樓
電　　話：（02）2515-3000
傳　　真：（02）2515-0033
網　　址：www.kadokawa.com.tw
劃撥帳戶：台灣角川股份有限公司
劃撥帳號：19487412
法律顧問：有澤法律事務所
製　　版：巨茂科技印刷有限公司
ＩＳＢＮ：978-626-352-527-6